Sonar 24

Gela Tschkwanawa, geb. 1967 in Sochumi (Abchasien), wurde nach dem Schulabschluss in die Armee eingezogen und kam zur Flieger- und Raketenabwehr in Leningrad. Nach dem Heeresdienst kehrte er nach Sochumi zurück und studierte Philologie. Noch vor Studienende begann der Abchasien-Krieg. Tschkwanawas Haus brannte ab, zusammen mit seinen Manuskripten. Er lebt heute als Vertriebener in Achalkalaki (Georgien). Viele seiner Erzählungen erschienen in russischer Übersetzung in der St. Petersburger Literaturzeitschrift »Newa« und in »Kreschatiki«. Er ist in Georgien mit verschiedenen Literaturpreisen ausgezeichnet worden.

Nikolos Lomtadse, geb. 1975 in Kutaissi (Georgien), Studium der Betriebswirtschaft in Deutschland und Georgien, Doktorantur in Übersetzungswissenschaft an der Dschawachischwili-Universität Tbilissi. Susanne Kihm, geb. 1977 in Saarbrücken, hat nach ihrem Studium der Hispanistik und Anglistik sechs Jahre als Deutschlehrerin in Tbilissi gearbeitet. Beide haben gemeinsam »Das erste Gewand« von Guram Dotschanaschwili übersetzt (Hanser, 2018) und leben mit ihren beiden Kindern in der Nähe von Saarbrücken.

Gepetto, der mit seiner Familie 1993 aus Sochumi in Abchasien vertrieben wurde, macht sich auf die Suche nach seinem verschwundenen Stiefvater Reso. Der will in Sochumi das Grab seiner ersten Frau, der Mutter des Erzählers, besuchen. Während seiner Suche wird Gepetto immer wieder von Erinnerungen heimgesucht: an das Leben in seiner geliebten Heimatstadt Sochumi und an Anaida, seine große Liebe aus Sochumi; an das Zusammenleben der Familie vor der Flucht und an den gefährlichen Alltag der Kämpfer in jenem Krieg, der so viele seiner Verwandten und Freunde das Leben gekostet hat.

Gela Tschkwanawa
Unerledigte Geschichten

The book is published with the support of Georgian National Book Center and the Ministry of Culture and Sport of Georgia.

Die Arbeit der Übersetzer am vorliegenden Text wurde vom Deutschen Übersetzerfonds gefördert.

Originaltitel: »დაუმთავრებელი ამბავი«, erschienen bei Diogene, Tbilissi 2008

DEUTSCHE ERSTAUSGABE
1. Auflage 2018
Verlag Voland & Quist, Dresden und Leipzig, 2018
(c) der deutschen Ausgabe by Verlag Voland & Quist GmbH
Korrektorat: Kristina Wengorz
Umschlaggestaltung: HawaiiF3
Satz: Fred Uhde
Druck und Bindung: CPI books GmbH, Leck
www.voland-quist.de

Gela Tschkwanawa

Aus dem Georgischen
von Susanne Kihm
und Nikolos Lomtadse

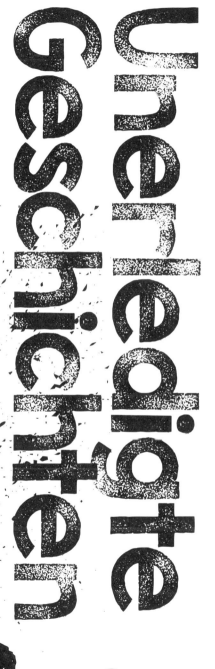

unerledigte Geschichten

Roman

1

Die Partisanen sind alle gleich, dauernd wollen sie dir weismachen, dass ihnen ihr Leben scheißegal ist. Vielleicht stimmt das ja auch, aber irgendwie kommt es ziemlich posermäßig rüber. Dass sie Partisanen sind, sagen sie in einem Ton, als wären sie Kamikazes und kurz davor, ins Flugzeug zu steigen, mit gerade ausreichend Kerosin im Tank bis zu dem Schiff, das sie vorhaben in die Luft zu sprengen.

Kontschi war auch mal Partisan, vorübergehend. Immer wenn er mir sagte, er sei Partisan, musste ich an die Moskauer Frauen denken, von denen es vor dem Krieg in Sochumi nur so wimmelte. Hast du ihnen am Stand vor dem *Dioskuria* bulgarisches Hähnchen am Spieß spendiert, waren sie ohne Weiteres bereit, mit dir zu schlafen. Und wenn du mit der Frau zum ersten Mal zusammen warst, hast du sie, während du sie ausgezogen hast, unbedingt gefragt, ob sie sauber sei. »*Ich bin doch Moskauerin*«, hat sie auf Russisch geantwortet, in einem Tonfall, als hätten die Moskauer eine angeborene Immunität gegen Geschlechtskrankheiten.

Vor allem Kontschi hatte es auf sie abgesehen, aber Kontschi war monogam und konnte pro Saison nur mit einer Frau zusammen sein. Nicht mal an eine andere denken konnte er, nur sollte die Frau unbedingt eine intellektuelle Moskauerin sein und einen Abschluss von der Lomonossow-Uni haben, so eine, die noch in U-Bahn und Straßenbahn die Nase ins Buch steckt.

»Ist ein Kinderspiel, so eine übergebildete Moskauer Schnecke heißzumachen«, pflegte Kontschi zu sagen. Er hatte einen Zauberspruch, so was wie »Sesam öffne dich«, den wendete er öfter bei seinen Frauen an. »Ich stech dich ab, Schlampe!«, sagte er zu der Frau, und das reichte angeblich. Alle intellektuellen Moskauerinnen stünden total auf groben Umgang, das fänden sie besonders romantisch. Ich kann mich an jede einzelne von Kontschis Frauen erinnern.

Kontschi war mein Onkel, ein ziemlich junger Onkel, um genau zu sein, war er der jüngere Bruder meines Stiefvaters Reso und nur acht Jahre älter als ich. Und immer wenn Kontschi sagte, das wolle er mal klarstellen, er sei Partisan, musste ich an seine Frauen denken, die alle immer betonten, sie seien doch Moskauerinnen. Dann hat Kontschi das mit den Partisanen wieder sein gelassen und hat die Fliege gemacht, nach Moskau, und dort hat sein kurzes, aber bewegtes Leben ein Ende gefunden.

Mit seinem Leichnam kam eine russische Frau an, sie schob schon eine riesige Kugel vor sich her und behauptete, sie sei Kontschis Frau und das Kind, das sie erwartete, von ihm. Nur nannte sie ihren Mann mit russischem Akzent »Koschi«. Die Lomonossow hatte sie hinter sich und dergleichen mehr, aber zu unserer großen Verwunderung war sie gar keine Moskauerin. Sie war aus Sibirien. Reso und Botscho musterten sie zweifelnd, sie konnten nicht glauben, dass Kontschi sie tatsächlich geheiratet oder ernsthaft vorgehabt hatte, sie zu heiraten.

Nach Kontschis Beerdigung reiste die Frau bald wieder ab. »Ich bringe das Kind zur Welt und komme zurück«, meinte sie, aber sie ist nie wieder aufgetaucht, hat auch nicht angerufen.

Botscho suchte telefonisch volle vier Jahre nach ihr in Moskau und in ganz Russland, aber ohne Erfolg. Die Jungs in Moskau bestätigten, Kontschi habe das russische Mädchen wirklich heiraten wollen, aber auch sie hätten sie nach seinem Tod nicht mehr gesehen.

Vielleicht hat Kontschi einen Sohn, und der läuft jetzt durch Moskau oder durch irgendeine andere Stadt. Vielleicht weiß er gar nicht, dass er Georgier ist, oder vielleicht erzählt es ihm seine Mutter, wenn er groß wird, und vielleicht kommt er dann zum Grab seines Vaters. Kontschi ist jetzt auf einem Marmorstein, so hab ich das Ana, meiner neunjährigen Tochter, erklärt. Auf den Stein ist ein Bild von Kontschi gemalt, er sieht aus wie lebendig, mit einem Engelslächeln, und wenn ich ihn sehe, muss ich daran denken, wie er immer auf Russisch gesagt hat: *»Nein, Mann, ich schwör's, wir sind schon lange keine Engel mehr!«*

Und es stimmt, wir sind wirklich keine Engel. Schon lange nicht mehr …

Botscho war auch Partisan, jetzt ist er ein »Ehemaliger«. Vier Jahre lang war er Partisan. Er ist ein cooler Typ, mag Pferde. Reso meint, wer Pferde mag, kann kein schlechter Mensch sein. Reso mag Hunde. Solang ich zurückdenken kann, hat er immer einen Hund gehabt, und immer solche mickrigen Promenadenmischungen. Ziala, meine Mutter, und meine Halbschwester Lali stichelten immer, er solle sich doch endlich mal einen reinrassigen anschaffen. Reso behauptete, das habe er seit Langem vor. Und dann brachte er einen Welpen, der ihm als reinrassig untergejubelt worden war, und der Welpe wuchs zu einer Promenadenmischung heran. Reso schwor dann immer, das nicht mit Absicht gemacht zu haben, und Ziala, Lali und ich wussten nie so recht, ob wir ihm glauben sollten oder nicht. Am Ende brachte Kontschi ihm einen Deutschen Schäferhund, aber bevor der groß wurde, starb Ziala. In der Zeit nach Zialas Tod war der Welpe die ganze Zeit am Jaulen.

Botscho, auch Sosimitsch genannt, der ewig junge Cousin von Reso und Kontschi, der schon früh seine Eltern verloren hat und wie ein Bruder bei Reso und Kontschi aufgewachsen ist, Botscho mit seinem Panamahut, mit seinen beiden Frauen samt Kindern, und doch frei wie ein Junggeselle, mit seinen nikotinvergilbten Fingern und seinem Schnurrbart – Botscho ist ein Zigarettenschmuggler, der selbst nur einheimischen Tabak raucht. Ich rauche auch, aber der Rauch von seinem Tabak ätzt mir echt die Nasenhöhlen weg und nach dem ersten Zug ist mir schwindlig.

Von seiner ersten Frau hat er zwei Töchter, beide schon Studentinnen, und von der zweiten einen Sohn. Der ist genauso alt wie meine Ana. Seine erste Frau hat er spät geheiratet, hielt dann ganze fünfzehn Jahre lang ihr Gemecker aus (so stellt er es zumindest dar), ließ sich scheiden und ging, um seinen Kummer zu vergessen, zu den Partisanen. Nach vier Jahren machte er Schluss mit dem Partisanenleben und heiratete noch mal. Der zweiten Frau ist er mehr oder weniger treu, nur manchmal übernachtet er bei der ersten.

»Ich gehöre zu den Dummen, die nicht merken, dass es sowohl der Regierung als auch den Frauen, wenn sie einen beruhigen wollen, nur um die eigenen Nerven geht, nicht um meine«, sagt Botscho manchmal, wenn er betrunken ist.

Botscho ist eigentlich fast immer betrunken, und alles, was er macht, ob das was Gutes oder was Schlechtes ist, macht er betrunken. Maria, seine zweite Frau, meint, Gutes gelinge ihm schlecht und Schlechtes gut. Den scharfsinnigen Spruch hat sie irgendwo gelesen. Sie liest viel.

Botscho ist jetzt Schmuggler, und das liegt ihm so, dass es schade wäre, wenn er sich etwas anderem widmen würde. Er arbeitet mit den Abchasen zusammen, die in Gali ihr Unwesen getrieben haben, die, gegen die er gekämpft und auf die er geschossen hat, mit denen macht er jetzt seine Geschäfte. Nur die Bezeichnung »Kontrabandist« kann er absolut nicht leiden, das klinge nach »Bandit«, und was das Banditentum angehe, so sei er ja wohl kaum ein größerer Bandit als die in der Regierung, pflegt er zu sagen. Die Regierung beschimpft er nach Strich und Faden, er meint, er wäre bereit, fünf Jahre seines Lebens zu opfern für deren Verderben, und das, wo er ja schon fünfundsechzig ist. Falls es dazu käme, dass es noch mal knallt, wäre er als Erster dabei und der Erste, der auf die Abchasen schießen würde, die ihn jetzt mit Zigaretten versorgten und die ihrerseits, ohne groß zu überlegen, bereit wären, auch auf ihn zu schießen. Und sie wissen das nur zu gut, aber sie haben es nicht eilig, Botscho aus dem Weg zu räumen, denn Botscho ist für sie ein verlässlicher Geschäftspartner. Botscho hofft, dass er Lunte riechen wird, wenn die Abchasen, oder auch seine eigenen Partner, die Schergen der höheren Regierungsbeamten im Schmuggelgeschäft, ihn ins Visier nehmen. Aber eigentlich haben die Abchasen Respekt vor Botscho, weil er ein echter Boewik ist, er würde nie ohne Vorwarnung auf die schießen, mit denen er gearbeitet hat.

Viele denken, Botscho sei einer von diesen draufgängerischen Typen, die nicht richtig ticken und einfach Glück haben, deshalb wäre er am Leben geblieben. Aber das stimmt wirklich nicht. Botscho versteht alles, kennt alles und berücksichtigt alles. Er weiß, unsere großen Schmuggler werden ihn über die Klinge springen lassen, die Regierungsschergen, meine ich. Sie schmuggeln Zigaretten mit riesigen Kamaz-Lkws, und nicht wie Botscho mit einem schrottreifen LuAZ-Kübelwagen, aber sie wollen sich erst einmal nicht die Hände schmutzig machen, weil er ihnen noch nicht im Weg ist. Botscho ist zwischen zwei Fronten geraten: Würde er eine große Lieferung machen, würden sich die Leute seiner eigenen Regierung über ihn als ernst zu nehmenden Konkurrenten ärgern und ihn umbringen, würde er mit kleinen Mengen arbeiten, hätten die Abchasen bald die Nase voll und würden sich an seine alten Sünden erinnern. Aber Botscho hat die goldene Mitte gefunden und schlägt nicht über die Stränge, er versteht seine Sache.

»Es ist nicht so leicht mich flachzulegen, ich bin eine alte Hure!«, sagt Botscho manchmal.

»Flachlegen« bedeutet im Sochumer Jargon »kaltmachen«. Botschos Nerven werden ganz schön strapaziert, und wenn er müde ist, geht er zu seinem Arabia.

»Arabia, alter Bursche, da bin ich!«, sagt er zu ihm, führt den Hengst zum Fluß, badet ihn, striegelt ihm mit einer rechteckigen Bürste, die mehr nach einem Schaber aussieht, das Fell glatt und reitet ihn. Arabia schont sich nicht, im Galopp die Nerven seines Besitzers zu glätten. Danach lässt Botscho Arabia ausruhen, gegen Abend führt er ihn wieder zum Baden und zum Bürsten an den Fluss, und seine Nerven sind endgültig beruhigt.

Arabia war auch Partisan. Wie sein Besitzer ist auch er jetzt ein Ehemaliger.

Mit solcherart beruhigten Nerven geht Botscho bei seiner ersten Frau vorbei, lässt Geld da, und wenn die Kinder nicht zu Hause sind, bleibt er über Nacht. Geld hat Botscho immer, Kontschis Leiche hat er auf eigene Kosten von Moskau überführen lassen, und auch das Grab hat er übernommen, ansonsten hätten weder Reso noch ich Geld dafür gehabt.

Botscho spürt immer, wenn ich nach Sugdidi komme, und wenn er keine Zeit hat, schickt er jemanden, um mir auszurichten, er würde gegen soundso viel Uhr vorbeikommen, und erscheint dann auch immer zum angekündigten Zeitpunkt. Und als Erstes gehen wir dann zu Kontschis Grab. Wir nehmen Wein mit, echten Odschaleschi, den mochte Kontschi, und besaufen uns so richtig, denn mit mir zu trinken, ist für Botscho ein echtes Vergnügen, genau wie für mich.

»Wie hat er immer gesagt?«, fragt mich Botscho, wenn er ordentlich betrunken ist. Er meint Kontschi. Und Kontschi lächelt uns vom Grabstein aus zu, als wäre er lebendig.

»Wir sind schon lange keine Engel mehr! Wir sind Engel im Ruhestand!«, antworte ich.

»Das hat er gut gesagt, echt gut gesagt! Komm, trinken wir auf die Engel im Ruhestand!«, sagt Botscho, und seine Laune trübt sich, weil er nie wieder ein Engel sein wird. »Auf die Engel im Ruhestand, auf das, was wir waren in ferner Kindheit und was wir nie wieder sein werden!«

Ich stoße mit ihm an, und wir trinken auf die Engel im Ruhestand.

Dann trinken wir auch auf Sochumi, und Botscho beißt sich in die Hand, damit er nicht weinen muss, so wie er das auch im Krieg immer gemacht hat.

»*Wir kehren zurück*«, sagt Botscho auf Russisch zu dem Kontschi auf der Marmortafel. »*Alles wird wieder wie gehabt, Mann, wir kehren zurück, und dich nehmen wir mit!*«

Kontschi ist bereit zurückzukehren, Botscho hat seinen Sarg vor der Beerdigung in einen hermetisch verschlossenen Edelstahlkasten legen lassen, damit seine Leiche nicht verwest.
»Alles wird so, wie du es dir vorgestellt hast!«, sage auch ich zu Kontschi.
Dann wird Botscho anstrengend, weil er nur noch von den Verstorbenen spricht.
»Weißt du noch?«, fragt er und dann geht's los.
Wir Sochumer waren nach Cafés unterteilt, also danach, wer vor welchem Café rumhing – »Ledniker«, »Pinguiner«, »Pitatschoker«, »Elbrusler«, »Brechalowker«, »Skwaznjaker«, »Teremoker«, »Barmaleitschiker«, »Tscheburaschkler«, »Ertsachuler«, »Abchasier«, »Apraler«, »Amraler«, »Tschernomoretser« und noch ein paar andere. Nach und nach tauchen die Jungs in unserer Erinnerung auf. Kontschi war Pitatschoker, ich Ledniker, Botscho eher Brechalowker. Wir gingen einander auch besuchen. »Die Ledniker sind angedockt«, sagten die anderen über uns, wenn wir zu Besuch kamen. »Die Elbrusler sind eingetroffen«, sagten wir, wenn die Elbrusler zu Besuch kamen, und dann ging es los mit dem Ausgeben auf Pump, gegen Ende stiegen wir auf den Tisch, und dort wurden die letzten Trinksprüche ausgebracht. Das Anstoßen aufs »Auseinandergehen ja, vergehen niemals!« endete im *Amra* immer damit, dass der Tisch ins Meer flog. Das erschwerte die Sache mit dem Pump. Selbst wenn sie kein Geld für den ins Meer geschmissenen Tisch nahmen, bei der Geschäftsleitung kam es dann nicht mehr infrage, anschreiben zu lassen. Am nächsten Tag brüsteten wir uns: »Die Elbrusler haben uns besucht«, und mit dem Satz war gemeint, dass wir uns nicht blamiert

hatten, und wenn die Elbrusler sagten: »Wir haben die Ledniker besucht«, dann hieß das, dass die Gastgeber nichts hatten auf sich kommen lassen.

Das bedeutete uns alles.

Und es war toll!

Was haben wir jetzt?

Nicht viel. Höchstens die widerlich zufriedenen Fressen gut gesättigter Politiker im Fernsehen. Und einen uralten Witz, den ich mal Ana erzählt habe, als ich betrunken war, wo Breschnew bei einem Treffen mit Jungpionieren um Scheibenwischer gebeten wird. »Und wozu?«, fragt Breschnew. »Für den Fernseher, mein Vater spuckt immer auf den Bildschirm, sobald Sie zu sehen sind.«

Ansonsten nichts, außer Botschos Flennen und sein »Ich flenne nicht, verdammt ... einfach nur ...«, und danach sein irres Lachen.

Botscho schämt sich nicht zu weinen, er hat so viel gesehen, dass er sich nicht mehr schämt.

»Nein, wir sind schon lange keine Engel mehr!«

Korkelia hatte Kontschis Spruch übernommen.

Korkelia ist auch nicht mehr da, er war Pitatschoker.

Vielleicht wandelt jetzt sein Gespenst auch im *Pitatschok* umher, so, wie in den alten Schlössern von England die Gespenster umhergeistern. Kann sein, dass er in diesem Augenblick dort sitzt, mit einem Streichholz zwischen den Zähnen und mit ernster Miene, und sich gerade einen neuen Witz ausdenkt, den er nachher in Umlauf bringt, damit sein Spruch noch am selben Tag im *Lednik, Pinguin, Pitatschok, Elbrus, Brechalowka, Skwaznjak, Teremok, Barmaleitschik, Tscheburaschka, Ertsachu, Abchasia, Apra, Amra, Tschernomo-*

rets und in sämtlichen anderen Cafés und Versammlungsorten umgeht. Und vielleicht sind da auch die anderen und warten auf Korkelias Witz. Vielleicht sitzen sie mit denen zusammen, auf die wir im Krieg geschossen haben. Nicht nur vielleicht, sondern ganz bestimmt, denn, wie Botscho immer sagt, in deren Welt gibt es keine Kriege, weil es dort keine Erde gibt, die Seelen schweben im Himmel, und Himmel, im Gegensatz zu Erde, gibt es so viel, dass es für jeden reicht und sogar noch was übrig bleibt ...

Übrigens war Korkelia die ganze Woche vor seinem Tod nicht ganz bei sich. Er starb an einem bewölkten Tag, bei »regennassem Wetter«, wie Botscho sich an jenem Morgen ausdrückte.

Bis dahin hatte es zwei Tage lang durchgeregnet. Und am dritten Tag, als wir mit unserer Mission fertig waren, hörte es auf.

Wir waren müde. Seit zwei Tagen hatten wir nichts zwischen die Zähne gekriegt, wir hatten nach Kräften gekämpft, uns nicht geschont, waren ohnehin schon in Schweiß gebadet, und dann hatte uns auch noch der Regen durchnässt. Am dritten Tag teilten sie uns zum Absichern ein. Wir hatten den Feind auf einem beinahe berghohen Hügel in die Umzingelung eines anderen Bataillons gedrängt, und falls jemandem die Flucht gelang, sollten wir ihn gefangen nehmen.

Wir bezogen in einem verlassenen Kalksteinbruch Stellung.

Am muntersten sah Botscho aus, aber sobald wir am Steinbruch ankamen, trübte sich seine Stimmung, er war allergisch gegen Kalkstaub.

Der Kabardiner, den wir in einem Loch aufstöberten, war MG-Schütze. Er wirkte ebenfalls erschöpft. Sobald ihm klar war, dass es kein Entkommen gab, hörte er auf zu schießen. Botscho nieste andauernd, obwohl es nach dem Regen überhaupt keinen Staub gab. Er meinte, dass er vor langer Zeit, als Kind, mal in dem Steinbruch gewesen sei, damals sei die ganze Gegend voller Staub gewesen, und er habe so eine Allergie bekommen, dass er nur knapp überlebt habe, daran müsse er jetzt denken und deshalb niesen. Ich mutmaßte, er habe sich vielleicht erkältet, aber Botscho blieb bei seiner Meinung. Zorro scherzte, Botscho habe die »Erinnerungsallergie«, und er stieß mit dem Ellbogen Korkelia an, der neben ihm lag. Korkelia ging nicht drauf ein. Sonst hätte er irgendeinen Witz gerissen, über den wir uns totgelacht hätten, aber an dem Tag war er nicht in Stimmung.

Nachdem er genug vom Niesen hatte, rief Botscho dem Kabardiner in dem Loch zu, er solle aufgeben, sonst würden wir Handgranaten reinwerfen, und er gebe sein Wort, dass wir ihm nichts tun würden, wir seien echte Boewiken und würden Gefangene gut behandeln. Der Mann rief etwas in seiner Sprache, auf Kabardinisch. Er rief das dem Hügel hinter sich zu, besser gesagt, seinen Kameraden auf der flachen Kuppe des Hügels, die umzingelt waren. Der Hügel schwieg.

Dort leisteten die zersprengten Reste der feindlichen Truppen, die wir während der letzten zwei Tage so gut wie vernichtet hatten, Widerstand, wenn auch keinen organisierten. Und nachdem der Hügel dem Kabardiner nicht antwortete, rief er, er würde sich ergeben. Wir forderten ihn auf, aus dem Loch zu kommen, aber er rührte sich nicht. Er blieb einfach da sitzen und kam nicht raus.

»Verdammte Scheiße!«, sagte Korkelia plötzlich. Er zog seine Augenbrauen, die wie zwei Waggons eines Zuges miteinander verbunden waren, fast wie eine Mütze über die Augen. Er rannte auf das Loch zu. Ich beobachtete seinen mit Schlamm verschmierten Hintern und seinen mit Schweißringen bemalten Rücken, und es kam mir vor wie ein Traum. Korkelia wickelte sich den Gurt von seinem Gewehr um den linken Arm, das machte er immer, er meinte, falls er angeschossen würde, ließe er so sein Gewehr nicht fallen. Ich dachte immer noch, ich würde träumen, und konnte nicht glauben, dass Korkelia so einen Unsinn machte. Seine Nike-Schuhe mit den grünen Grasspuren hasteten jedoch immer weiter, es schien, als würden sie ihren Besitzer zu dem Loch tragen.

Korkelias Rücken mitsamt den Schweißflecken zitterte vor Anspannung, und auch seine Stimme klang angespannt, als er dem Typen im Loch etwas zurief, er versuchte, ihn zu beschwichtigen. Die Sohlen seiner Sportschuhe waren ebenfalls grün-weiß. Er ist von Kopf bis Fuß mit Schlamm verschmiert, und seine Schuhe sind so sauber, dachte ich kurz.

»Was geht denn hier ab, verdammte Scheiße?«, rief Botscho. Er lag hinter dem verrosteten Motor eines Raupentraktors versteckt. Der Motor lag neben dem Traktor, der bestimmt noch vor dem Krieg hier abgestellt worden war. Zwischen den Kettenraupen des Traktors war Gras gewachsen, und das sah anders aus als das Gras drum herum; weil es im Schatten wuchs, war es ein bisschen weißlich, es hatte fast die gleiche Farbe wie Korkelias Schuhe. Und Botscho nahm Anlauf, sprang über den Motor, blieb kurz auf der Motorhaube sitzen und kroch dann aufs Dach des Traktors. Wir begriffen, dass er den Typen im Loch von dort ganz gut sehen konnte. Der Kabardiner erschrak durch den Lärm, den Botscho machte, und schoss auf Korkelia. Dann bemerkte er anscheinend Botscho, kapierte, dass er nicht schneller abdrücken konnte als der, und hob die Arme.

Korkelia war sofort tot, weder zappelte er mit den Beinen, noch krallte er sich mit den Fingern in die Erde. Ich dachte sogar, er würde das spielen. Es wirkte unnatürlich, so plötzlich zu sterben.

Anscheinend glaubten auch die anderen nicht an seinen Tod, und deshalb schossen sie nicht auf den Gefangenen. Auch Botscho schoss nicht auf ihn, er sprang runter auf die Motorhaube, dann auf den Boden, ohne dass sein Gewehr auch nur im Geringsten gewackelt und er das Ziel aus dem Visier verloren hätte. Der Gefangene kniete sich hin und berührte mit der Stirn den Boden, als würde er beten. Botscho machte bei Korkelia nicht halt, anscheinend ahnte er schon, dass er tot war. Wahrscheinlich sah der Tod von oben viel überzeugender aus.

Wir gingen zu Korkelia rüber. Ich schaute auf seine Sportschuhe. Sein linker Arm, um den der Gewehrgurt gewickelt war, war unnatürlich nach hinten verdreht. Als die Kugeln in seine Brust eingedrungen waren und er nach hinten gekippt war, hatte sein Gewehr den linken Arm mitgezogen. Der Arm sah aus, als wäre er ausgekugelt.

Wenn du Korkelia nicht besser kanntest, hättest du ihn für zynisch gehalten, denn wenn er sich über jemanden lustig machte, setzte er eine überhebliche Miene auf und schien denjenigen fertigmachen zu wollen. Aber sobald der Betroffene sich ärgerte, lachte Korkelia so herzlich, dass jener seinen Ärger sofort vergaß. In solchen Momenten warst du sicher, dass sein fieser Blick nur gespielt war. Nach dem Lachen machte er wieder auf überheblich, sogar seine Augenbrauen spielten mit, auch sie waren irgendwie überheblich geschwungen, und da hast du sofort gedacht, dass nicht der fiese Blick, sondern sein herzliches Lachen gespielt war. Wenn er mit seinen Scherzen fertig war, seufzte er wehmütig, und da wurde dir klar, dass er kein böser Mensch sein konnte.

In der Hosentasche des Kabardiners fanden wir ein Gummiohr, das von einem echten kaum zu unterscheiden war. Vielleicht war er auch ein Spaßvogel gewesen, genau wie Korkelia, bestimmt hatte er das Ohr den neu eingetroffenen Soldaten gezeigt und gesagt, es wäre von einem Georgier, den er getötet hätte.

Botscho erschoss den Gefangenen aus sehr kurzer Entfernung, etwa einem halben Meter. Zorro, der sah, dass Botscho den Gefangenen erschießen wollte, riet ihm, nicht so nah ranzugehen, sonst würde das Blut auf ihn spritzen. Aber Botscho war es egal, ob das Blut auf ihn spritzte oder nicht. Er befahl dem Gefangenen aufzustehen. Aber der war völlig verstört, anstatt aufzustehen, legte er sich auf den Rücken, und sein Blick wurde starr, es war keine Angst in seinen Augen, sie wirkten wie die eines Irren oder als wäre er blind und würde nur darauf warten, dass er sein Augenlicht zurückbekäme, um endlich sehen zu können, mit wem er es zu tun hatte.

Vor seinem Tod fing der Gefangene so stark an zu zittern, dass mir schlecht wurde. Botscho schoss ihm zuerst in die Brust, dann in den Kopf, um den er eine grüne Schnur gebunden hatte, dann ging er zu Korkelia und schaute auf seine nassen Oberschenkel.

Korkelia hatte eine Blasenentzündung gehabt, er litt an Blasenschwäche. In der letzten Zeit hatte er aus Prinzip keine warmen Socken und Schuhe getragen. Früher hatte er sie getragen, und das hatte auch geholfen.

Botscho schaute noch einmal auf Korkelias nasse Oberschenkel, und da ging auf dem Hügel eine Schießerei los. Die Umzingelten leisteten den Angreifern mehr Widerstand, als wir gedacht hatten. Wir legten uns auf den Boden, für alle Fälle, nur Botscho blieb stehen. Zorro stand wieder auf: »Wenn du dich nicht hinlegst, bleib ich an deiner Seite«, sagte er zu Botscho.

»Hätte ich nicht so einen Krach gemacht, hätte der Hurensohn nicht auf Korkelia geschossen. Der Krach hat ihn erschreckt, und deswegen hat er geschossen ... Da bin ich mir sicher!«, erklärte uns Botscho in einem Tonfall, als wäre das Ganze schwer nachvollziehbar.

Ich lag in der Nähe von Korkelia, einen knappen Meter von seiner Halbglatze entfernt. Er hatte strohblondes Haar. Ich kroch rückwärts von ihm weg und hielt kurz inne, um Kraft zu sammeln, dann drehte ich mich um und kroch zum Traktor. Die Raupen erwiesen sich als ungeeignet zum Anlehnen. Irgendwie dachte ich, wenn ich mich mit dem Rücken irgendwo anlehnen könnte, an einem Baum oder einer Wand, würde ich mich besser ausruhen können, und meine Müdigkeit und meine Angst würden schneller verschwinden. Das ging mir öfter so, und Korkelia hatte sich immer darüber lustig gemacht: Bei mir brauche doch immer nur der wichtigere Teil meines zentralen Nervensystems Pause, nämlich das Rückenmark. Und mir gehe es wie einem Hund, der ohne eine Wand oder einen Baum nicht pinkeln könne. Ich ließ das mit dem Traktor und ging hinter dem Motor in Deckung, wo zuvor Botscho Stellung bezogen hatte. Da saß schon Siordia.

Siordia war in Ordnung, er hatte nur die merkwürdige Angewohnheit, jeden, der ihm nicht gefiel, als Satan zu bezeichnen, »der ist ein Satan, ich schwör's dir, Alter«, und dann spuckte er kräftig aus. Diesbezüglich hatte Korkelia einen Witz eingeführt im Bataillon: »Siordia hat deinetwegen gespuckt.«

Siordia weinte. Irgendwie hat sonst keiner von uns geweint.

»Wie konnte das nur geschehen?«, klagte Siordia und wischte sich die Tränen ab. »Ich kann's einfach nicht glauben.«

Siordia hatte stets Spielkarten mit nackten Frauen dabei und tanzte gern. Wenn er betrunken war, legte er sein Gewehr wie einen Hirtenstock über die Schultern, hängte die Arme drüber und fing an zu tanzen. Einmal füllten wir ihn so ab, dass er fast bewusstlos war, nahmen einen Stock, steckten ihn durch die Ärmel seiner Jacke, machten die Jacke zu, damit er die Arme nicht befreien und den Stock rausziehen konnte, und ließen ihn tanzen.

»Ich kann's einfach nicht glauben!«, wiederholte Siordia.

Ich seufzte. Siordia wollte noch was sagen, aber er überlegte es sich anders, er dachte, ich würde noch mal seufzen, und wartete ab. Die Trauer kam bei ihm irgendwie unecht rüber. Eigentlich war er von seiner Art her kein Heuchler, aber »Ich kann's einfach nicht glauben« klingt bei so was wohl immer falsch.

Eine halbe Stunde lang saßen Siordia und ich neben dem Motor. Ich musste an einen Film denken. In dem Film rast eine Studentin aus reicher Familie, ein zartes Mädchen mit dicken Titten, mit ihrem Fahrrad in ein Bäckerauto, weil ihr der Fahrer gefällt und sie ihn kennenlernen und ihm den Kopf verdrehen will. Der Fahrer ist gut zwanzig Jahre älter als das Mädchen und mit einem stark hervortretenden Unterkiefer gesegnet. Der Film ist komplett uninteressant, aber er fesselt dich an den Bildschirm, weil du nicht glauben kannst, dass ein zartes Mädchen mit dicken Titten, und noch dazu ein reiches, sich in einen Mann mit deformiertem Kiefer verliebt, der keinen Cent in der Tasche hat, und bereit ist, mit ihm zu schlafen. Der Film war mir eingefallen, weil der Kabardiner eine gewisse Ähnlichkeit mit dem Fahrer von dem Bäckerauto hatte.

Die Schießerei hörte nicht auf. Noch drei weitere von unseren Leuten versteckten sich hinterm Traktor, die anderen krochen zum Hauptgebäude der Kalkbrennerei, Botscho folgte ihnen. Kurz darauf sah ich, dass sie die Arme von Korkelia gerichtet und sein Gewehr mitgenommen hatten. Der Kabardiner lag neben dem Loch.

»Wer hat das Gummiohr von dem Kabardiner?«, fragte ich Siordia.

Er zuckte mit den Schultern und fing an, mit der Kette seiner Taschenuhr zu spielen, wickelte sie immer wieder um den Finger und ließ sie mit einer geschickten Handbewegung freischnippen. Falls er jetzt anfängt, mit dem Deckel zu spielen und rumzuklappern, wie er das sonst immer macht, sage ich ihm, dass er das lassen soll, dachte ich kurz, aber Siordia fing nicht an zu klappern, vielleicht ahnte er, dass mir das auf die Nerven gehen würde.

»Der Kabardiner sieht aus wie Celentano!«, stellte Siordia plötzlich fest.

»Wohl kaum!«, ärgerte ich mich.

Als Teenager war Celentano mein Idol gewesen, und ich hatte für Ornella Muti geschwärmt. Mir fiel »Der gezähmte Widerspenstige« ein, und ich dachte kurz daran, was wäre, wenn ich sterben würde und Ornella am Leben bliebe, wo ich mir doch so wünschte, einmal mit ihr zu schlafen.

Dann kamen Botscho und Zorro aus dem Gebäude. Zorro hatte wie immer das Gesicht eines strengen und gewissenhaften Menschen, als wäre er unser Kommandeur oder zumindest sein Stellvertreter und nicht Botscho. Wenn Botscho dabei war, nahm sein Gesicht immer so einen Ausdruck an.

Botscho hatte eine Zigarette zwischen den Zähnen. Sie gingen geradewegs zu Korkelia hin.

Zorro nahm die Papiere aus Korkelias Tasche.

»Die Papiere hat's nicht erwischt!«, verkündete er laut, damit es alle hören konnten, und bekreuzigte sich. »Der Arme, hat die ganze Brust durchlöchert, und die Papiere sind unversehrt. Fast wie ein Wunder, oder?« Die Frage war an niemand Bestimmtes gerichtet, und er bekreuzigte sich noch mal.

Botscho packte die Leiche an den Füßen, Zorro an den Armen, und so steuerten wir auf das Gebäude zu.

»Komm, helfen wir ihnen!«, sagte Nukri, der sich hinter dem Traktor versteckt hatte.

»Ihr bleibt gefälligst, wo ihr seid!«, schrie Zorro uns an und schaute fragend zu Botscho, ob der nicht vielleicht doch weitere Hilfe nötig hätte.

»Wir schaffen das alleine!«

Nukri ging trotzdem zu ihnen. Die zwei vom Traktor schlossen sich an. Siordia und ich blieben stehen. Siordia rief Botscho zu, dass wir von hier aus die Überwachung übernähmen, vom Gebäude aus sei nicht das ganze Gelände zu überblicken.

Uns kam es so vor, als ob die Schützen sich schon unten am Hügel befänden und auf uns zukämen.

»Kann sein, dass noch einer durchwitscht wie dieser Kabardiner«, sagte Siordia.

Ich ging zum Traktor rüber, Siordia blieb, wo er war. »Beobachte du die rechte Seite, und ich übernehme die linke«, schlug ich Siordia vor. Der dachte bestimmt, ich würde ihm die rechte Seite vorschlagen, um die Leiche des Kabardiners nicht sehen zu müssen. Deshalb rief ich ihm sofort zu, wir könnten von Zeit zu Zeit unsere Positionen tauschen, damit die Augen sich nicht an die Umgebung gewöhnten und uns irgendwas entgehe.

Nicht lange, und die Schießerei endete abrupt.

Siordia schrie auf und begann zu schimpfen: »Da war ein Frosch oder eine Kröte … hat mir auf die Hand gepinkelt, das Arschloch! Was hat eine Kröte hier zu suchen?«

»Sie hat bestimmt absichtlich auf deine sündige Hand gepinkelt!«, stichelte ich. »Gott bestraft dich, weil du deine Hände nicht mit den rechten Dingen beschäftigst.«

»Ein Satan bist du!«, er ärgerte sich mehr, als ich gedacht hatte, und kam zu mir rüber.

»Kriege ich jetzt eine Warze?«, fragte er.

»Vielleicht, vielleicht auch nicht«, antwortete ich.

Siordia wischte sich die Hand am Gras ab und fluchte: »Hier ist ja alles vertrocknet, selbst die Erde. Das ging aber schnell«, manchmal war er wie ein Kind, das sich über die gewöhnlichsten Dinge wundern konnte.

»Der Boden ist doch feucht! Du hast bestimmt Fieber, deshalb kommt dir alles so trocken vor. Hast du dich erkältet?«, fragte ich.

»Zum Veräppeln such dir Spastis, wie du einer bist«, gab er zurück und ärgerte sich weiter.

Ich blickte auf seinen Handrücken, auf den ein Kreuz gemalt war.

»Wofür ist das Kreuz? Damit du nicht vergisst, deine Spielkarten hervorzuholen und dir einen von der Palme zu wedeln?«, fragte ich.

»Das? Das ist von vorgestern«, antwortete er ernst, »mein Neffe wollte, dass ich ihm ein Fernglas mitbringe, und damit ich es nicht vergesse, hat er mir das Kreuz auf die Hand gemalt. Ich hab ihm mal versprochen, wenn er jetzt seine Medizin nimmt, würde ich ihm ein Fernglas mitbringen, und seitdem fragt er jedes Mal danach. Wenn ich ihm jetzt erkläre, dass wir derzeit nicht mal für uns genug Ferngläser haben, denkst du, das versteht er? Das Kreuz hab ich extra nicht weggewischt, das hab ich als Talisman gelassen. Wenn ich draufschaue, denke ich an ihn ... Der ist vielleicht ein Schlingel!«

Wir blickten zum Hügel. Es dämmerte. Jetzt ein Fernglas zu haben, wäre nicht schlecht, dachte ich kurz.

»Bring deinem Neffen das Gummiohr von dem Kabardiner mit und sag, wenn er seine Medizin nicht nimmt, wirst du ihm auch das Ohr abschneiden. Dann nimmt er sie bestimmt«, schlug ich vor.

»Es geht nicht darum, ob er seine Medizin nimmt oder nicht, er ist traurig, dass ich mein Versprechen nicht halte«, antwortete er betrübt. Er hatte einen Narren gefressen an seinem Neffen.

»Ich versteh schon, hab nur Spaß gemacht«, erwiderte ich.

Bald kamen zwei von unseren Leuten, der brummige Gia und ein Rekrut, und meinten, dass es nicht so aussähe, als ob die Umzingelten vorhätten, sich zu ergeben. Das hatten wir auch ohne ihre Aufklärung bemerkt. Der brummige Gia hatte wirklich eine Brummstimme, aber diesmal nervte mich seine Stimme nicht, im Gegenteil, sie wirkte sogar beruhigend auf mich. Der Rekrut war übermüdet, seine Hände zitterten.

Wir zeigten den Neuankömmlingen die Leiche des Kabardiners.

»Hat er einen von euch getötet?«, fragte der brummige Gia.

»Woher weißt du das?«, wunderte sich Siordia.

»Er ist ziemlich brutal erschossen worden«, erwiderte Gia. Er trug mit Vorliebe Schulterholster, und deshalb sah er für mich immer wie ein Kosake aus. Für die Kosaken hatte ich nicht viel übrig, zumindest nicht in jenem Krieg. Jetzt, wo es dämmerte, waren wir weniger vorsichtig, wir liefen ganz normal aufrecht herum. Als ob uns die Dunkelheit vor Blindgängern schützen würde.

»Toi, toi, toi!«, sagte Gia, als wir zum Traktor zurückkehrten, und suchte nach einem Stück Holz, um draufklopfen zu können, beinahe hätte er die Raupen unter die Lupe genommen.

»Klopf auf die Schulterstütze vom Gewehr!«, riet ich ihm.

»Die ist aus Gummi, siehst du das nicht?«, sagte Siordia lachend.

»Seit Mittag haben wir keinen Mann verloren«, bei dem brummigen Gia kamen Siordias Scherze nicht gut an, »seit unser Verbindungsmann zu euch gegangen ist ...«

»Welcher Verbindungsmann?«, wunderte ich mich.

Der brummige Gia und der Rekrut konnten nicht glauben, dass der Verbindungsmann nicht bei uns angekommen war.

»Hört auf, solche Korkelia-Witze zu reißen!«, erteilte uns Gia einen Rüffel. »Ihr seid ja alle krank, Korkelia hat euch angesteckt ... man kann doch nicht über alles Witze machen!«

»Korkelia gibt's nicht mehr«, sagte Siordia zu ihm, »der Kabardiner hat ihn getötet!«

»Was? Bei seiner Erfahrung? Zwei ganze Tage lang hat er das Gemetzel überlebt, und dann hat's ihn hier erwischt, in der Nachhut?«, der brummige Gia war ziemlich betroffen, dann beschäftigte er sich wieder mit seinen eigenen Sorgen. »Wenn er nicht hier angekommen ist, wo zum

Teufel steckt er dann? Ihr kennt doch Elgudscha, so ein langer Lulatsch. Den haben wir geschickt.«

Weder Siordia noch ich konnten uns an Elgudscha erinnern. Siordia meinte, dass er so lang wohl nicht sein konnte, sonst wüssten wir, wer das sein sollte. Das klang wie ein Scherz, und der brummige Gia flippte beinahe aus: »Ihr seid echt krank! Korkelia hat euch angesteckt. Gott hab ihn selig!«, er bekreuzigte sich eilig. »Er hat doch immer gesagt, wir alle wären entlassene Engel … so richtig rausgeschmissen, fristlos gefeuert …«

»Engel im Ruhestand «, berichtigte ich ihn.

»Wo steckt er bloß?«, der brummige Gia meinte den Verbindungsmann.

»Wahrscheinlich hat er sich verlaufen«, beruhigte ihn Siordia.

»Warum soll er sich verlaufen haben? Dieser Schornstein hier fällt doch auf wie ein … wie heißt das noch? Jedenfalls sieht man den nicht nur von den Bergen aus, sondern auch von … von …«, der brummige Gia kam nicht auf das Wort und blickte verärgert zum Schornstein des Kalkofens hoch.

»Von der Ebene aus«, half ihm Siordia auf die Sprünge, »oder vom Meer aus, das Meer befindet sich doch am tiefsten Punkt.«

»Das reicht!«, schrie der brummige Gia mit heiserer Stimme. Wir schauten alle zum Schornstein hoch.

»Nicht dass sie ihn geschnappt haben«, sagte der Rekrut und schaute zum Hügel.

Wir schwiegen eine Zeit lang. Der brummige Gia trauerte beinahe schon um Elgudscha. Und der Rekrut war so müde, dass ihm alles egal war.

Er gehe jetzt von Korkelia Abschied nehmen, beschloss der brummige Gia, nachdem er sich ein bisschen beruhigt hatte.

»Eine von deren Leichen hatte ein Plastikohr in der Tasche. Sah aus wie ein echtes«, sagte der Rekrut und seufzte.

»Das war bestimmt kein Plastik-, sondern ein Gummiohr«, berichtigte ich ihn.

»Quatsch, wieso Gummi?«, fiel mir Siordia ins Wort. »Unserer hatte auch ein Plastikohr.«

»Das war ein Gummiohr, wollen wir wetten? Nur drück ich dir nicht die Hand, wo die Kröte draufgepinkelt hat.«

Ich hatte das Ohr, das der Kabardiner in der Hosentasche hatte, in der Hand gehabt, als wir die Leiche durchsuchten, und ich war mir sicher, dass es aus Gummi gewesen war und nicht aus Plastik.

»Seid ihr immer noch am Witzereißen?«, fragte der brummige Gia entsetzt.

»Vielleicht waren die beiden ja Brüder, unser Toter und eurer, meine ich, wo beide doch so ein Ohr in der Tasche hatten«, mutmaßte Siordia.

»Oder Kumpels«, warf ich ein. »Scheiß auf deine Logik! Der Stellvertreter des Bataillonskommandeurs, dieses Arschloch, und ich, wir tragen auch die gleichen Uhren, na und? Sind wir deshalb vielleicht Brüder oder Cousins?«

»Wollt ihr uns verarschen?«, fragte der brummige Gia mit wachsendem Entsetzen.

Nur mit Mühe schafften wir es, ihn davon zu überzeugen, dass wir keine Witze machten.

»Vielleicht waren sie wirklich Brüder. Das Gesicht von dem hier kann man nicht mehr erkennen, und der andere hatte gar keine Papiere in seinem Rucksack, nur Maisbrot und geräucherten Sulguni-Käse«, bemerkte der Rekrut und linste zu seinem Kameraden rüber, der sich immer noch Sorgen um den langen Elgudscha machte.

»Der hatte einen Schock, der Arme. Eine verirrte Kugel hat ihn am Schlüsselbein getroffen, direkt neben der Schlagader. Die Jungs meinten, die Haut sei aufgeplatzt, und wahrscheinlich habe auch der Knochen einen Kratzer abbekommen. Wir haben ihm gesagt, er soll als Verbindungsmann zum Sicherungstrupp gehen, dort bis morgen bleiben und bei der Gelegenheit seine Verletzung kurieren. Und dann so was! Wir dachten, wir tun ihm was Gutes und jetzt ...«, der brummige Gia klang, als würde er schon seinen Tod beklagen.

Der Rekrut legte sich auf den Boden und sprang gleich wieder auf. »Hier ist es aber feucht, im Wald ist es viel trockener«, sagte er.

Ich lächelte und warf Siordia einen herausfordernden Blick zu. Der lächelte zurück und zeigte mir den Mittelfinger, so, wie die Amis das machen. Der brummige Gia dachte schon wieder, dass wir uns über ihn lustig machten.

Ich wollte mich am Traktor anlehnen, aber ich fand keine bequeme Position. Hinter dem Motor quakte plötzlich eine Kröte, so gelassen, dass man denken konnte, sie wolle uns ärgern.

»Wieso habt ihr das Ganze so hinausgezögert? Wir haben euch die Verbündeten des Feindes regelrecht auf dem Tablett serviert!«, sagte Siordia.

»Hör auf«, sagte der brummige Gia, »übertreib mal nicht, denkst du etwa, wir spielen mit denen da oben?«

»Jetzt macht schon voran, wir wollen uns auch noch ausruhen!«, meinte Siordia gereizt. »Wenn ihr's nicht schafft, dann sagt es einfach, und wir werden es zu Ende bringen ... Ihr schafft nicht mal, was Vorgekautes runterzuschlucken!«

»Pass auf, was du sagst!«, gab der brummige Gia durch die Zähne zurück, in Gedanken war er offensichtlich immer noch beim langen Elgudscha.

»Mit ein bisschen Glück überlebt Elgudscha. Der geht schon nicht verloren«, sagte Siordia zu ihm. »Korkelia hingegen war so richtig dem Tod geweiht, der hat den Kopf der Kugel entgegengestreckt wie vom Teufel geritten. Alles Schicksal!«

»Ich muss von ihm Abschied nehmen, wie es sich gehört«, erklärte der brummige Gia, aber viel mehr Sorgen machte er sich wohl um den langen Elgudscha.

Jeder von uns hatte seinen eigenen Grund, Trübsal zu blasen.

Dann trat Stille ein. Wir hörten, wie Botscho nieste.

»Verreck leise!«, rief Siordia und wirkte erleichtert. Man hätte denken können, er hätte sich den ganzen Tag darauf vorbereitet, das zu sagen.

Wir waren müde an jenem Tag und bekamen es nicht mal hin, richtig um Korkelia zu trauern.

Wir waren müde während des ganzen Krieges und schafften es nicht, unsere Toten richtig zu betrauern, und dafür trauern wir jetzt unser ganzes restliches Leben um sie; manchmal, auf der Straße, kommt es dir so vor, als ob Kontschi oder ein anderer dir auf die Schulter klopft, und du verstehst in dem Augenblick, dass du nicht alleine bist.

Wer den Krieg überlebt, ist, ob er will oder nicht, nie mehr alleine.

2

Ich denke trotz allem, dass Botscho weder fürs Schmuggelgeschäft noch für den Krieg geeignet ist, obwohl das die beiden Sachen sind, die er am besten kann, noch besser als Autofahren. Vor dem Krieg hat er als Fahrer gearbeitet. In einem schwarzen GAZ-24 mit Gardinen und Antennen chauffierte er den Direktor einer Fabrik durch die Gegend. Der Direktor war ein Angeber, jeden Morgen um acht ließ er sich vors *Amra* fahren, bestellte einen türkischen Kaffee und ein Glas Wasser, und das Auto wartete um die Ecke auf ihn, an der Buhne. Der Direktor hatte eine Schwäche für Frauen, besser gesagt, nicht für Frauen, sondern für junge Hühner, und man sah öfter die eine oder andere in seinem Auto. Botscho saß brav am Steuer, und brav lief ihm das Wasser im Mund zusammen, nur manchmal tat er hinter dem Rücken des Chefs das Seine. Der Chef war nicht begeistert, aber, wie Botscho sagte, er solle einen türkischen Kaffee trinken und sich wieder einkriegen.

Dann hatte Botscho was mit der Schwägerin des Chefs; ja klar, welcher vernünftige Boss hätte seiner Frau erlaubt, von morgens bis spät abends, bis er Feierabend hatte, mit ihrem Schwesterchen das Dienstfahrzeug zu nutzen, wenn am Steuer so jemand saß wie Botscho? Und dann flog die Sache auf, und Botscho machte sich vom Acker und ließ sich bis zum Anfang des Krieges nicht mehr in der Stadt blicken.

Und dann, als schon Krieg war, stattete er seinem ehemaligen Boss, der, um Botschos Spur zu finden, des Öfteren Botschos Familie terrorisiert hatte, einen Besuch ab. Mit Kriegsbeginn war sein Boss plötzlich zu einem Wohltäter geworden; er finanzierte eine von unseren eifrigen Einheiten mit einem eifrigen Anführer. Und bevor Botscho seinen ehemaligen Boss besuchte, gingen wir, fast die gesamte Clique, zu diesen Jungs hin, die dem Boss ja zu Dank verpflichtet waren, und sprachen mit ihnen; wir sagten, dass Botscho dem Patron eine Tracht Prügel verpassen wollte und sie kurz wegschauen sollten. Irgendwie überzeugte er sie, dass das ihrer Ehre keinen Abbruch tun würde. Am nächsten Tag passte Botscho den Boss ab, wie er sein Auto aus der Garage fuhr, es war ein GAZ-24, genauso einer wie sein damaliger Dienstwagen, schwarz und mit Gardinen, nur ein neueres Modell.

»Wir haben was zu erledigen, und da müsstest du uns fahren!«, sagte Botscho seinem ehemaligen Boss.

Der Boss lächelte und legte den Schlüssel auf die Haube, »hier ist der Schlüssel, ihr könnt fahren, wohin ihr wollt.«

»Ich hätte gern meinen eigenen Fahrer!«, erklärte Botscho und entsicherte sein Gewehr.

»Er bringt ihn um!«, sagte Kontschi damals zu mir.

»Macht er nicht«, widersprach ich, obwohl ich mir nicht sicher war.

Der Boss war ein kleiner Mann, glatt rasiert. Es hieß, dass er eine viel größere, bildhübsche Frau hätte. Über ihre Schönheit weiß ich nichts zu berichten, ich hab sie nie gesehen, und Botscho hab ich nie gefragt.

Der Boss bewahrte so ziemlich die Haltung, ich weiß noch, ich hoffte sogar kurz, er würde sich nicht ans Steuer setzen, aber er tat es doch, und vielleicht hat er sich in seinem ganzen Leben nie so erniedrigt wie in diesem Moment. Er hatte uns angeschaut und sofort kapiert, dass wir mit den Jungs, auf die er hätte zählen können, bereits gesprochen hatten, und er setzte sich ans Steuer. Wir waren zu viert, Botscho, Kontschi, Zorro und ich.

»Wir fahren ins *Pitatschok*!«, sagte Botscho. Er saß vorne.

Im *Pitatschok* saßen unsere Jungs, es war Korkelias Geburtstag, und sie stießen in Gedenken auf ihn an.

Als das Auto anfuhr, schaute ich zu Botscho und begriff, dass ihm sein ehemaliger Boss bereits leidtat.

Botscho bemerkte meinen Blick, drehte sich um und sah mir in die Augen.

»Halt an!«, wies er den Boss an, und der hielt auch sofort.

»Jungs, lasst uns jetzt alleine, ich hab was mit dem Herrn zu besprechen«, wandte sich Botscho an uns.

»Nicht dass er ihm das Gehirn wegpustet!«, sagte Kontschi.

»Wird er nicht!«, gab ich zurück. Inzwischen war ich mir sicher, dass er ihm nichts antun würde.

»Er wird das Auto schon nicht bekleckern!«, meinte Zorro.

Botscho und der Boss wechselten ein paar Worte. Was sie besprochen haben, weiß ich nicht, wir haben Botscho nicht gefragt, er konnte überflüssige Fragen nicht leiden.

Dann stiegen wir wieder ein, und der Boss fuhr uns ins *Pitatschok*. Wir stiegen aus, Botscho sagte zum Boss, er sei jetzt frei, und machte die Autotür zu. Der Patron fuhr nicht weg. Er saß mit versteinertem Blick am Steuer.

»Sag ihm, er soll gefälligst samt seinem Wagen hier verschwinden, sonst schieße ich … Ich puste ihn mit einer Panzerfaust weg!«, sagte Botscho zu mir.

»Behalten wir den Wagen!«, schlug Zorro vor. »Wir schauen jeden Tag dem Tod in die Augen, verdammt noch mal. Diese dicke Ratte braucht doch kein Auto, die Jungs nehmen ihm das sowieso weg!«

Botscho warf ihm einen eisigen Blick zu, und er verstummte.

Kontschi schickte sich an, zum Boss rüberzugehen. Ich weiß nicht, was er vorhatte zu sagen, vielleicht das, was Botscho mir aufgetragen hatte. In der Zwischenzeit war der Boss aus dem Wagen gestiegen und legte den Autoschlüssel auf die Motorhaube.

»Ihr braucht den Wagen eher, Jungs!«, sagte er.

Ohne ein weiteres Wort drehte er sich um, verschränkte die Hände hinterm Rücken und ging.

»Niemand braucht hier seine Schrottkarre, wir sind keine Penner!«, Botscho rastete aus, aber der Boss drehte sich nicht mehr um, so wie er lief, lief er weiter.

Am nächsten Tag verließ Botschos Boss die Stadt und kehrte nie wieder zurück. Er ließ alles stehen und liegen, er haute ab, ohne zurückzuschauen, und auch uns ließ er zurück, Botscho, Kontschi, mich, Zorro, die Jungs, die im leeren *Pitatschok* auf Korkelia anstießen, er verließ die Stadt, den Krieg, und überließ sowohl die Stadt als auch den Krieg uns. Und wir machten weiter mit dem Krieg, so, wie wir es konnten und wie wir es kannten. Den Wagen haben wir fast bis zum Kriegsende gefahren, immer wenn ich ihn sah, kam mir der Boss in den Sinn, wie er die Hände hinterm Rücken verschränkte und wie sogar sein Gang der eines Bosses gewesen war. Nur Botscho setzte sich ganz selten in den Wagen. Später kamen auch die Jungs, die der Boss unterstützt hatte, bevor er die Stadt verließ, sie wollten wissen, wieso wir ihren netten Geldsack verjagt hätten. Als Entschädigung boten wir ihnen den Wagen an, aber sie hatten Skrupel, ihn anzunehmen. Einer fragte, wieso Botschos Groll erst jetzt, nach so langer Zeit, wieder hochgekommen sei. Da explodierte Botscho, es kam zu einer Auseinandersetzung, danach stießen wir im *Pitatschok* auf unsere Versöhnung an.

Später, als der Krieg zu Ende und auch Botscho mit dem Partisanspielen fertig war, bemerkte er mir gegenüber, dass er damals mit seinem Boss vielleicht nicht im Recht gewesen sei.

»Wenn du dieses verdammte Maschinengewehr in der Hand hast, sind alle offenen Rechnungen, die du im Herzen eingeschlossen hattest, wieder da. Ich habe mich immer für einen vernünftigen Menschen gehalten, aber anscheinend ist dem nicht so ... und ich bezweifle überhaupt, dass es vernünftige Menschen gibt«, sagte Botscho. »Vernunft dient den Menschen grade mal dazu, ihre Dummheit zu verdecken, zu mehr nicht!«

Er schob alles auf das Maschinengewehr, und vielleicht hatte er ja auch recht.

Botscho hatte damals auch noch gesagt, man solle wie die *Aurora* sein: Wenn man schieße, müsse das eine Revolution in Gang setzen, ansonsten lohne sich das Geballer nicht.

Als Reso sich heimlich von Lalis Haus nach Sochumi aufmachte, um Zialas Grab zu besuchen, und ich Hals über Kopf zu Botscho nach Sugdidi fuhr, wunderte sich Botscho nicht über die Aktion seines Cousins, er meinte, jetzt habe Resos *Aurora* eben einen Schuss abgegeben.

Als Lali zur Welt kam, war ich gerade neun. Die Nacht verbrachten wir, Reso, Kontschi und ich, im Hof des Krankenhauses in Resos Wagen. Reso bat mich inständig, mich nach Hause bringen zu dürfen, aber ich lehnte ab. Diese Nacht vergesse ich nie. Hinter dem Wagen, jenseits des Gitterzauns des Krankenhauses, floss die *Waniutschka*, der »Miefbach«, und immerzu war das Gepiepse der Ratten zu hören, von denen es am Bach nur so wimmelte. Es war Sommer. Ich saß im Auto und dachte: Morgen, wenn Mama aus dem Fenster schaut, sieht sie mich und erfährt, dass ich die ganze Nacht da war, und dann freut sie sich. Kontschi hatte mir eine alte Jacke vom Wachmann besorgt. Sie stank fürchterlich. Kontschi war angetrunken, und Reso konnte, wenn er selbst nüchtern war, Betrunkene nicht ausstehen. Er mochte sowieso nicht, wenn Kontschi betrunken war – damals hatte Kontschi gerade die Schule beendet.

Reso machte Kontschi die ganze Nacht Vorwürfe und meckerte dazu mit mir, warum ich denn nur die Jacke nicht anziehen wolle, nicht dass ich mich erkälten würde – er suchte einen Vorwand, denn wie hätte ich mich in der warmen Sommernacht erkälten sollen? Ich erklärte, dass ich die Jacke nicht anziehen könne, weil sie müffele. Reso löste den Bezug vom Rücksitz und wickelte mich darin ein. Ich schlief ein, wachte aber immer wieder auf. Reso hatte Mitleid mit mir, und er kündigte an, mich jetzt nach Hause zu bringen. Ich fuhr ihn an, was ihn das überhaupt angehe, ich würde auf meine Mutter warten. Keine Ahnung, wieso ich das gesagt habe. Und da geschah es, dass Reso mich zum ersten Mal anfunkelte, bis dahin war er immer rücksichtsvoll mit mir umgegangen, er wollte mir nicht wehtun. Nun tat sein Blick mir aber weh, und ich hätte heulen können. Dann bin ich fest eingeschlafen.

Es war schon hell, als ich aufwachte. Neben mir schnarchte Kontschi, Reso war nirgends zu sehen. Am Auto stand der Wachmann und schaute auf Kontschi. Er wollte eben ans Fenster klopfen, als ich den Kopf hob. Der Wachmann lächelte mir zu und meinte, wir sollten jetzt runter vom Hof. In den Krankenhaushof reinzufahren, war eigentlich streng verboten, aber Reso hatte dem Wachmann was zugesteckt und er hatte uns erlaubt, über Nacht zu bleiben.

»Wie geht es meiner Mutter?«, fragte ich ihn. Woher hätte der Wachmann wissen sollen, wie es meiner Mutter ging? Aber ich glaubte irgendwie, dass er es wissen müsste.

In dem Moment kam aus dem Eingang des Krankenhauses eine dickliche Krankenschwester, und ich merkte sofort, dass sie uns suchte, und ging zu ihr hin.

»Es ist ein Mädchen!«, verkündete sie. Da merkte ich, dass ich mir eigentlich einen Bruder gewünscht hatte.

»Ich gehe jetzt Reso holen, und Sie bekommen Ihren Glücksbotenlohn, wie es sich gehört.«

»Wer ist denn Reso?« Über meine ernste Art war die Krankenschwester fast bestürzt.

»Mein Stiefvater ... er gibt Ihnen gleich das Geld ... warten Sie einen Augenblick, gehen Sie nicht weg, er muss hier irgendwo sein!«, sprudelte es aus mir heraus, und ich rannte los, um Reso zu finden. Als hätte ich gewusst, dass er unter der staubigen Weinlaube am Ende des Hofes zu finden sein würde. Dort saß er an einen Holzbalken gelehnt auf einer Bank und schlief. Sobald ich mich näherte, wachte er auf.

»Es ist ein Mädchen!«, sagte ich.

Womöglich nahm er an, noch zu träumen, denn er sah mich lange einfach nur verdutzt an.

»Es ist ein Mädchen«, wiederholte ich. »Die Krankenschwester wartet am Eingang.«

Endlich wurde Reso wach.

»Wie geht es deiner Mutter?«, fragte er und stand auf.

Ich schämte mich, dass ich vergessen hatte, die Krankenschwester danach zu fragen, und wurde rot.

»Ist schon gut!«, beruhigte mich Reso.

Als wir zur Krankenschwester gingen, spürte ich, dass auch Reso sich einen Jungen gewünscht hatte.

Abends, als meine Mutter mich sah und erfuhr, dass ich im Hof des Krankenhauses übernachtet hatte, fing sie an zu weinen, als wäre ihr Sohn aus dem Krieg zurückgekehrt. Ich machte auf männlich. »Zeig uns das Kind! Was gibt es hier zu weinen?«, meinte ich ziemlich machomäßig, und meine Mutter weinte noch mehr.

Ich wollte nicht zu Reso hochschauen, ich hatte Angst, dass auch ihm Tränen in den Augen standen. Damals waren beide glücklich – meine Mutter und Reso. Vielleicht waren sie nie so glücklich wie in diesem Augenblick, weder davor noch danach. Ich war auch glücklich, begriff es da aber noch nicht.

Reso hüstelte plötzlich und schlug mir vor, ich solle dem Schwesterchen einen Namen geben.

»Wie willst du sie nennen?«, fragte Ziala vom Fenster her, wieder standen ihr Glückstränen in den Augen, aber sie kriegte sich schnell wieder ein.

»Weiß ich nicht ... ich überleg's mir«, sagte ich, und mir fiel nichts ein.

»Gib ihr den Namen deiner Freundin«, frotzelte Kontschi. So war er immer, albern und gedankenlos. Reso funkelte ihn an, genauso wie mich die Nacht zuvor.

»Lass es bitte, Kontschi«, wies auch meine Mutter ihn zurecht.

»Nennen wir sie Lali!«, rief ich, als hätte ich eine Erleuchtung gehabt. Plötzlich war mir der Name in den Kopf geschossen, und nicht nur das, er stand mir mit blauer Tinte auf weißem Papier geschrieben vor Augen.

Reso horchte auf: »Ist das wirklich der Name von deiner Freundin?«

Ich zuckte abschätzig mit den Achseln, als wollte ich sagen, was denkt ihr denn von mir?

»Passt zu einem echten Kerl!« Kontschi gefiel meine Wahl, und er klopfte mir auf die Schulter.

»Was?« Reso ärgerte sich wieder über Kontschi.

»Ich wollte nur sagen, dass es ein sehr guter Name ist«, sagte Kontschi.

»Ist entschieden!«, erklärte meine Mutter. »Wir nennen sie Lali.«

So bekam Lali den Namen Lali.

Ich befürchtete, dass meine Mutter noch mal weinen und so auch mich zum Weinen bringen würde. Aber in dem Moment legte Kontschi mir den Arm um die Schulter, und wir machten uns auf den Weg zum Tor.

»Gefällt er dir?«, hörte ich hinter mir Zialas Stimme – sie sprach mit Reso. Anscheinend war Resos Antwort seinem Gesicht abzulesen. Es war mir zu peinlich, mich umzudrehen und mit eigenen Augen zu sehen, ob Reso mit meiner Wahl zufrieden war. Bis heute weiß ich es nicht. Bis wir am Tor angelangt waren, fielen mir mindestens fünf weitere Namen ein, die ich schön fand. Ich weiß noch, besonders reute es mich wegen Sofia – so hieß ein älteres Mädchen, das schönste unserer Schule. Bevor wir den Hof verließen, drehte ich mich doch noch um und sah, dass Ziala und Reso mir nachschauten.

»Nimm den Autoschlüssel und warte im Auto«, rief Reso mir zu.

Ich ging zurück, um den Schlüssel zu holen. Ich wollte Reso sagen: »Wenn dir der Name nicht gefällt, können wir auch einen anderen aussuchen«, aber ich sagte nichts.

»Ich werde dir auch noch einen Sohn schenken«, sagte meine Mutter unvermittelt zu Reso.

Aber den konnte sie ihm nicht mehr schenken, ein Jahr später musste sie operiert werden, und ihr wurde die Gebärmutter entfernt. Im selben Krankenhaus. Wieder waren Reso, Kontschi und ich da, als Ziala nach der Operation zum ersten Mal aufstehen und aus dem Fenster ihres Zimmers schauen konnte, nur diesmal standen wir auf der anderen Seite des Gebäudes. Ziala lächelte traurig, auch Reso war traurig, und Kontschi wieder betrunken. Als meine Mutter mich sah, fing sie wieder an zu weinen.

Kontschi legte mir den Arm um die Schulter, und wir machten uns auf den Weg zum Tor. Als wir am Wärterhäuschen vorbeigingen, hatte ich den Eindruck, dass an der Wand noch immer die Jacke hing, die mir Kontschi vor einem Jahr zum Überziehen gebracht hatte, in jener Nacht, in der Lali zur Welt gekommen war.

Bis wir Lali nach Hause brachten, zerbrach ich mir den Kopf darüber, wie ich auf den Namen gekommen war, aber ich konnte es mir nicht erklären. Auch später nicht.

Sechsundzwanzig Jahre danach, als ich Lali von Sugdidi aus mitteilte, Reso sei nach Sochumi weiter, ohne bei Botscho vorbeizuschauen (wenn auch nicht viel, so hatten wir doch ein kleines bisschen Hoffnung gehabt, dass er es sich anders überlegen und ich ihn bei Botscho vorfinden würde), und sie anfing zu weinen, fiel mir das alles wieder ein.

»Glaubst du, sie werden Papa umbringen?«, fragte mich Lali.

»Nein, das glaube ich nicht!«, antwortete ich.

»Dabei hab ich den ganzen Monat von Ziala geträumt, als wollte sie mich warnen«, sagte Lali plötzlich und hörte auf zu weinen. »Wenn ihm was zustößt, nehm ich mir das Leben!«

»Ja, und dann wird Ziala auferstehen und sich um deine Kinder kümmern, oder was?«, ärgerte ich mich. So was oder so was in der Art sagt man wohl, wenn einer von Selbstmord spricht.

Lali heulte sofort los: »Was hat er mir da angetan! Mein Papa, mit seinem süßem Doppelkinn!«

Ich legte nicht auf, sagte aber auch nichts.

Reso hat wirklich mal ein Doppelkinn gehabt, aber ein unscheinbares, und das auch nur zwei Jahre lang, vor dem Krieg.

Dann sagte ich Lali, dass Reso getan hatte, was er hatte tun wollen. Was ich damit genau sagen wollte, weiß ich nicht, aber ich wartete die Antwort nicht ab und legte auf.

Wahrscheinlich machte er es aus Groll, bestimmt auch aus Sehnsucht nach Sochumi, aber mehr noch aus Groll. So wie wenn ein Mensch ein Maschinengewehr in die Hand nimmt und sich dann bei ihm, nachdem er immer nett und brav gewesen ist, plötzlich jahrelang angestauter Groll meldet. So ein Groll etwa. Einer, über den man sich selber wundert.

Nur war es in Resos Fall kein Maschinengewehr, sondern ein Mikroinfarkt.

Am Anfang jagte ihm der Infarkt Angst ein. Er bekam große Angst vor dem Tod. Er lag da, ohne sich zu rühren, und schluckte verschiedene Medikamente, versuchte, sich über nichts aufzuregen, und befolgte jeden Rat seiner Ärzte.

Manchmal fing er doch an zu meckern, aber es genügte ein Anruf von Lali bei mir, ich besuchte ihn, sagte, er solle sich gefälligst benehmen, und er wurde sofort wieder zahm. Und so schaffte er es, dem Tod von der Schippe zu springen.

»Ich habe keine Angst vor dem Tod, er ist eine ganz natürliche Angelegenheit, wie Heiraten, Essen, Trinken, Schlafen und Ähnliches«, meinte er mal. Im Krieg, wo jede Sekunde neben dir jemand stirbt, denkst du, ob du willst oder nicht, mindestens einmal am Tag über den Tod nach, und da hast du nicht groß Angst vor ihm, weil du keine Zeit dazu hast, ringsherum herrscht Krieg, und du bist die ganze Zeit auf Trab; dann hast du den Krieg hinter dir und denkst, dass du nun weißt, was der Tod ist, dass du dem Tod sogar in die Augen geschaut hast, dass du keine Angst mehr vor ihm hast, aber dann stellt sich heraus, dass du doch Angst hast, dass du dir um dich selbst zu viele Sorgen machst, denn zu deinem Erstaunen schluckst du, was irgendein Beamtenarschloch dich fragt: Wieso du wie eine Ratte hierher geflohen seist, du hättest in deiner Stadt bleiben sollen, und du pustest demjenigen, der das gesagt hat, nicht den Schädel weg; dann schluckst du auch noch, dass ein hochgeschätzter Schisser dir sagt, er selbst sei zwar in der ganzen Stadt eine bekannte, geachtete und allseitig versorgte Person, aber selbst er würde beim Sex mit seiner Frau Kondome benutzen, und dein Schwiegersohn, der zu ihm gekommen sei, um aufgrund der Geburt seines Sohnes bezüglich einer Wohnraumvergrößerung anzufragen, der solle seinen Pimmel doch gefälligst besser im Zaum halten ... Und du schluckst das alles, weil du an deinem Ich hängst, und du rechtfertigst das damit, dass du zurückkehren willst und du dich dafür zurückhältst, so wie eine Jungfrau ihre Jungfräulichkeit für ihren zukünftigen Mann zurückhält; du hältst dich zurück, um in deine Heimatstadt zurückzukehren, und du schluckst das alles und sammelst Groll in dir, und dann plötzlich, zack!, meldet sich dein Herz, und du schaust dem Tod wieder in die Augen, nur ist jetzt kein Krieg mehr, und man stirbt vergleichsweise seltener und leiser. Dir wird bewusst, dass der Tod drauf pfeift, ob du im Recht oder im Unrecht bist, ob du ein vorbildlicher Typ bist, der Safer Sex bevorzugt, oder einer, der sich, ungeachtet des Spottes von einem Typen, der Safer Sex bevorzugt, über sein Enkelkind freut. Und schon bist du bis zum Hals mit Groll geladen. Und dir bleibt nichts weiter übrig, als auf den dir zukommenden Anteil Tod zu pfeifen sowie auf denjenigen, der auf dein Im-Recht-Sein pfeift, und dann wirst du zu einem … so als hättest du ein Maschinengewehr in die Hand genommen und traust dich jetzt, was du dich davor nicht getraut hast. Daher tust du, was du zu tun hast, was du schon immer hättest tun müssen, wofür dir lange, sehr lange Zeit der Mut gefehlt hat – oder die Vernunft.

Botscho hatte sich einmal, als er noch Partisan war, schlimm erkältet, er bekam eine Rippenfellentzündung und wäre beinahe draufgegangen. Er sah ein, dass er den Tod noch nicht kannte. Sobald er wieder gesund war, wurde er zu dem, der er werden musste – zum Schmuggler, der auf Gefahr pfeift, noch mehr als die Partisanen.

Und auch Reso machte eben das, was er längst hatte machen wollen und sich nicht getraut hatte – er setzte sich in den Zug nach Sugdidi, in Sugdidi gab er einem Studenten einen Brief nach Tbilissi für seine Tochter mit, ging zu der Brücke über den Enguri, bekreuzigte sich, überquerte die Brücke und machte sich schnurstracks auf den Weg nach Sochumi, wo er sein Haus, seine Frau und all das aufzusuchen gedachte, was er noch stärker zu vermissen gelernt hatte dank der Arschlöcher, die ihn als »aus seiner Stadt geflohene Ratte« bezeichneten und seinem Schwiegersohn empfahlen, Kondome zu benutzen … die konnten ihn alle mal!

In Resos Abschiedsbrief stand nicht viel – »es wäre schön, wenn ich zurückkomme, und wenn nicht, seid nicht allzu traurig, eins werd ich schon schaffen: dass sie mich neben meiner Frau begraben.« So halt … er ging leise, ohne viel Aufhebens darum zu machen, wie das so seine Art war.

Und Lali saß da und zerbrach sich den Kopf darüber, warum Reso so gar nicht an seine Enkel dachte, warum er sich nicht darum scherte, dass wir uns zu Tode sorgten, dass wir uns bis ans Ende unseres Lebens jeden Abend vor dem Schlafengehen fragen würden, ob wir was falsch gemacht hätten und er deshalb nach Sochumi abgehauen war.

Er ging … Er ging, um zur Sonne zu fliegen – wie Kontschi immer sagte, wenn über uns eine Granate heulte: »*Die ist zur Sonne geflogen.*«

3

In Sugdidi kam ich frühmorgens an. Mein Gefühl sagte mir, dass Reso nicht bei Botscho vorbeischauen würde, bevor er sich auf den Weg nach Sochumi machte; aber einen Funken Hoffnung hatte ich eben trotzdem.

Botscho traf ich nicht zu Hause an. Und als ich Maria, seiner Frau, von Reso erzählte, klappte ihr die Kinnlade herunter.

Maria ist Botschos zweite Frau, eine Russin aus Sotschi – in Sotschi geboren und groß geworden, dazu noch »gebildet«, wie Botscho gerne über seine »zweite zweite Hälfte« bemerkt. »Einfach Maria« – so stellt sie sich bei den Leuten vor. Damit meint sie, dass sie nicht mit Nachnamen und Vatersnamen angeredet werden will. Deshalb bekam sie den Spitznamen »Prostomaria« (Einfachmaria), in Anlehnung an die gleichnamige Seifenoper. Eigentlich hat sie Russische Philologie studiert und hegt eine große Liebe zur Literatur. Über »Der Meister und Margarita«, »Doktor Schiwago« und »Anna Karenina« gerät sie ins Schwärmen. Botschos erste Frau, deren Verwandte und Botschos Verwandte glauben, Maria wäre Botschos Geliebte, für die er seine erste Frau verlassen hat. Und Maria geht davon aus, dass sie Botschos zweite, jedoch rechtmäßige Frau ist.

Botscho und Prostomaria leben auf dem Lande. Von ihrem Haus ist eine alte Festung zu sehen, ich glaube aus dem Mittelalter, und der Kaukasus. Im Hof gackern Hühner und schnattern Gänse, die, wenn ein Fremder vorbeikommt, anfangen zu zischen, und von dem Zischen wacht dann der alte Hofhund, Mangaria, auf und bellt. Die Gänse bemerken Botschos Milchkühe, Feulia und Tschela, schon von Weitem, wenn sie vom Feld zurückkehren, und da sie genau wissen, wie die Hausherrin sich über deren Rückkehr freut, fangen sie an zu flattern, woraufhin Mangaria winselt. Arabia aber ist ein freiheitsliebendes Pferd (»Immer unterwegs, wie sein Besitzer Botscho«, wie Prostomaria das ausdrückt), er kommt ans Tor, wann er Lust hat, schnaubt, frisst Maria Maiskolben aus der Hand, leckt Salz oder Zucker und zieht weiter ... kurz gesagt, es herrscht eine ländliche Idylle dort, und die Schöpferin dieser Idylle, Prostomaria, hat außer ihrer glockenklaren Stimme und ihrem lebhaften Lächeln, bei dem ihr Zahnersatz zum Vorschein kommt und ihre Narbe an der Oberlippe deutlich hervortritt (Tschela hat sie letztes Jahr mit dem Horn erwischt, sowohl die Brücke über die Schneidezähne als auch die Narbe sind ihr Verdienst), den festen Glauben daran, dass, egal wohin Botscho auch geht, er immer zu ihr zurückkehren wird. Botschos erste Frau und ihre ganze Verwandtschaft sind dagegen fest davon überzeugt, dass Botscho nicht zu Prostomaria, sondern zu seinem Sohn Artschia zurückkehrt.

Artschia ist ein cooler Typ. Er ist erst acht, aber wenn du ihn drum bittest, malt er dir naturgetreu die Hühner, die Gänse, Arabia, Mangaria, die Festung aus dem Mittelalter und den Kaukasus, und am besten malt er Botscho.

Vor dem Krieg kannten Maria und Botscho einander nicht, sie haben sich im Krieg kennengelernt. Nach dem Krieg, als Botscho schon Partisan war, ließ er Maria in Sotschi einen Brief zukommen, sie solle nach Sugdidi kommen, er wolle sie heiraten und ihr das Leben einer Königin bieten, und Prostomaria kam, aber Sugdidi gefiel ihr nicht.

»*Die Leute haben so einen Sauberkeitsfimmel, ihre Gärten sind so gepflegt, und die Stadt selbst starrt vor Dreck, das ist zum Durchdrehen – ich verstehe die Leute einfach nicht*«, sagte sie damals, und jetzt lebt sie auf dem Lande, unterrichtet Russisch in der Dorfschule und brennt Pflaumenschnaps in einem Kupferkessel. Für einen Liter im Kupferkessel gebrannten Schnapses sind die plumpen UN-Jungs mit ihren Sonnenbrillen bereit, acht Dollar hinzublättern.

»*Eine komische Familie sind wir, nicht?*«, fragt mich Prostomaria manchmal.

»Nein, wieso denn?«, antworte ich.

»*Ich weiß, dass wir komisch sind*«, beharrt Prostomaria, »*dafür aber weiß ich auch ganz genau, dass ich meinen Unvollendeten sehr liebe!*«

Maria nennt Botscho ihren »Unvollendeten« und manchmal auch »Alibaba«. Wenn du dir Prostomaria so anschaust, würdest du meinen, ihr wäre egal, was die Leute über sie denken, wie allen Russen. Aber das stimmt nicht – sie hat sich sogar an die megrelische Hitzigkeit angepasst. Nur den Tick der russischen Frau, alles und jeden zu kontrollieren, kann sie nicht ganz ablegen, und so kann sie sich auch nicht mit dem Gedanken anfreunden, dass Botscho und Arabia immer, ohne sie zu fragen, umherziehen. Der megrelischen Hitzigkeit ist es auch zuzuschreiben, dass sie, als sie von Resos »Flug zur Sonne« erfuhr, sagte, er hätte bedenken sollen, dass die Leute das falsch verstehen könnten.

»Vielleicht hat ›Mister Klimax‹ bei ihm angeklopft?«, fragte Maria mich vorsichtig.

Ich meinte, mit Wechseljahren habe das nichts zu tun, er habe Lust bekommen, zur Sonne zu fliegen, sonst nichts. Ich sagte, dass ich wahrscheinlich dasselbe gemacht hätte, damit mein Leben kein unvollendeter Roman bliebe. Es ist nämlich so, dass Maria das Leben als einen »unvollendeten Roman« bezeichnet. Sie meint, dass sogar das Leben des größten Romanciers der Welt, Tolstoi, ein unvollendeter Roman, eine unerledigte Geschichte gewesen sei.

Maria tischte mir ein leckeres Frühstück auf. Nach dem Frühstück ging ich in die Stadt, rief Lali an und ließ sie wissen, dass Reso nicht bei Botscho vorbeigeschaut hatte, bevor er nach Sochumi gegangen war. Dann kehrte ich zurück zu Botschos Haus, und Maria kochte mir was Leckeres zu Mittag.

Nach dem Essen machten Artschia und ich uns auf die Suche nach Arabia. Wir suchten lange, aber vergebens. Arabia beruhigt meine Nerven, das ist wie bei Botscho. Botscho hat eigentlich starke Nerven, und er sagt immer geradeheraus, was er denkt, ohne viel drum herumzureden.

Nach unserer Rückkehr beschloss ich, solange Artschia die Hausaufgaben erledigte, ein Nickerchen zu machen, konnte aber nicht einschlafen. »Vielleicht hat ›Mister Klimax‹ bei ihm angeklopft?«, klang es mir die ganze Zeit im Ohr, aber ich war sicher, dass Reso weder mit »Mister Klimax« noch mit »Lady Gaga« Beziehungen pflegte. Wobei, ein bisschen plemplem sind wir ja alle. Ist Maria nicht selber ein bisschen plemplem? Sicher ist sie das. Wenn sie das nicht ist, was hat sie dann in diesem Dorf verloren (dabei will sie noch eine Entenfarm gründen!), wo es niemanden interessiert, ob Anna Karenina sich vor einen Zug oder eine Dampfwalze geworfen hat, sogar die Lehrerinnen in der Schule denken, der Meister von Bulgakow wäre ein Handwerker und Schiwago so etwas wie der Doktor Aibolit aus dem Kinderbuch.

Eigentlich tut mir Prostomaria manchmal schon leid, wegen Botscho ist sie gezwungen, auch die Männerarbeiten selbst in die Hand zu nehmen: Sie hackt Holz, übernimmt die Weinlese, brennt Schnaps, und falls nötig, kann sie auch mit dem Hammer ganz gut umgehen.

Russische Frauen haben die Angewohnheit, anderen ständig ihre Meinung zu verklickern. Ehrlich gesagt ist Prostomaria auch so eine, besser gesagt, sie überkommt öfter wie bei einem epileptischen Anfall plötzlich die Lust, andere zu belehren, nur bei Botscho scheut sie sich davor.

Botscho ist eine harte Nuss, dem ist es völlig egal, dass Prostomaria seinetwegen auf das Leben in Sotschi verzichtet hat, wo ihre Eltern ein Haus besitzen. Aber Botscho mag Sotschi auch sehr und glaubt, dass wir es eines Tages zurückgewinnen werden, genauso wie Sochumi.

»Sotschi gehört uns!«, sagt Botscho manchmal zu Prostomaria. Und fügt hinzu: »*Glaubst du etwa, dass Sotschi ursprünglich russisches Land war, Weib? Hol euch der Henker, ihr werdet noch vor Habgier platzen, territorial werdet ihr platzen, und es bleiben nur die Hufe und die Hörner übrig.*«

So denkt Botscho und glaubt auch fest daran. Wenn er wütend ist, spricht er seine Frau mit »*Weib*« an. Dann will er nichts mehr hören. Auch Artschia, wenn er mal alleine ist, stellt sich vor den Spiegel, macht eine ernste Miene und donnert: »*Weib!*«

»*Er tut mir leid. Was er schon alles durchgemacht hat, mein Dummerchen*«, sagt Prostomaria manchmal über Botscho und nimmt es sich sehr zu Herzen, dass sie in der Familie nicht die Fäden in der Hand hält – für russische Frauen ist das ein hartes Los, aber, obwohl sie immerhin siebenundzwanzig Jahre jünger ist als Botscho, hat sie Lali mal anvertraut, dass sie ihren Mann »schrecklich liebt«.

Artschia machte seine Hausaufgaben, und ich döste vor mich hin. Mein Gefühl sagte mir, Botscho würde sich verspäten. Vorahnungen und hellseherische Neigungen habe ich von Ziala. »Heute müssen wir mit Besuch rechnen«, behauptete sie manchmal, und wirklich tauchte dann Besuch auf. Manchmal schien mir, sie könne Gedanken lesen. Sobald ich dran dachte, kurz raus zu gehen, zu den Nachbarn, oder mit den Kumpels auf der Straße abzuhängen, ermahnte mich Ziala im gleichen Augenblick: »Wenn du vorhast auszugehen, bitte schön, aber iss erst was zu Mittag. Bitte.« Sie sagte immerzu »bitte« oder »bitte schön«. So war sie eben. Reso versuchte eine Zeit lang, ihr das abzugewöhnen, gab aber nach wiederholten Misserfolgen auf.

Ach, Ziala, Ziala, du bist zu früh von uns gegangen ...

Meine Schläfrigkeit war verflogen. Ich gab Prostomaria Bescheid, dass ich kurz zur Brücke wollte und ging.

Es sah nach Regen aus.

Ich spürte, wie sehr ich den westgeorgischen Regen vermisst hatte, einen Regen, der deinen Kopf wie mit warmen Fingern abtastet.

Von Botschos Haus zur Hauptstraße und dann die Hauptstraße entlang lief ich vier Kilometer. In einigem Abstand von der Brücke fand ich eine geeignete Stelle, machte es mir gemütlich und zündete mir eine Zigarette an. Ich setzte ein Gesicht auf, als würde ich jemanden von der anderen Seite der Brücke erwarten. Von Weitem beobachtete mich so ein Pseudokriminneller. Ich hatte das Gefühl, dass er bei der Arbeit war: Er sah wie ein Spitzel aus. Wenn die Spitzel der Geheimdienste sich unter die Leute mischen wollen, dann machen sie auf kriminell und sehen aus wie Idioten. Der Typ ging mir auf die Nerven, aber ich hielt mich zurück. Er dachte bestimmt, ich wäre ein Drogenkurier oder sogar ein Dealer, wobei ich hoffe, dass ich nicht wie ein Drogendealer aussehe. Er schien auch kein Einheimischer zu sein, und auch nicht aus Gali. Die Galier erkennst du sofort. Aber er sah auch nicht aus wie ein Sochumer. Ein Sochumer würde die Mütze nicht so tief in die Stirn ziehen wie er. Ganz im Gegenteil, ein Sochumer schiebt die Mütze weit in den Nacken, die Stirn lässt er frei. Auch seine Art zu hocken verriet, dass er nicht aus Sochumi war. Die Sochumer können viel geschickter hocken und stundenlang in dieser Position verharren.

Die anderen dort begutachtete ich ebenso sorgfältig. Keiner schien aus Sochumi zu kommen.

Ich blickte zur Brücke und versuchte, mir vorzustellen, was Reso gemacht hatte, bevor er sie passierte. Bestimmt hatte er sich bekreuzigt.

Vor zwei Jahren ist er religiös geworden, nachdem ihm dieser Hundesohn gesagt hatte, sein Schwiegersohn solle lieber Kondome benutzen. Er wurde ganz verschlossen und hat sich in Jehova-Lektüre versenkt, in kunterbunte glänzende Bücher. Eine Weile wagte ich aus Respekt nicht, etwas zu sagen, aber einmal, als ich betrunken war, konnte ich mich nicht länger zurückhalten und fragte, ob wir ihm zum Geburtstag vielleicht eine schwarze Hose, ein weißes Hemd und eine schwarze Tasche schenken sollten.

»Was willst du damit sagen?«

»Keine Ahnung, die Zeugen Jehovas laufen doch die ganze Zeit wie die Minister herum, sogar eine Krawatte tragen sie, und lächeln dabei gütig«, gab ich zurück, wie ich es mir zurechtgelegt hatte.

Reso blickte zu Lali. Er dachte, sie hätte mich angestiftet; ganz falsch lag er da nicht.

»Schreiben können sie aber richtig schön«, entgegnete er. Und wenig später fing er an, in unsere Kirche zu gehen. Die Zeugen, die Reso mit Lektüre versorgt hatten, drehten fast durch, sie hatten schon frohlockt, Reso für sich gewonnen zu haben.

So ist Reso eben, er tut in aller Ruhe und ohne großes Tamtam, was zu tun ist. Zuerst überlegt er lange, geht verschiedene Möglichkeiten durch, wägt ab, rechnet alles durch, wie man sagt, bereitet sich moralisch vor, und dann geht's los ... Es ist wie mit der schweren Artillerie, rollt sie einmal los, ist sie nicht mehr aufzuhalten. Wie ein sowjetischer Panzer, der läuft mit jedem Sprit und kommt überall durch. Er schafft alles – oder fast alles.

Es fing an zu regnen, und ich warf mir den Regenponcho über, den Prostomaria mir mitgegeben hatte. Es war ein Frauenponcho, rot, mit Sonnenblumen drauf. Also Sonnenblumen oder so was Ähnliches. Die Menschen bewegten sich langsam und lautlos wie auf einer Totenwache. Es kam Wind auf, und nach drei Minuten hörte es auf zu regnen.

Ich kapierte endlich, warum ich hierhergekommen war – ich wollte die Lage checken und mir die Frage beantworten, ob ich an seiner Stelle gewagt hätte, über die Brücke zu gehen und nach Sochumi zu fahren. Tja, ich weiß es nicht ...

Nicht dass doch Mister Klimax bei Reso angeklopft hatte, ging es mir wieder durch den Kopf. Einmal hat er angeblich zu Lali gesagt, wenn ein Hund seinen Tod nahen spüre, gehe er von zu Hause fort, wenn ein Mann seinen Tod kommen sehe, solle er nach Hause zurückkehren. Lali trug schon immer gern dick auf, aber bei Reso ging es tatsächlich nicht ohne solche philosophischen Ausbrüche.

Der Pseudokriminelle stellte sich neben einen der vor der Brücke wartenden Planwagen und begann, sehr städtisch das Pferd zu streicheln, so wie nur Städter das tun, wenn sie Pferde und Kälber streicheln – gönnerhaft, posermäßig. Ich geh mal hin und sprech mit ihm, dachte ich. Es genügt, mit einem, der von drüben ist, also von der anderen Seite des Enguri, Russisch zu sprechen, da weißt du sofort, aus welcher Stadt er ist. Die Otschamtschirer sprechen genauso gut Russisch wie die Sochumer, aber um ihren Akzent zu verdecken sprechen sie irgendwie angespannt, fast in so einer Art Singsang.

Der Typ erwies sich als Otschamtschirer. Er würde seit zwei Tagen vergeblich auf die Ankunft von Verwandten von drüben warten. Ich hatte immer noch den Verdacht, dass er ein Geheimdienstler war. Der Besitzer des Planwagens war ein Ortsansässiger, ein alter Mann aus einem nahe gelegenen Dorf. Er meinte, er würde Haselnüsse aus Gali bekommen und sie nach Hause bringen, im Auftrag eines cleveren Geschäftsmanns – so wie er das sagte, hielt er mich wohl für einen Erpresser. Dabei wollte ich nur einen mit ihm trinken, ich hatte Prostomaria um eine Flasche Schnaps gebeten.

»Triffst du auch mal welche, die von hier aus nach Sochumi wollen?«, fragte ich.

»Selten«, kam knapp die Antwort.

Ich pfiff auf seinen misstrauischen Blick und streichelte das Pferd. Ich glaube, mir gelang das nicht besser als dem Otschamtschirer. Ein trauriges Pferd war das, alt, es grummelte in seinem Bauch. Ach, ihr eingebildeten Städter, dachte es bestimmt, genau wie sein Besitzer.

»Ich würde gern mit einem Sochumer sprechen, ich hätte da ein paar Fragen«, sagte ich dem Mann. »Kommt da mal jemand rüber?«

»Wenn, dann haben die eh keinen Bock zu reden!«, antwortete er.

»Kannst du mir vielleicht helfen?«

»Weiß ich nicht, mein Junge.«

Die Bauern haben die Ruhe weg. Der Alte war traurig wie sein Pferd. Man sagt, Herrchen und Hund werden einander ähnlich mit der Zeit. Ich hab nie drauf geachtet, aber ich glaube, dieses Gesetz gilt auch für Pferde und deren Besitzer.

»Morgen komm ich dann schon ganz früh. Bist du morgen da?«, ich ließ nicht locker. Es wäre wirklich gut gewesen, mit einem aus Sochumi zu reden, selbstverständlich mit einem, der auch Bock auf Reden hatte.

»Ich kann dir vielleicht helfen«, sagte der Otschamtschirer auf einmal. »Wie es aussieht, werd ich wohl auch morgen hier rumstehen. Ich kenne schon die Gesichter und weiß, wer woher kommt.«

»Könnte ich jemandem einen Brief nach Sochumi mitgeben?«

»Ist was passiert, mein Junge?«, fragte der Alte.

»Mein Vater ist nach Sochumi gegangen … ›Ich will das Haus und das Grab meiner Frau besuchen‹, hat er gesagt«, plötzlich schüttete ich ihm mein Herz aus. »Er ist einfach abgehauen ...«

Beide musterten mich schweigend. Dann fragte mich der Alte, wie mein Vater aussehe, und ich beschrieb es ausführlich.

»Womöglich hat er sich vor der Brücke bekreuzigt, er ist in letzter Zeit immer in die Kirche gegangen. Vielleicht hilft dir das auf die Sprünge«, ich verstand im gleichen Moment, dass ich Stuss redete.

Der Alte zuckte mit den Schultern; so jemand sei ihm nicht aufgefallen. »Sie werden ihm nichts tun, keine Angst. Wenn sie ihn schnappen, verlangen sie Lösegeld; mit fünfzigtausend fangen sie an, und für zweitausend oder sogar nur tausend lassen sie ihn dann frei«, bemerkte er kühl. Wie es schien, vertraute er mir doch nicht ganz.

»Falls er denen in die Hände fällt, die es auf meinen Onkel oder auf mich abgesehen haben, dann ist es aus mit ihm!«, erklärte ich. »Wenn ich jemandem einen Brief mitgeben könnte, einem, der mich nicht hängen lässt, wäre das gut. Ich hab da Leute, auf die ich zählen kann und die würden auf ihn achtgeben.«

»Hast du gekämpft?«, fragte der Alte.

»Ja«, sagte ich.

»Komm morgen. In der Früh. Ich werd auch da sein, und zusammen fällt uns schon was ein. Falls ich nicht da bin, warte hier, dann bring ich wahrscheinlich grad die Nüsse nach Haus; ich brauche knapp ne Stunde hin und zurück«, sagte der Alte. »Wenn ich den Wagen voll hab, lad ich ihn zu Haus ab und komm wieder zurück.«

Ich nickte und lächelte. »Dann bin ich dir was schuldig.«

»Hatte dein Vater einen Passierschein?«, fragte der Otschamtschirer.

Ich verneinte.

»Dann wäre er nicht durchgekommen. Seit einer Woche haben sie die Kontrollen verschärft. Davor ging es noch, für ein Schmiergeld hätten sie einen durchgelassen. Anscheinend ist er über den Fluss.«

Verdammt! Ich hab mir umsonst vorgestellt, wie Reso sich bekreuzigt hat, bevor er den Fuß auf die Brücke setzte, dachte ich.

Es fing an zu regnen. Ich warf einen Blick auf meinen Regenponcho, nicht dass sie mich wegen dem Poncho für ne Schwuchtel halten, dachte ich und holte die Flasche Schnaps hervor.

»Selbst gebrannt«, sagte ich und schüttelte die Flasche.

Wir tranken im Regen, unter dem Regenponcho. War echt gut. Anscheinend hatten sie noch nie so getrunken: unter einem Regenmantel, auf Boewikenart.

Als ich zu Botschos Haus zurückkehrte, regnete es immer noch.

Der Regen rauschte am vorspringenden Dach. Vielleicht lohnt es sich allein schon dieses Rauschens wegen, auf dem Lande zu leben.

Ich mag Regen.

Einmal, an Silvester, goss es in Strömen in Sochumi. So stark, dass es mir noch lieber war als Schnee.

Ich erinnere mich noch, wann ich den Jahreswechsel am stärksten wahrgenommen habe – in der siebten Klasse, mit einer Digitaluhr. Davor hatte ich den Jahreswechsel immer nur auf einer einfachen mechanischen Wanduhr verfolgt. An jenem Tag hatte Reso Ziala eine Digitaluhr geschenkt. Digitale Uhren waren damals eine Rarität und hochgeschätzt. Lali und ich schauten auf die Uhr, auf dem Display erschien erst 23:59 und dann mit einem Mal vier Nullen. Ich schaute auf die vier Nullen und hatte das Gefühl, mein Leben von null beginnen zu müssen. Davor hatte Reso, wie viele Männer in seinem Alter, oft gesagt – und das selbstverständlich voller Stolz –, er habe das Leben von null begonnen, er habe weder das Haus noch das Grundstück gehabt, um das Haus zu bauen, aber jetzt könne er nicht klagen. Und die vier Nullen sind fest in meinem Gedächtnis haften geblieben, als ob alles, was davor war, verschwunden wäre, ausgelöscht, und es müsse nun etwas anderes beginnen, was, wusste ich nicht, eben etwas anderes.

Auch an dem Tag, als ich an der Brücke stand und mit dem Kutscher und dem Kerl aus Otschamtschire quatschte, schienen sich die beschissenen Nachkriegsjahre, die ich ohne Sochumi verbracht hatte, eins nach dem anderen in Luft aufzulösen, und es erfüllte mich die Erwartung von etwas Neuem.

Eigentlich schienen sowohl der Alte als auch der Otschamtschirer keine schlechten Menschen zu sein, obwohl, vielleicht war nicht nur der Otschamtschirer, sondern auch der Kutscher vom Geheimdienst, wer weiß.

Prostamaria kochte mir ein wunderbares Abendessen.

Es regnete immer noch. Ich wollte raus, im Regen rumlaufen. Ich beschloss, zu Kontschis Grab zu gehen.

Während des Krieges hatte ich einen Regenmantel mit einer großen Kapuze, der reichte mir bis zu den Füßen.

Selbst wenn du zwei Tage und zwei Nächte im Regen gestanden hättest, wäre kein Tropfen durchgekommen, das Einzige was passierte, war, dass er immer schwerer wurde. Ich hab es gemocht, mich in den Regenmantel zu hüllen – trocken und gemütlich war es darin, und der Regen trommelte auf die Kapuze.

Maria ist fast verrückt geworden – es würde gleich Nacht, und was ich auf dem Friedhof verloren hätte –, aber ich bin doch hingegangen, wieder mit dem roten Sonnenblumen-Regenponcho.

Während ich die Zeit totschlug und dem Alten und dem Kerl aus Otschamtschire an der Brücke auf die Nerven ging, war ein Typ zu Maria gekommen, von Botscho geschickt, und hatte die Nachricht überbracht, dass Botscho sich bis morgen nicht werde blicken lassen. Wenn Botscho »auf Arbeit« ist, und vor allem, wenn er sich verspätet, zündet Maria die Kerzen vor den Ikonen an und betet für ihren Mann, dass er unversehrt nach Hause zurückkommen möge.

Im Regen auf dem Friedhof, das ist ziemlich bedrückend, noch dazu, wenn es gerade dämmert und der Tote auf dem Grabstein so herzlich lacht wie im Leben. Immer wenn ich an Kontschis Grab bin, frage ich mich, wie Kontschis Kind wohl so ist. Ich stelle ihn mir mal so, mal so vor. Botscho hat gesagt, er würde für Kontschis Sohn Geld ansparen, und eines Tages würde er es ihm geben.

Kontschi und Botscho aßen immer gemeinsam. Bevor wir nach Tbilissi gezogen sind, lebten wir alle – Kontschi, Reso, ich, meine Frau, die Kinder und Lali mit ihrem Mann – in dem Haus, in dem jetzt Botscho und Prostomaria lebten. Wir waren eine große Familie. Einer seiner Verwandten mütterlicherseits hatte Reso das Haus überlassen, dann hatte Reso es ihm abgekauft. Falls Kontschi und Botscho zu Hause waren, fing der Morgen mit einem Streit an, es ging immer um Politik, es flogen die Fetzen.

»*Beruhigt euch doch, um Himmels willen!*«, klagte Maria auf Russisch, den Tränen nahe. Am Ende rannte sie zu Reso, dass wenigstens er die beiden beschwichtigte. Reso scherzte, wenn sie nicht aufeinander losgingen, dann würden sie auf uns losgehen, sollten sie sich doch besser miteinander beschäftigen. Manchmal meinte er das ganz ernst.

»Wettet mal um eine Packung Zigaretten«, stachelte Dato, der Mann von Lali, sie auf – Zigaretten waren seine Hauptsorge, selbst hatte er nie welche, und alles andere war ihm schnurzegal. Die in der Wette verlorenen Zigaretten löste keiner der beiden je ein, und das machte Dato wahnsinnig.

Manchmal gingen auch Lali und Dato aufeinander los. Lali schimpfte immer, wie er denn überhaupt beanspruchen könne, das Familienoberhaupt zu sein, wenn ihm alles immer so egal sei, und warum er nie etwas tue, damit es ihnen besser ginge. Dato zählte auf seine Brüder, er meinte, sie würden heute oder morgen in Tbilissi ihr Geschäft aufbauen und ihn dann auf jeden Fall mit ins Boot holen.

Lali glaubte nicht daran – »Ja, sie werden ihn holen, wenn sie ein Problem haben und selbst Hilfe brauchen«, sagte sie zu mir. »Dass du einen Knall hast, verstehe ich, und ich verstehe auch, warum. Ich verstehe auch, warum Botscho einen Knall hat, und Kontschi sowieso, aber ihr habt gekämpft, ihr habt Rattenfleisch gefressen, um nicht zu verhungern.« Einmal hatte Kontschi sie veräppelt und ihr erzählt, wir hätten hinter den feindlichen Linien Rattenfleisch gefressen, und sie hat es ihm abgenommen. »Es würde mich eher wundern, wenn ihr keinen Knall hättet, aber dieser Trottel«, damit meinte sie Dato, »hat nicht gekämpft. Der Krieg und auch sonst alles war ihm scheißegal – wieso hat er dann so einen Knall?«, beklagte sie sich bei mir.

»Sie werden ihn mit ins Boot holen«, beruhigte ich sie, und das Wunder geschah – sie haben Dato dazugeholt und ihm sogar eine Werkstatt, nicht ganz so groß wie die ihre, aber doch eine richtige Tischlerwerkstatt, am Rande von Tbilissi gegeben.

Lali glaubte trotzdem nicht an die Selbstlosigkeit der Brüder. Dass sie ein undankbarer Mensch war, kann ich nicht behaupten, aber dass sie nicht daran glaubte, das stand fest.

Es geschah noch ein zweites Wunder: Dato hat sich im Geschäft bewährt. Er wurde ganz anders, sachlich und ernst.

Und dann veranstaltete meine Frau Nana, wo sie doch sonst nie was sagte, einen Aufstand.

»Wie lange werden wir noch in dieses gottverlassene Dorf verbannt sein?«, fragte sie mich.

»*Sie hat recht – macht mal was!*«, unterstützte Maria sie. Ich solle mich nicht an Botscho und Kontschi orientieren, das seien hoffnungslose Fälle, ich dagegen hätte eine Zukunft, versuchte sie mich, wie sie glaubte, anzuspornen.

Im Unterschied zu Dato wartete ich nicht darauf, dass mich jemand irgendwo dazuholte, aber dann holte mich Dato dazu. Ich sollte sein Assistent sein und Aufträge reinholen. Ich hatte keinen Bock, mich um Aufträge zu kümmern, aber Nana meinte, sie würde vor meinen Augen vor Kummer vergehen. Sie nahm es sich zu sehr zu Herzen, im Dorf von der Welt abgeschnitten zu sein.

So kam ich nach Tbilissi und verschaffte Dato nicht wenige Kunden. Ich stellte mich also recht geschickt an, aber Datos Brüder waren trotzdem unzufrieden, sie meinten, man hätte mehr draus machen können. Dato seinerseits ließ seit einer Weile das ganze Geld in seine Venen fließen; als seine Brüder davon erfuhren, schlossen sie ihn aus dem Geschäft aus, und ich lernte Tischler.

Laut Datos älterem Bruder bin ich ein Profi geworden – ein wahrer Meister Geppetto. Datos älterer Bruder hat sich als ganz passabler Kerl herausgestellt, er hat sein Geschäft, und dazu ist er auch noch Bulle. Er fletscht zwar manchmal die Zähne, beißt aber nicht.

Nachdem ich nach Tbilissi gegangen war, fing Prostomaria mit der gleichen Leier an wie Nana, aber Botscho hat das von vornherein unterbunden und wurde Schmuggler. Und Kontschi ging nach Moskau.

Ich bin bis heute Tischler. Geppetto ist mein Spitzname. So ist das eben.

Aber ich arbeite jetzt in einer anderen Werkstatt, bei Datos Brüdern. Dato verkaufte seine Rumpelkammer und ließ den Erlös in seine Venen fließen.

An der linken Hand fehlen mir zwei Finger – der kleine und der Ringfinger. »Immerhin ist der Stinkefinger noch da«, sag ich manchmal aus Spaß.

Dato ist jetzt aufgestiegen, er ist beim Drogendezernat, ein echter Bulle. Erwischt er einen beim Fixen, lässt er ihn die Spritze rausziehen und spritzt sich selbst.

Lali betet jeden Tag vor den Ikonen, aber auf ihre Art – sie zündet die Kerzen an, kniet sich hin und beklagt ihr Schicksal: »Warum, Gott, warum, warum? Womit hab ich das verdient, womit, womit ...?«

Datos Brüder wollten auch aus mir einen Bullen machen. Ihrer Ansicht nach hätten sie mir ein Dienst erwiesen: Wie lange ich denn noch körperlich arbeiten wolle.

»Aus mir wird kein Bulle«, stellte ich klar.

»Vielleicht versuchst du einfach mal dein Glück?«, meinte Lali auch noch. Ey, Lali, Lali ...

Nur Nana verstand mich. »Gott sei dank, dass du kein Junkie bist«, sagte sie und fing an zu weinen.

Sie weint oft. Ich tue ihr leid, und sie weint um mich und um sich selbst. Wenigstens einmal in hundert Jahren versteht dich deine Frau, und einmal in zweihundert Jahren bedankt sie sich sogar dafür, »dass du bist, wie du bist, und du bist am Leben und dabei kein schlechter Kerl, und es macht gar nichts, dass du weder ein Bankier noch ein Minister oder ein berühmter Klavierspieler bist ...«

Bis Nana heiratete, also mich heiratete, war sie verrückt nach Klavierspielern. Auch Ana lernt Klavier. Es ist eine Augenweide, wie sie sich ans Klavier setzt, das Reso ihr gekauft hat. Eine Augenweide sage ich, weil ich kein musikalisches Gehör habe. Es ist auch was Besonderes, Nana zu sehen, wie sie das Spiel von Ana beobachtet – sie ist so stolz auf sie, dass ihr immer die Tränen kommen.

Anas Klavierlehrerin ist eine Frau mit großen Brüsten – eine Sexbombe. Sie hat zwei schwere Artilleriegeschosse im BH, aber sie tickt nicht ganz richtig. Von wegen nicht ganz, bei ihr stimmt was ganz gewaltig nicht. Aber Nana war trotzdem eifersüchtig, wenn die mit ihrer Artillerie mich anlächelte. Manchmal bekommen die Frauen große Lust, eifersüchtig zu sein, damit wollen sie ihrem Leben Würze geben, und vergessen darüber die wichtigeren und größeren Sorgen …

Diese bescheuerte Lehrerin hat einen sehr viel jüngeren Freund, auch ein Bulle. Meinen Beobachtungen nach wird diese Frau nicht befriedigt, daher lässt sie, wenn sie sich ans Klavier setzt und loslegt, die Schultern fallen, schließt nervös die Augen und zittert so, dass ich immer Angst habe, sie fängt gleich an zu stöhnen. Sie hat echt einen Schaden.

An Kontschis Grab suchte ich unter der Eisenbank nach der dort vergrabenen Schnapsflasche. Sie war da. Ich wollte nicht trinken, mich nur vergewissern. Vor vier Jahren hab ich sie da vergraben, fürs nächste Mal, und bei jedem Besuch tausche ich den Plastikverschluss der Flasche aus und vergrabe sie wieder in der Erde. Als wir noch in Sochumi waren, öffnete Reso keine Flasche Selbstgebrannten, die jünger war als acht Jahre. Sein Schnaps ging runter wie Schokolade. Letztes Jahr, als ich mit Nana und Ana an Kontschis Grab war und den Flaschendeckel ausgetauscht habe, fragte ich mich, ob sich bis zum nächsten Besuch was ändern würde, ob wir ein bisschen würden durchatmen können.

Es macht mir keinen Spaß, Fenster zu bauen, ich kann's nicht ändern. Es gibt auch nicht genug Aufträge, alle steigen auf Kunststoff um, Holzfenster kaufen nur die, die sich nichts anderes leisten können. Dabei hab ich gelernt, richtig tolle Fenster englischer Art zu bauen, ein echter Blickfang. Eine Hälfte der Werkstatt haben Datos Brüder mittlerweile für Metallrollos umgebaut. Die Rollos machen aber ein paar Jungs aus Satschchere. Ich kann mit Metall nicht arbeiten, das Geräusch geht mir auf die Nerven.

Einmal sagte mir einer von den Satschcherern: »Wo man auch hinschaut, überall nur Flüchtlinge.«

»Ja klar, und die auf dem Arbeitersammelplatz am Eliawa-Markt sind wohl Außerirdische«, antwortete ich.

Er war beleidigt. So ist das, alle haben von uns die Nase voll. Eigentlich war er kein übler Kerl.

»Wieso begnügst du dich mit der Tischlerei? Die anderen haben tausend Dinger am Laufen«, fragte er.

»Das liegt mir nicht«, gab ich zurück.

Bald werden Datos Brüder auch Kunststofffenster anbieten, aber mich werden sie, glaube ich, aus Mitleid behalten. Ab und zu kommt auch Dato vorbei und bringt mir ein Bier mit. Wir trietzen einander.

»Und, Gepetto, fleißig am Hämmern?«, fragt er.

»Immer noch fleißiger als die vom Gericht!«

Dato nennt die Sochumer Glückspilze. Weiß der Geier, ob wir Glucks- oder Unglückspilze sind. Manchmal hat er auch was zum Kiffen dabei, astreine Qualität.

Nana brachte mich einmal zu der schlafenden Ana und verlangte, ich solle auf das Kind schwören, dass ich das Kiffen sein lasse, bevor ich alle Finger verloren hätte.

Die zwei fehlenden Finger jucken, wenn Nana solche Sachen mit mir macht. Auch wenn ich mich über etwas ärgere, jucken sie manchmal. Eigentlich habe ich mir damals geschworen, nie bei der Arbeit zu kiffen, und das tu ich auch nicht.

Reso ließ mich auch auf das Kind schwören, nicht zu kiffen. Er hatte keine Ahnung, dass Dato fixt. Das war, bevor er den Herzinfarkt hatte. Nach dem Infarkt ist er überängstlich geworden, die Ärzte rieten ihm, hastige Bewegungen zu vermeiden, und er bewegte sich wie ein Zombie. Wie ein Zombie oder ein Roboter. Wenn ich mir das bekifft anschaute, musste ich immer lachen. Ich sei ein Sadist, meinte Nana.

Einmal hatte jemand zu Nana gesagt, dass man durchs Kiffen impotent werden könne, und sie hat es geglaubt. Sie empfing mich so aufgebracht, dass ich mich zu Tode erschreckte. Ich hatte Bier geholt, Nana mag es auch; in der Schwangerschaft hat sie es zum ersten Mal probiert, und so trinkt sie ab und zu ein Gläschen mit.

Was los sei, fragte ich sie.

»Willst du impotent werden?«, erwiderte sie in dramatischem Tonfall.

Ich war schon auf das Schlimmste gefasst, bevor ich verstand, worum es ging. Sie war nicht davon zu überzeugen, dass es nicht stimmte.

»Hab keine Angst, ich bin doch Gepetto, selbst wenn ich impotent werde, kann ich solche Dinger aus Holz schnitzen, dass es da an nichts mangeln wird«, meinte ich.

Seitdem haben wir nicht mehr über das Thema gesprochen.

So ein Kerl wie ich, der seinen Stolz habe und keine Kompromisse der Familie zuliebe eingehen könne, der dürfe weder heiraten noch ein Kind zeugen, hab ich mal gesagt bekommen. Vielleicht stimmt das auch. Ich kann nichts dafür. Ich kann nicht aus meiner Haut, ich kann mich nicht bei Datos Brüdern einschleimen, damit sie mich mehr in ihre Geschäfte einbeziehen. So sind sie, schleimst du dich ein, dann helfen sie dir weiter. Ich kann das nicht, ich bin für mich, sie für sich.

Als Kontschi, Botscho und ich zusammen kämpften, waren Datos Brüder schon aus Sochumi abgehauen.

Ich tue Nana manchmal leid – sie würde mich auch gegen eine Million nicht tauschen wollen, sagt sie dann. So sind die Frauen; manchmal greifen sie dich so an, dass du dich wie der letzte Dreck fühlst, dass du am Boden zerstört bist, und dann flicken sie dich wieder zusammen, bauen dich auf, sind wieder lieb zu dir, geben dir das Gefühl, es gäbe niemand Besseren als dich. Dann fängt alles wieder von vorne an.

Vielleicht sollte so einer wie ich wirklich weder heiraten noch ein Kind zeugen, sonst wird es an Vitaminmangel leiden, und andere, satte Kinder von denen, die ihren Stolz aufgegeben haben, werden es schikanieren, es fertigmachen.

Reso konnte seinen Stolz ebenfalls nicht überwinden, auf seine Art. Um sich als Mann zu fühlen, ist er abgehauen und nach Sochumi gegangen.

Er hatte den Mut.

Als wir in dem Haus wohnten, wo jetzt Botscho und Prostomaria wohnen, beruhigten Kontschi und Botscho ihre Nerven mit Diskussionen über Politik. Meine Nerven wurden beruhigt, wenn es anfing zu schütten und es so schön vertraut aufs Dach trommelte, das löste etwas in mir aus. Einmal konnte ich vor lauter Begeisterung nicht einschlafen und ging auf den Balkon, um eine Zigarette zu rauchen. Reso erging es ebenso, auch er trat auf den Balkon. Wortlos standen wir da und rauchten, dann seufzten wir, warfen die Kippen weg und kehrten in unsere Zimmer zurück. Ich wartete kurz ab, damit er wieder einschliefe. Im Regen konntest du in Ruhe auf dem Balkon auf und ab gehen, das Quietschen der Dielen wurde vom Regen überdeckt und niemand wurde wach. Sobald ich wieder auf dem Balkon war, tauchte auch Reso auf, mit derselben Hoffnung – auf dem Balkon allein bleiben zu können, und wir rauchten noch einmal schweigend.

Reso meinte, ich solle mit Nana nicht so grob sein, und da fuhr ich ihn an, ich wisse besser, was ich täte.

»Das stimmt auch, aber das Kind leidet darunter!«, erwiderte Reso damals.

So einer war er, er konnte dir mit einer Bemerkung den Wind aus den Segeln nehmen. Damals sprach er noch, aber nachdem Kontschi gestorben war, verstummte er völlig. Erst nach einem halben Jahr gab er wieder was von sich. Aber er sprach wenig; nicht mal den Enkeln schaffte er, Märchen zu erzählen – er fing an und blieb in der Mitte stecken und verstummte.

Es regnete auch in der Nacht vor Kontschis erstem Todestag. Reso und ich standen auf dem Balkon und rauchten.

Auf einmal wandte er sich zu mir und fragte: »Magst du Regen?«

»Was soll ich sagen…«, ich war überrascht.

»Ich mag Regen auch!«, sagte er und ging rein.

So einer war Reso.

Als ich nach Hause kam, war es noch hell. Artschia machte immer noch Hausaufgaben. Er kommt nach seiner

Mutter; wenn er was macht, dann richtig. Ich sagte Prostomaria, ich würde mich hinlegen, und ging in das für mich hergerichtete Zimmer, in dem Nana, Ana und ich gewohnt hatten, bevor wir nach Tbilissi zogen.

Das Haus ist mindestens zweihundert Jahre alt, ein schöner Bau, aus grob bearbeiteten Kastanienbohlen. Gott weiß, wie oft es schon den Besitzer gewechselt hat. Ein greises Haus, nur ohne den spezifischen Geruch. Den Geruch in alten Häusern kann ich nicht ausstehen, aber Maria ist eine dermaßen saubere Frau, dass sie den sogar vertreiben kann. Jedes Zimmer ist unterschiedlich tapeziert. Nana hat die Tapeten ausgesucht. Nana hat eine Tapetomanie, die hat sie von Ziala. Ziala tapezierte das ganze Haus fast jedes Jahr neu. Die heiße Stärke verteilte sie mit einem Besen auf der auf dem Boden ausgebreiteten Tapete und klebte sie dann allein an die Wand. Sie wählte immer helle Tapeten, angeblich ließen sie den Raum größer erscheinen.

Ich vermisse plötzlich Ana. Wenn sie lächelt, werden ihre Augen kleiner, genau wie bei ihrer Mutter. Sie hat meine Augen, aber ich weiß, dass sich in etwa fünf Jahren der vorwurfsvolle Blick ihrer Mutter dort einnisten wird, wenn ich bis dahin nicht genug Geld verdiene und ihr nicht die gleichen schicken Klamotten kaufen kann, die ihre Altersgenossinnen tragen. Ich will nicht, dass sich der Vorwurf in ihren Augen einnistet, ich will Geld verdienen, so viel, dass ich mich, wenn ich im Fernseher die fetten Fressen der Politiker sehe, nicht aufrege, sondern es einfach lustig finde. So viel Geld ist dafür eigentlich gar nicht nötig …

4

Botscho kam frühmorgens. Bestimmt weckte er Artschia wie immer mit einem Kuss. Dann weckten Artschia und Botscho mich.

»Weißt du, wie viele Zigaretten Papa dir gebracht hat?«, fragte Artschia. »Sehr viele!«

»Woher wusstest du, dass ich da bin?«, fragte ich Botscho.

»Die Info hat mich erreicht!«, erwiderte er.

Botscho musterte mich, betrachtete mich prüfend, wollte wissen, ob ich mich verändert, ob das Leben mich kleingekriegt hatte.

»*Und?*«, fragte er, nachdem ich mich angezogen hatte.

»*Weder in der Roten noch in der Weißen Armee!*«, antwortete ich. So begrüßen wir einander, ist schon eine Art Ritual geworden. Das heißt, dass wir immer noch die Alten sind.

Ich wusste, dass er mich nach diesen Worten noch einmal mustern, mir in die Augen schauen würde, als prüfte er einem Pferd vor dem Kauf die Zähne.

Artschia verstand, dass er uns alleine lassen sollte, und ging raus.

»Mein Auto ist kaputt gegangen. Das Arschloch macht mich fertig!«, sagte Botscho. Er behandelte seinen Wagen, als wäre er lebendig.

Er wartete darauf, wann ich anfinge, über Reso zu reden, merkte aber schnell, dass ich das von selbst nicht tun würde.

»Wäre er nur bei mir vorbeigekommen! Ohne zu sagen, was er vorhatte; er hätte einfach sagen können, er wolle mich mal besuchen, und dann wäre er gegangen. Kein Problem!«, fing letztendlich Botscho an.

»Reso wird schon alles durchgeplant und vorbereitet haben. Bestimmt haben ihm seine dort gebliebenen Kumpels auch zugesichert, ihm zu helfen, davon bin ich überzeugt.«

»Gut, essen wir erst was, und dann sprechen wir weiter«, sagte Botscho. »Mein Partner hat mich hängen lassen. Ich dachte, ich kenne ihn, aber anscheinend hab ich mich getäuscht ... Dieses Arschloch ist zu den anderen übergelaufen.«

Botschos Partner war ein alter Mann, er war fürs Verticken zuständig oder, besser gesagt, für die Sicherheit. Er lief durch die Stadt und sammelte Informationen über die Leute, die Botscho die Ware abkauften, das heißt über ihre Vertrauenswürdigkeit. Hatte ein untrügliches Gespür.

»Das wird ganz schön stramm für mich. Ich muss wieder von null anfangen: die Routen wechseln, die Plätze der Warenübergabe und alles«, klagte Botscho.

Plötzlich bekam ich Sehnsucht, wie Botscho irgendwo auf dem Land in so einem Haus zu wohnen.

»Würde ich nicht als dein Partner taugen?«, fragte ich.

Botscho lächelte und schlug mir auf die Schulter, genau wie Kontschi das immer gemacht hatte.

»Und wenn dir was zustößt? Jetzt bin ich den Haien ein Dorn im Auge. Es könnte schlimm ausgehen. Ich hatte zwei Brüder, einer ist gestorben, und der andere ist verrückt geworden. Artschia hat keinen Bruder, und falls mir was zustößt, soll doch jemand für ihn die Vater- oder Bruderstelle einnehmen und ihm ab und zu mal einen Ratschlag geben.«

»Meinst du mich, Sosimitsch?«

»Ja. Was dagegen?«

»Nein, nichts, ich wusste nur nicht, dass du so große Stücke auf mich hältst.«

»So große nun auch wieder nicht. Ich hab halt keine Alternative, das ist alles …«

»Wenn du mich nicht nimmst, dann frag ich einen anderen. Ich hab die Nase voll davon, Laufbursche zu sein, ich will mein eigenes Ding machen. Wenn ich morgens zur

Arbeit gehe, will ich nicht dran denken müssen, wie mein Chef gelaunt sein wird und ob er mir nicht zu sehr auf den Keks gehen wird, und falls doch, dass ich dasselbe mit ihm mache ... Ich will nicht mehr an so was denken, verstehst du, was ich meine?«

»Komm, essen wir erst mal. Ich hab Hunger. Maria hat Kohlrouladen gekocht, die magst du doch.«

»Kohlrouladen hab ich gestern auch schon gegessen. Entweder nimmst du mich, oder ich frag jemand anderes. Und wenn nicht ...«

»Ja, was, wenn nicht?« Botscho ärgerte sich ein bisschen.

»Weißt du noch in ›Data Tutaschchia‹? Wie Tutaschchia sich von diesem alten Juden Geld leiht? ›Wenn ich nicht zurückkehre, ist dein gutes Geld futsch. Falls wir beide am Leben bleiben, ist bei mir nichts verloren.‹ So ist das jetzt auch bei mir, Sosimitsch, fünfhundert Dollar brauche ich. Kann auch sein, dass ich es am Ende gar nicht brauche, aber borg es mir doch, wenn du so viel hast.«

»Sagst du dem guten alten Sosimitsch nicht, was du damit vorhast?«

»Essen wir erst mal.«

»Du bist also Data Tutaschchia und ich ein alter Geldleiher, nicht wahr? Und zu mehr tauge ich nicht.« Er wollte mich reizen, um aus mir rauszukriegen, wozu ich das Geld brauchte. Er hatte seine Methoden, ziemlich bewährte sogar. Aber ich ging nicht darauf ein.

»Reso kommt zurück. So wie er gegangen ist, kommt er auch zurück«, ich überging seine Bemerkung. »Er denkt, er wird jetzt in das alte Sochumi zurückkehren, alle werden ihn umarmen und ihn vermisst haben und fragen, wo er so lange gesteckt hat ... Und bevor du dich versiehst, ist er wieder hier.«

»Essen wir zuerst, und dann sprechen wir weiter.« Botscho schlug mir noch einmal auf die Schulter. »Ich sag es meinen Abchasen, denen, mit denen ich Geschäfte mache, und sie werden ihn herholen. Morgen Abend treffe ich sie, gebe ihnen Geld, und sie bringen ihn. Denen kann man vertrauen, sind gute Leute ... Bist du es leid, Fenster zu bauen?«

»Ja, ich bin es leid.«

Ist ein schöner Ausdruck »es leid sein«. Vielleicht verwenden ihn deshalb so oft die Mädchen, die es kaum abwarten können zu heiraten, in ihren Tagebüchern.

»Reso hat auf uns gepfiffen. Er hat auf uns alle gepfiffen. ›Rutscht mir doch den Buckel runter‹, hat er sich gesagt und ist abgehauen«, sagte Botscho. »Hast du etwa auch vor rüberzugehen?«, er schaute mir durchdringend in die Augen, nach Partisanenart.

»Dafür hab ich nicht die Nerven, ich warte lieber hier auf ihn. Ich hab eine Kleinigkeit zu erledigen, und dann fang ich an, bei dir zu arbeiten ... entweder bei dir oder auf eigene Faust. Ich will ein Mann sein und kein Laufbursche, bei dem man sich erlauben kann, sich während des Sprechens am Sack zu kratzen oder mit dem Zahnstocher zwischen den Zähnen rumzupulen. Aber das hab ich dir ja schon gesagt.«

»Sag mal ... was macht der Penner?« Er meinte Dato.

»Löst sich langsam auf.«

»Und wenn Resos Herz nicht mitmacht?«

»Wird es!«

Ich war mir sicher, dass sein Herz mitmachen würde.

Wir frühstückten, ein paar Gläschen kippten wir auch. Botscho wollte ein bisschen schlafen und dann zu Kontschis Grab gehen. Ich erklärte, dass ich auch ein Nickerchen machen würde, als würde es mir an Schlaf mangeln.

Sobald Botscho eingeschlafen war, eilte ich zur Brücke. Die Sonne glänzte auf dem nassen Gras. Kühe weideten genüsslich und richteten hin und wieder ihre großen traurigen Augen auf mich. Nach dem Regen haben die Kühe traurige Augen. Auch im Regen haben sie traurige Augen, erst wenn es heiß wird, werden sie sorgloser. Oder vielleicht stimmt das gar nicht, und es kommt uns nur so vor, weil wir im Regen trauriger werden und denken, dass auch die Kühe dann traurig sind. Keine Ahnung, so genau kann ich es nicht sagen …

Gerade so, sozusagen in letzter Sekunde hab ich meinen Bekannten von gestern, Wacho, den Typen aus Otschamtschire, noch erwischt – er wollte schon los nach Gali. Ein bisschen Angst rüberzugehen, hatte er schon; als er mich sah, verbesserte sich seine Laune schlagartig, er meinte, es freue ihn, vor dem Start einen Bekannten zu sehen. Ich zog Botschos oder, besser gesagt, Prostomarias Schnaps raus. Der Alte mit dem Planwagen war nirgendwo zu sehen.

»Kannst du aus Gali einen Anruf nach Sochumi machen und einer Frau was von mir ausrichten?«, fragte ich Wacho.

»Klar, Alter!«, antwortete er. Dumm war er nicht: »Ist ne alte Freundin, oder?«

»Ja. Seinerzeit hätte ich sie beinahe geheiratet … Komm, ich schreib mal auf, was du ihr sagen sollst.«

»Ich kann's mir auch merken.« Wacho schien beleidigt.

»Nein, nicht deshalb … Ist mir nur ein bisschen peinlich. Außerdem wird sie, wenn du den Brief vorliest, meinen Schreibstil erkennen und verstehen, dass er wirklich von mir kommt.«

»Klar, Alter!« Ich weiß nicht, ob er Geheimdienstler war, aber er schien kein übler Kerl zu sein.

»Ich schreib es schnell auf«, sagte ich.

Auf silbernes Zigarettenpapier notierte ich Wacho, was er Anaida sagen sollte: dass ich sie unbedingt sehen wolle und am nächsten Tag an der Brücke warten würde.

»Bevor ich sie anrufe, schaue ich auch nicht in deinen Brief rein«, beteuerte Wacho.

»Du kannst es meinetwegen auch gleich lesen. Ich will sie nur milde stimmen. Ich brauche eben ihre Hilfe.«

»Verstehe. Ich mach es so, wie du sagst, du wirst zufrieden sein!« versicherte Wacho und lächelte. »Willst du nach Sochumi?«

»Ja, das habe ich vor. Sieht man mir das sehr an?« fragte ich ernsthaft. »Bei meinem Onkel hab ich das Gegenteil behauptet, und wenn man mir das ansieht, merkt er das auch.«

»Keine Ahnung«, Wacho zuckte mit den Schultern. »Ich wollte dich unbedingt sehen und mit dir sprechen, bevor ich rübergehe. Schon gestern hab ich verstanden, dass du nach Sochumi willst … du hast die Lage gecheckt … Ich hab's genauso gemacht. Ich wollte einfach noch mal mit dir reden.«

Und geredet haben wir. Falls er ein Geheimdienstler war, ist mir das auch egal. Seitdem hab ich ihn nicht mehr gesehen. Er hat getrunken und ist gegangen. Einen Passierschein hatte er nur bis Gali. Von dort aus wollte er seinen Bekannten nach Otschamtschire schicken, um herauszufinden, warum seine Verwandten nicht gekommen waren.

Wacho lief los, und ich ging zurück.

Das Gras war noch nicht ganz trocken. Beim Anblick von auf nassem Gras glitzerndem Sonnenschein geht dir, wenn du getrunken hast, das Herz auf – du schaust und denkst, dass die Sonne nur für dich scheint, wie auf Sonderwunsch im Restaurant, wo die Musiker dir dein Lieblingslied spielen, wenn du einen Schein rüberwachsen lässt. Und du denkst auch, dass du ein toller, cooler Kerl bist und ein schönes Leben verdienst, ohne dass ein Hurensohn mit viel Geld sich beim Sprechen mit einem Zahnstocher zwischen den Zähnen rumpult oder gar an seinem Sack kratzt. Aber eigentlich, sagte Reso manchmal, sei das sogar nötig – damit du, wenn du mal Geld verdienst, so was nicht machst und bis zum Schluss deine Würde behältst. Und wenn du es dann doch machst, dann bist du auch ein Hurensohn, ein Schwein. Und solche gebe es auf der Welt mehr als genug, es wimmele nur so von ihnen. Reso hasste solche Schweine. Reso behielt immer seine Würde.

Es ist nur schwer, mit dieser Philosophie zu leben, wenn du jung bist, dein Kind Hunger leidet und deine Frau zwar nichts dazu sagt, dir keine großen Vorwürfe macht, dass du dein eigenes Kind hungern lässt, wenn sie stumm bleibt, aber bereit ist, sich umzubringen ... Und deshalb griff ich mir eines Tages meine Knarre und machte mich auf, das tägliche Brot zu verdienen. Es ist riskant, aber wer im Krieg war, weiß, wie weit er gehen darf. Wer im Krieg war, ist wie Mist – der geht nicht unter, der schwimmt immer oben.

Einmal stürmte ich also direkt in einen Laden, und ich holte neunundzwanzig Lari raus. Die Verkäuferin war allein, sie war echt verblüfft, wie vom Donner gerührt. Anscheinend unterstand der Laden dem Schutz einer gewissen kriminellen Autorität – aber wenn dein Kind hungert, sind dir Autoritäten und auch alles andere scheißegal.

»Lass es, Mann«, sagte sie im Kriminellenjargon, und da hielt ich ihr meine Knarre direkt an die Stirn.

Hätte sie noch was gesagt, hätte ich abgedrückt. Das spürte sie auch und blieb still. Man merkte ihr sofort an, wer sie war: ein ehemaliges Liebchen von Ganoven, ihr Wanderpokal, ihre Salataya Rutschka. Bevor ich rausging, zwinkerte ich ihr zu.

Sie meinte, ich solle mich verpissen, und ich nagelte ihr eine Kugel direkt in die Theke, so wie in den alten Western. Um ehrlich zu sein: Ich stellte mir vor, ich wäre in einem Western.

Ein anderes Mal habe ich so einen Typen abgezogen, aber der hat es eigentlich selbst herausgefordert. Das alte Neujahrsfest stand bevor. Der Tbilisser Wind war schneidend kalt – der kriecht dir zuerst in den Kragen, dann in die Knochen, und er gibt dir zu verstehen: Es ist nicht deine Stadt.

Ich hatte nichts in der Tasche. Es war die Zeit, als Dato seine Werkstatt verkaufte und seine Brüder mir noch keine Arbeit gegeben hatten.

»Leih dir doch von jemandem was«, hatte mich Nana gebeten.

Ich würde lieber sterben, als von jemandem Geld zu leihen, aber wenn du ein Kind hast, darfst du nicht sterben, du hast kein Recht dazu. Muss ich zu jemandem hin, um Geld zu leihen, denke ich, dass derjenige schon weiß, wofür ich gekommen bin, und versinke vor Scham im Erdboden.

Zwei Wochen zuvor, also zum normalen Silvester, hatte mich Lamsira angerufen, die Schwester von Reso. Sie ist schon eine richtige Schlange, aber manchmal hat sie auch so Mutter-Teresa-mäßige Anwandlungen. »Ich weiß, du bist arbeitslos«, hatte sie zu mir gesagt, »und solang du keine Arbeit hast, komm vorbei, ich kann dir Geld leihen.«

Als Nana von Geldleihen sprach, fiel mir Lamsira ein. Ich geh mal zu ihr, dachte ich, aber ich wusste schon, dass ich es nicht fertigbringen würde.

Kurz gesagt, ich ging los und dachte eigentlich nur, was jetzt, zum Teufel. Da hielt vor mir ein Taxi, der Fahrer wollte was im Supermarkt kaufen. Ich bat ihn um eine Zigarette, er gab mir eine.

Gerade wollte ich weiterziehen, als jemand rief: »He, du! Taxifahrer!« Der hielt mich für einen Taxifahrer. Ich drehte mich um, da war so ein Muttersöhnchen, einer von denen, die mit dicken Autos rumfahren und so tun, als wären sie die Kings in ihrem Viertel. Ich solle seinen Wagen anschieben, er springe nicht an.

Ich weiß noch, dass ich dachte, während wir unterwegs zu seinem Wagen waren, wenn die Karre irgendwo im Dunkeln steht, muss der Typ mir von Gott gesandt worden sein.

Typen wie der sind richtige Blödmänner: dass sie jede Menge Kohle haben, genügt denen nicht, sie wollen zusätzlich noch einen auf kriminell machen und auch da noch den Ton angeben.

Im Auto saß ein Mädchen, eine von denen, die auf Typen mit Kohle stehen und die ganze Zeit »Baby« sagen, und wenn dann was schiefgeht und wirklich ein Baby unterwegs ist, dann werden die Eltern des jungen Mannes mit ihr sprechen und ihr klarmachen, dass ihr Sohn sie leider nicht ehelichen könne, dass es vom Niveau her nicht passe, dass es für ihren Sohn jetzt nicht der richtige Zeitpunkt sei, eine Familie zu gründen, weil er sich erst noch profilieren, seine »große« Zukunft sichern müsse, und sie werden ihr Geld anbieten. Dann werfen sich solche Mädchen vor die U-Bahn oder springen in den Fluss, vor aller Augen. Genau so ein Mädchen war es, aber ziemlich betrunken. Und auf ihrem Schoß saß ein Pudel. Einer von diesen Pudeln, die Micki heißen und Frauen gehören, die Geld haben oder auf Männer mit Geld stehen.

Als ich den Pudel sah, dachte ich sofort an Korkelia. Der hatte auch einen Pudel, aber einen adoptierten.

Korkelias Pudel jaulte, sobald er ältere Frauen mit einer großen Brosche an der Brust sah, weil sein ehemaliges Frauchen solche großen Broschen getragen hatte. Korkelias Mutter vermietete hin und wieder mal ein Zimmer an Touristen, und einmal muss eine alte Frau mit einem Pudel das Zimmer gmietet haben und nach einer Woche verstorben sein. Die Frau wurde von ihren Kindern abgeholt, aber den Pudel haben sie wohl vergessen oder auch extra dagelassen. Korkelia nannte den Pudel seinen »Waisenknaben« und schleppte ihn immer ins Café mit, wo er von gutherzigen Mädels mit Kuchen und Eis vollgestopft wurde. Wie ein König lebte der »Waisenknabe«; nur wenn er ältere Damen mit Brosche sah, jaulte er. Die älteren Damen dachten immer, er spüre ihren Tod nahen und wurden fast ohnmächtig. Damals kannte ich Korkelia nur flüchtig.

Als der Krieg anfing, war der »Waisenknabe« längst verstorben – jemand hatte ihn in einem Café mit Schokolade gefüttert, und das war ihm nicht bekommen. Als damals die Tbilisser Jungs von der Nationalgarde die Affen aus der Affenzuchtanlage als Haustiere mitnahmen und Sochumi affenleer wurde, meinte Korkelia, dass er auch unbedingt einen Affen haben musste. Er kaufte einen für fünftausend Coupons, aber bald schon bekam der Affe Dünnpfiff und starb.

Kurz gesagt, als ich den wütenden Pudel von dem volltrunkenen Mädchen sah, musste ich sofort an Korkelia denken – der Pudel sah Korkelias Pudel sehr ähnlich. Korkelia hatte gesagt, für einen Pudel würden alle Menschen außer seinem Herrchen oder Frauchen gleich aussehen, genauso wie für uns die Pudel ...

Natürlich ist es nicht schön, wenn ein Kerl mit einem Mädchen unterwegs ist und du ihn ausraubst, aber das Mädchen war betrunken. Später, wenn die Eltern von dem Typ ihr einige Dinge »klarmachen« werden, wird sie bestimmt an mich denken – warum ich ihm nicht mehr abgenommen und ihn nicht dazu noch ordentlich vertrimmt habe. Ich hab ihm nur eine runtergehauen, ganze hundertvierzig Lari sind für mich dabei rausgesprungen, dazu noch eine handtellergroße Knarre.

Als er sich ins Auto gesetzt hatte und rief, ich solle den Wagen anschieben, öffnete ich die Fahrertür mit der einen

Hand, die andere hielt ich unter meiner Jacke. Er raffte sofort, was los war. Seine Hand glitt unter den Sitz, aber ihm war auch klar, dass er mir nicht zuvorkommen konnte. Er hoffte noch, ich hätte nicht kapiert, was er vorhatte. Es war eine echte Damenknarre. Später wollte ich sie verkaufen, aber sie gefiel Botscho so, dass ich nicht anders konnte, als sie ihm zu schenken.

Als ich nach dieser Sache mit den hundertvierzig Lari und der Knarre nach Hause zurückkehrte, traf ich Reso bei uns an. Nana sah so froh aus, dass ich sofort begriff, dass Reso Geld mitgebracht haben musste. Am nächsten Morgen trafen sogar noch Botscho und Prostomaria mit einem Spanferkel und vielem mehr bei uns ein, sie schenkten auch Ana Geld ... Ja, so war das damals!

Ach ja, und an jenem Abend, als Botscho und ich von Kontschis Grab zurückkehrten, kam dann auch noch Arabia. Er stand vor dem Tor, erschöpft und zufrieden. Er sei bestimmt bei den Stuten gewesen, meinte Botscho.

5

Dass mein Kind Ana heißt, hat nichts mit Anaida zu tun. Nana und ich haben uns von Anfang an geeinigt, wenn wir einen Jungen bekämen, würde ich den Namen aussuchen, und wenn es ein Mädchen wäre, dann Nana. Den Namen meiner Mutter hätte ich ihr sowieso nicht geben können. Als sie im Sterben lag, bat Ziala uns, Lali und mich, keinem von unseren Kindern ihren Namen zu geben – ihr habe er kein Glück gebracht, jetzt würde sie so früh sterben, und sie habe Angst, der Name brächte auch ihrer Enkelin Unglück. Also gab Nana Ana den Namen Ana. Wobei, als Anaida damals geheiratet hat, hab ich ihr geschrieben, wenn ich jemals heiratete und ein Mädchen bekäme, gäbe ich ihr ihren Namen.

Der Brief für Anaida ging auf Kontschis Konto. Kontschi schrieb seinen Moskauer Frauen dreiseitige Briefe, die alle den gleichen Anfang hatten – »*Gestern habe ich von Dir geträumt, und ich hab verstanden, dass mein Dasein ohne Dich keinen Sinn hat*« – und auch gleich endeten – »*Wenn unsere Wege auseinandergehen, werde ich meinem Kind Deinen Namen geben.*« Und in der Mitte baute er noch ein paar Sachen ein, mit denen er die Moskauer Frauen verrückt machte. Briefe schreiben war Kontschis Hobby, aber nur, wenn er bekifft war. Falls er zu stark bekifft war, wurden seine Briefe ziemlich traurig. Manchmal bat er mich: »Ich diktiere, und du schreibst.« Den Anfang diktierte er nicht, den kannte ich auswendig. Wenn er zum Ende kam, sagte er nur: »Mach du das Ende«, und ich wusste, was ich schreiben sollte.

Einmal, als ich ihm beim Schreiben half, kam mir in den Sinn, diesen Brief Anaida zu schicken, nur so zum Spaß, und ich brachte darin auch etwas von mir unter, zum Beispiel, wie wir uns auf dem Dampfschiff *Gagra* zum ersten Mal geküsst hatten und wie ich dann, auf dem gleichen Schiff, Anaida zum ersten Mal in ihrem Leben ein Bier hab probieren lassen.

Anaida hatte dann ein leeres Blatt aus ihrem Uniblock gerissen und einen Brief an mich geschrieben, sie ließ ihn mich aber nicht lesen und steckte ihn in die leere Bierflasche, bat mich, sie wieder zu verschließen, und warf sie ins Meer. Sie meinte, das Wasser solle sie forttragen, andere Verliebte würden sie bestimmt finden und den Brief lesen. Die Flasche Bier und der Kuss hatten sie betrunken gemacht. Mir fiel auch ein, wie einmal ihr Absatz abgebrochen war und sie sich den Fuß verdreht hatte, ich nahm den Schuh mit zur Reparatur und dachte, ich hätte Anaida gebeten, im *Elbrus* auf mich zu warten, in Wirklichkeit aber hatte ich im *Pinguin* gesagt. Dabei waren wir näher am *Elbrus* als am *Pinguin*. Anaida hatte sich ein wenig gewundert, war aber doch barfuß zum *Pinguin* gelaufen. Und ich saß im *Elbrus* mit einem reparierten Schuh in der Hand und wartete. Als Anaida das Warten satthatte, fuhr sie mit dem Taxi nach Hause. Ich ging auch zu ihr nach Hause und musste sie mühsam überzeugen, dass ich sie nicht hatte veräppeln wollen, dass ich wirklich im *Elbrus* auf sie gewartet hatte. Oder der Abend, als wir im Regen am *Apra* in ein Motorboot gekrochen sind, das an der Buhne auf einer Gitterbox stand und mit einer Plane überzogen war, und ich Anaida beinahe rumgekriegt hätte. Plötzlich landeten Möwen auf der Plane und fingen an darauf herumzutrippeln. Vor Schreck wäre ich fast für immer impotent geworden.

Kurzum, es waren schöne Zeiten, als Anaida und ich ineinander verliebt waren. Anaida wollte keine Fotos von uns, das würde zur Trennung führen, behauptete sie. Sie sagte auch mal, dass so eine ereignisreiche Liebe zur Trennung führen müsse … Sie hat ins Schwarze getroffen.

Unsere Trennung begann damit, dass Anaida eines Tages auf dem Weg zur Uni von Ziala überrascht wurde, die ihr mit freundlichem Lächeln einiges »klarmachte«. Sie ließ sie wissen, dass ich noch nicht reif sei, eine Familie zu gründen, und dass sie von der Aussicht, die Tochter einer Armenierin und eines Griechen als Schwiegertochter zu bekommen, nicht begeistert sei. Dabei legte weder Anaidas Vater Wert auf seine griechische Abstammung noch ihre russifizierte Mutter auf ihre armenische. Anaidas Vater war ein komischer Vogel, er hatte ein großes Wandschachbrett, so, wie auf den Turnieren mit magnetischen Figuren – Schachspieler, für ihn war das sowohl Nationalität als auch Titel und Ersatz für seinen verstorbenen Sohn.

Bevor Ziala mit Anaida sprach, redete Reso mit mir, er berief sich auf stichhaltige Argumente, um mich zur Vernunft zu bringen.

»Schau mal, überleg dir das gut. Willst du wirklich eine armenische Frau?«, fragte er.

Ich antwortete, dass sie keine Armenierin, sondern Griechin sei.

»Junge«, Reso kam in Fahrt, »ihr Vater steht unter dem Pantoffel ihrer Mutter, also ist sie Armenierin. Komm schon, denk mal drüber nach!«

»Ich habe schon drüber nachgedacht«, erwiderte ich, und setzte eine Miene auf, als hätte ich das wirklich getan.

Da änderte Reso seine Strategie: »Für was hält sie sich selbst, für eine Griechin, Armenierin oder Russin?«

»Weiß ich nicht«, sagte ich.

»Wieso weißt du das nicht, hast du sie nicht gefragt?«

»Sie hält sich für nichts davon, sie ist eben, wer sie ist«, sagte ich.

»Das ist sogar noch schlimmer, wenn sie selber nicht weiß, wer sie ist«, sagte Reso. »Das ist das Schlimmste.

Der Mensch muss schon jemand sein, er muss eine Nationalität haben!«

Ich hatte noch Glück, dass der Spruch »Nur ein Tier hat keine Nationalität« noch nicht in Mode war, sonst wäre er womöglich auch noch damit gekommen; so sehr war er darauf aus, mich durch seine Argumentation zu schlagen.

»In dem Fall«, entgegnete ich, »wird sie, wenn sie meine Frau ist, meine Nationalität haben.«

Reso war sehr betroffen, dass er mich im Argumentieren nicht schlagen konnte.

Ziala veranstaltete ein Riesentheater, drohte, sich umzubringen; sie meinte, sie würde zur nächsten Militärdienststelle gehen und die Offiziere überreden, mich einzuziehen, um mich von dem Mädchen fernzuhalten. Ich sagte Ziala, wenn sie das täte, dann würde ich drauf bestehen, dass sie mich nach Afghanistan schickten. Da war sie still.

Anaida hatte ich in Rostow kennengelernt. Eigentlich studierte sie damals in Sochumi. Sie war aus Sochumi, aber davor kannte ich sie nicht. Ziala hatte mich nach Rostow an die Fakultät für Ingenieurwesen geschickt, ganze zehn Jahre lang hatte sie dafür gespart. Ich schaffte gerade eben so viel, um nicht von der Uni zu fliegen. Die Vorlesungen besuchte ich auch, und wenn es mir nicht gelang, den Professor für mich einzunehmen, dann lernte ich gewissenhaft für eine gute Vier.

Eines Morgens kreuzte Zorro in meiner Studentenbude in Rostow auf. Zorro war ziemlich locker drauf. Er trieb sich gern herum und beschloss oft ganz plötzlich, irgendwo hinzufahren. Kontschi und er waren sich da ähnlich: beide ziemliche Herumtreiber. Zorro wachte morgens auf, sagte, es wäre schön, jetzt in Sotschi zu sein oder in Moskau oder in Leningrad oder weiß der Himmel wo, die Entfernung spielte keine Rolle, und abends saß er schon im Zug. Er war überall zu Hause.

An jenem Tag meinte er, seine letzte Reise habe ihn geschafft, er sei in einem offenen Schlafwagen gefahren, jeder Knochen tue ihm weh, ihm platze der Kopf und er würde jetzt gern ein Bier trinken.

Ich ging runter, in den Laden. Meine Mietwohnung befand sich in einem Hochhaus, der Laden war im Erdgeschoss vom Hochhaus gegenüber.

Vor dem Laden tranken ein paar Mädchen Kwas und giggelten. Am lautesten giggelte Anaida, ein Tropfen Kwas auf ihrem Kragen, der im gleichen Augenblick gefroren war, hatte sie aufgeheitert. Sie war wunderschön, gerötete Wangen, weibliche Figur. Die Mädchen zogen die Aufmerksamkeit der Passanten auf sich. An ihrem Akzent erkannte ich, dass sie aus Sochumi waren. Ich fragte Anaida, wie spät es sei, mir fiel nichts Besseres ein. Dabei war mir kalt, ich war zu leicht angezogen. Es sei Zeit, Kefir zu kaufen, ihn nach Hause zu bringen und zu frühstücken, antwortete sie. »Ich bin auch aus Sochumi, Mädels, veräppelt mich nicht«, sagte ich. Sie schickten mich dann aber doch Kefir kaufen und flatterten davon.

Später, als Zorro und ich am Saufen waren, meinte Zorro, in seinem Waggon seien Mädchen aus dem Sochumer Pädadogischen Institut mitgefahren, die einen Ausflug machten. Ich fragte, ob eine Große mit grünem Mantel dabei gewesen sei, brünett, mit Bubikopf. Er meinte ja. Und ich fing an, mir den Kopf zu zerbrechen, wo ich sie wiedertreffen könnte.

Zorro schlug vor, die Museen abzuklappern. In Rostow gab es viele Museen.

Ich ging auch ins Kino, wo die Filme in Dolby Surround gezeigt wurden, allerdings erst am nächsten Tag. Weil wir uns erstmal so richtig besoffen haben. Alle ausländischen Touristen wurden in dieses Kino geschleppt, und alle Studentinnen gingen auch hin in der Hoffnung, einem ausländischen Touristen zu gefallen, der sie heiraten, ins Ausland mitnehmen und sie dann dort in einer dicken Limousine herumkutschieren würde.

Im Kino teilten sie schwarze Brillen aus, mit denen sollte man den Film anschauen.

Die Mädchen von außerhalb pflegten immer allen möglichen Unsinn ins Gästebuch des Kinos zu schreiben. Besonders die Studentinnen verewigten sich mit großer Hingabe darin, etwa so, wie Kontschi seinen Moskauerinnen schrieb. Wir schlugen also das Gästebuch auf und fanden einen Eintrag vom Vortag, auch die Namen standen darunter. Zorro guckte in die Liste und ihm fiel ein, dass das Mädchen, das mir gefiel, Anaida hieß.

Am nächsten Tag traf ich Anaida und die anderen am Bahnhof. Sie wollten nach Sochumi zurück und warteten auf den Zug. Anaida war schlecht drauf, verfroren und müde; um die Zeit totzuschlagen, spielte sie an einer mechanischen Infotafel herum. Es war eine Art Trommel, die die Ankunfts- und Abfahrtszeiten der Züge anzeigte. Du musstest einen Knopf drücken, damit sich die Trommel drehte, und das so lange, bis sie dir die gewünschte Information anzeigte.

»Guten Tag!«, sagte ich zu Anaida. »Dachtest du, ich würde dich nicht finden?«

»Wer bist du denn?«, fragte sie.

»Der, den du vorgestern Kefir kaufen geschickt hast«, antwortete ich.

»Dann geh und kauf«, meinte sie.

»Meine liebe Anaida, hier darf man nicht dran spielen, das steht unter Strafe«, sagte ich.

»Woher kennst du meinen Namen?«, fragte sie.

»Aus dem Gästebuch«, sagte ich und trug fast auswendig vor, was sie dort reingeschrieben hatten.

Ihr klappte der Kiefer runter. Den Text habe sie verfasst. Ob da denn etwas Unpassendes gestanden habe? Sie dachte, ich wäre vom KGB. In dem Kino wimmelte es nämlich nur so von KGB-Vögeln, damit die sowjetischen Studenten mit den Ausländern keine ernsthaften Kontakte knüpften.

Wir redeten eine ganze Stunde, bis der Zug kam.

Zorro und ich kehrten in meine Wohnung zurück, ich war schon ziemlich verliebt.

Zwei Tage später saß ich im Zug nach Sochumi. Zorro blieb in Rostow, in meiner Wohnung. Einen Monat lang übernachtete ich in Zorros Haus, sodass Ziala und Reso von meinem Aufenthalt in Sochumi nichts mitbekommen haben. Rostow verließ ich in Zorros dünner Jacke, ich überließ ihm meine dicke Jacke, damit er nicht fror. Wegen der Jacke hielten Zorros Nachbarn mich für Zorro, ich trug auch seinen Hut. Dann flog der Hut ins Meer, von einem Kometa-Tragflügelboot aus, als Anaida und ich einen Ausflug machten.

Aber nach etwa einem Monat wurde meine Partisanen-Voyage unterbrochen, und zwar durch meinen leiblichen Vater. Zorro rief mich aus Rostow an, da sei ein Typ aufgetaucht, der vorgebe, mein Vater zu sein, und dreimal am Tag bei ihm aufkreuze und nach mir frage.

Davor hatte ich ihn ganze vier Jahre nicht gesehen. Ich wusste, dass er in Moskau irgendwas am Laufen hatte. Als ich den Schulabschluss geschafft hatte, hatte er mir Geld geschickt und mich nach Moskau eingeladen. Ich bin nicht hingefahren. Wenn er jeden Tag nach mir fragt, muss etwas passiert sein, dachte ich und kehrte nach Rostow zurück.

Anaida begleitete mich zum Bahnhof. Ich wollte ihr sagen, dass ich sie liebte, hab aber nichts gesagt. Anaida hatte darauf gewartet.

Und mein Vater? Der hatte mich angeblich so sehr vermisst, dass er es nicht mehr ausgehalten und mich gesucht und dann besucht habe. Er hatte vor Kurzem gutes Geld verdient, seine umtriebige Art war auch ganz die eines Geschäftemachers, und er hatte Zorro und meine Jungs ordentlich mit Sekt verwöhnt, bevor ich nach Rostow zurückkam. Er war ziemlich gealtert. Er behauptete, er hätte sich scheiden lassen, dass er so zum zweiten Mal seine Familie verloren hätte (letztendlich hat er sich doch nicht scheiden lassen, die Frau ließ ihn nicht ziehen). »Du weißt, wie es in Moskau läuft, kann sein, dass meine Konkurrenz mich aus dem Weg räumen will. Deshalb will ich dir eine Wohnung kaufen«, sagte er.

Zorro versuchte, mich davon zu überzeugen, dass ich nicht Nein sagen sollte, die Frau würde sonst sein Vermögen halbieren, und wieso solle irgendeine Fremde hier den Reibach machen? Es solle lieber auch für mich was rausspringen, zumal es mir zustehe. Etwas derart Pragmatisches hat Zorro weder zuvor noch jemals danach wieder in seinem Leben gesagt.

Zorro und mein Vater hatten es fertiggebracht, richtige Kumpels zu werden, bis ich nach Rostow kam. Ich sollte nur sagen, in welcher Stadt ich eine Wohnung haben wolle. »In Rio de Janeiro«, winkte ich ab. Er kaufte mir trotzdem eine Zweizimmerwohnung in dem Viertel, in dem ich meine Bude gemietet hatte. Er meinte, wenn ich mit dem Studium fertig sei, solle ich sie verkaufen und mir für das Geld eine Wohnung kaufen, wo ich wollte, und verschwand. Na ja, manchmal rief er mich an.

Das Auftauchen meines Vaters hatte mich so durcheinandergebracht, dass ich gar nichts mehr hinbekam. Ich ging weder nach Sochumi noch in meine neue Wohnung, ich rührte nicht mal das Geld an, das mein Vater für neue Möbel dagelassen hatte.

Schließlich kaufte ich mir einen Schrank und ein Bett, brachte sie in meine neue Wohnung und zog um. Den ganzen Tag lief ich in der leeren Wohnung umher und fragte mich: Willst du nicht Anaida hierherholen, dir eine Arbeit suchen, nebenbei studieren und mit Anaida glücklich werden? Aber ich tat nichts dergleichen.

Ich kannte nicht mal die Adresse von meinem Vater, damit ich seine Telefonnummer herausfinden, ihn hätte anrufen und sagen können: »Komm und schieb dir deine Wohnung in den Arsch.«

Ich wollte gar nichts – nicht mal Anaida.

Mein Vater hatte, solange er in Rostow war, immer sorgfältig mein Spiegelbild gemustert, sobald wir beide vor einem Spiegel oder einem Schaufenster standen, so als wolle er damit unterstreichen, wie sehr ich ihm ähnele. Seitdem hatte ich immer, wenn ich in einen Spiegel blickte, das Gefühl, mein Vater wäre bei mir. Bis zum Sommer ging es mir so. Nur einmal fuhr ich nach Sochumi, zu Zorros Hochzeit – er heiratete ein Mädchen, das er zwei Wochen vorher kennengelernt hatte. Ein Typ habe auf Anaida ein Auge geworfen, sagte Zorro. Ich rief sie an, ohne ihr zu sagen, dass ich in Sochumi war, und im Gespräch wurde deutlich, dass sie nichts dagegen hatte, auf den Typ zu verzichten und nur mir allein zu gehören. Aber ich sagte ihr nicht, sie solle nur mir gehören.

Am nächsten Tag war ich schon wieder auf dem Weg nach Rostow, ich wollte meine Wohnung den Frischvermählten für die Flitterwochen überlassen und musste sie in Ordnung bringen. Nachdem sie in meine Wohnung eingezogen waren, hätte ich nach Sochumi zurückkehren sollen, aber ich kehrte nicht zurück, ich kam bei einem Bekannten unter.

Ich begleitete auch Zorro und seine Frau nicht nach Sochumi, nachdem ihre Flitterwochen zu Ende waren. Ganze zwei Monate lang meldete ich mich nicht bei Anaida.

Zu Beginn des Sommers rief ich Zorro an, und bat ihn, zu mir zu kommen, und er kam. Er war ein bisschen ernsthafter geworden, und so ist er auch geblieben – ein bisschen ernsthaft, mit der Aussicht, richtig ernsthaft zu werden.

Auch Zorro konnte ich nicht erklären, was mit mir los war – als wäre diese Wohnung ein Gefängnis, als hätte mich mein Vater nicht in eine Wohnung, sondern in ein Gefängnis gesteckt, sagte ich ihm.

»Dann komm für eine Zeit lang nach Sochumi, verlass die Wohnung oder verkauf sie und kauf was anderes«, meinte er.

»Nein, es geht nicht darum, es geht darum, dass ich mich um meinen Kindheitstraum gebracht habe, nämlich meinem Vater, wenn er eines Tages zu mir käme und um Verzeihung bäte, nicht zu verzeihen«, sagte ich.

Zurück in Sochumi schickte Zorro Ziala zu mir – sie sollte mir helfen. Ziala blieb eine Woche und erzählte von der Beziehung zwischen ihr und meinem Vater, ganz ruhig und sachlich – ich hatte sie darum gebeten. »Wir haben einander anfangs sehr geliebt, dann sind die Gefühle abgekühlt, anscheinend, weil wir so jung geheiratet haben«, sagte sie. Dann soll mein Vater angefangen haben, sie zu betrügen, und das hätte sie nicht mitgemacht, solches und Ähnliches erzählte sie mir. Sie tat das ganz gleichmütig, man hätte denken können, sie spräche über fremde Leute. Letztendlich schien es, als sei weder mein Vater schuld an der Scheidung gewesen noch sie.

Nach einer Woche sagte ich Ziala, sie könne nach Hause fahren, alles sei in Ordnung. Reso rief auch jeden Tag an, ob bei uns alles in Ordnung sei. So war er, er hielt es ohne seine Frau nicht lange aus.

Nachdem Ziala weg war, rief ich Anaida an und bat sie, meine Frau zu werden. »Kann ich nicht, du bist mir noch fremd, ich muss dich besser kennenlernen, und erst dann kann ich mich entscheiden. Du bist sehr eigenartig, ich habe das Gefühl, dich nicht zu kennen«, sagte sie. So ernst war sie.

Ich fuhr nach Sochumi, damit sie mich besser kennenlernen konnte, aber da starb ihr Vater. Ich blieb, an der Uni nahm ich ein Urlaubssemester. Ziala überredete mich, die Wohnung in Rostow zu verkaufen und eine in Sochumi zu kaufen, um mein Studium dort fortzusetzen. Ein bisschen Geld blieb sogar noch übrig.

Ich sagte Anaida, sie solle sich entscheiden. Sie wolle den ersten Todestag ihres Vaters abwarten, antwortete sie.

Ich glaube, sie liebte mich wirklich. Sie war so alt wie ich, kam aber mit ihren Gefühlen besser klar.

Sie war klug. Sie wusste genau, was sie wollte. Wenn ich fest entschlossen gewesen wäre, sie zu heiraten, hätte sie das gespürt und hätte zugestimmt. Aber ich war in meiner Wohnung in Sochumi wieder wie freiwillig im Gefängnis.

Ziala vermietete die Wohnung an Studentinnen, an sechs Studentinnen gleichzeitig, und ich zog wieder zurück in Resos Wohnung. Meine Wohnung wurde zu einer Disco, die Nachbarn beschwerten sich andauernd. Eine Hälfte der Miete bekam ich wie ein Gehalt, die andere sparte Ziala für mich. Lali kaufte ich derart viele Spielzeuge und Kleinigkeiten, dass sie nichts mehr damit anzufangen wusste und sie in der Nachbarschaft verteilte; es war, als würde ich Reso heimzahlen, was er einst bei mir getan hatte.

Reso war nicht so dumm, das alles nicht zu verstehen, aber er schwieg. Er konnte schweigen und dir damit alles sagen, was er dir nicht direkt sagen wollte. Ich wollte alleine leben, aber er überredete mich, zu bleiben. Sonst wäre er allein – der einzige Mann mit zwei Frauen, das meinte er.

Zorros Frau war ein nettes Mädchen, nur ein bisschen übereifrig. Eine von denen, die sich verpflichtet fühlen, sich um die noch unverheirateten Personen in der Verwandtschaft und im Freundeskreis zu kümmern. Und sie kümmerte sich auch um mich, auf ihre Art. Sie sagte es Anaida aber ganz anders, als Ziala das getan hatte. Sie sagte Anaida, dass sie mir gleichgültig sei, wegen meines leiblichen Vaters, der sich um seinen Sohn kümmere, wann er gerade lustig sei, dass ich ein traumatisierter Typ sei, der in diesem Leben niemandem vertraue und auf der Suche sei nach sich selbst (reden konnte sie), dass ich im Leben eine verlässliche Stütze bräuchte, also eine Frau, die mich wirklich verstehen und mir helfen würde, mich selbst zu finden.

Das alles hat mir Anaida erzählt. »Ich kann für dich keine verlässliche Stütze sein«, sagte sie auch.

Wenn ich Anaida wirklich hätte heiraten wollen, hätte ich es damals tun sollen, aber ich zögerte.

Der Einzige, der neutral blieb, war Kontschi. In solchen Sachen war er immer neutral. Genau zu jener Zeit wurde bei ihm Hepatitis C festgestellt.

»Nur fünfmal hab ich in meinem Leben gefixt und trotzdem dabei die Hepatitis erwischt, ich bin ein Pechvogel«, jammerte er. Er war bei Krankheiten genauso panisch wie Reso. »Ich schwör's, Mann, ich spüre, wie meine Leber sich zersetzt«, behauptete er die ganze Zeit.

Als Reso den Herzinfarkt hatte, beschrieb er es genauso: »Ich spüre, wie die Narbe auf dem Myokard, oder was auch immer das ist, breiter und breiter wird.«

Ziala lachte Reso immer wegen seiner Hypochondrie aus. Ich weiß nicht mehr, in welcher Klasse es war, als wir Tschechows »Der Mann im Futteral« durchgenommen haben. Damals habe ich Reso den Spitznamen »Mann im

Futteral« gegeben. Es reichte ein einfacher Schnupfen, damit Reso zig Schichten Klamotten übereinander trug – wie ein Kohl. Es reichte zu hören, in der Stadt sei ein Grippevirus im Umlauf, damit er beinahe aufhörte, selbst seinen nächsten Bekannten die Hand zu schütteln; Lali und ich mussten uns zudem zehnmal am Tag die Hände waschen und Knoblauch essen ...

Wie dem auch sei, Kontschi brach schließlich seinen Neutralitätspakt und sprach mit mir über Anaida: »Du brauchst dieses Mädchen nicht, lass sie ihn Ruhe, zerstör nicht ihr Leben und mach auch dir das Leben nicht schwer.«

»Woher willst du das wissen, dass ich sie nicht brauche?«, fragte ich.

Es stehe mir auf die Stirn geschrieben, bekam ich zur Antwort. Er hatte sogar mit Ziala eine Wette abgeschlossen, dass ich Anaida nicht heiraten würde. Das habe ich erst später erfahren, nachdem die vierzig Tage Trauer nach Zialas Tod vergangen waren.

Kontschi kam nicht zu Zialas Beerdigung (wie er selber sagte, »*weil ich nicht nur ein Idiot, sondern ein Riesenidiot war*«). Er hatte Gefallen an einer Moskauerin gefunden und wollte sie zu seiner Geliebten und sich mit ihrem Geld ein schönes Leben machen. Ihr Mann hatte angeblich jede Menge Kohle. Der Frau habe man sofort angesehen, dass sie neben ihrem Mann noch einen anderen brauchte.

Kontschi hatte sich eine eigenartige Methode überlegt, um an die Frau ranzukommen. Sie hatte einen Hund, eine seltene Rasse, allerdings hätte man ihn von einem Mischling, wie Reso sie immer nach Hause brachte, nicht unterscheiden können. Kontschi hatte vor, den Hund zu klauen, wenn die Frau ihn im Park ausführte; die Frau würde dann sicher eine Anzeige aushängen, sie habe ihren Hund verloren, und der Finder würde einen Finderlohn bekommen. Kontschi wollte bei der Übergabe auf seine Belohnung verzichten und sie so kennenlernen.

Nur hat sich der Hund, der von Weitem zahm aussah, als sehr aggressiv herausgestellt – zuerst ging er zwar gehorsam mit Kontschi mit, dann aber packte er ihn plötzlich mit seinen scharfen Zähnen am Oberschenkel. Kontschi wurde ihn nur los, indem er ihm sein Messer in den Kopf stieß. Ein alter Mann soll aufgetaucht sein, »wieso hast du den Hund getötet?«, habe er angefangen zu schreien und keine Ruhe gegeben, bis Kontschi ihn mit seinem Messer bedrohte. Kontschi wurde festgenommen, und sie haben ihm Zugehörigkeit zur »Georgischen Hundeklau-Mafia« angehängt. Sogar dem Minister wurde eine Stellungnahme vorgelegt, in Moskau sei ein neuer Bandentyp aufgedeckt worden: Banden, die seltene Rassehunde stehlen und verkaufen würden. »Meinen Namen kennt sogar der russische Innenminister«, sagte Kontschi.

Kontschis Ostap-Bender-Debüt war gescheitert. Mit Hunden hatten eben beide Brüder einfach kein Glück.

Kontschi sagte, am Morgen, als Ziala starb, habe ihn ihr Geist in seiner Gefängniszelle besucht; er sei aufgewacht, da habe sie in der Ecke gestanden und ihn angelächelt. Damals hat er sein erstes weißes Haar bekommen.

Ziala mochte Kontschi sehr, sie zählte auf ihn, aber andererseits auch nicht. »Kontschi ist eben Kontschi«, stellte sie fest, wenn er irgendeine Dummheit beging. Wenn er was Vernünftiges machte, sagte sie dasselbe.

Vielleicht mochte sie ihn so sehr, weil er trotz seiner Jugend nicht ins gleiche Horn wie Lamsira geblasen hatte, als Ziala und Reso heirateten. Lamsira hatte ihren jüngsten Bruder gegen die Schwägerin aufhetzen wollen. Sie machte ein großes Drama daraus, dass ihr Bruder eine geschiedene Frau heiratete, dazu noch mit Bagage.

Nachdem Kontschi aus dem Gefängnis entlassen war, erzählte er mir auch von Anaida und ihrem Mann. Er würde die beiden in Moskau gelegentlich sehen. Anaida habe zugenommen und trage Kleider mit Dekolleté, sie sei erblüht wie eine Rose. Sie habe ihn erkannt und ihm einen so traurigen Blick zugeworfen, dass er überzeugt sei, dass sie, falls ich sie in Moskau besuchte, auf jeden Fall mit mir schlafen würde.

»Ich warte, bis sie nach Sochumi kommt, dann werde ich sie sehen«, antwortete ich.

Ich versuchte, mir vorzustellen, wie die dickliche und wie eine Rose erblühte Anaida mit Dekolleté wohl aussähe. Bestimmt vulgär, dachte ich, aber das fragte ich Kontschi nicht. Dabei hatte ich den Verdacht, dass er mich nur veräppelte, als er mir vom traurigen Blick Anaidas erzählte. Aber auch da fragte ich nicht nach. Anaida war nicht so eine, die aus Versehen was verraten hätte, weder mit Worten noch mit Blicken. Als ich alles gründlich überdachte, kam ich sogar zu dem Schluss, dass Anaida mich mit ihrem Blick veräppeln wollte, weil sie genau wusste, dass Kontschi mir das alles erzählen würde.

Reso hatte recht – Anaida hatte mehr armenisches Blut in sich als griechisches, obwohl, ich kann nicht sagen, dass es den Griechen an Schläue mangelt. Weder die einen noch die anderen sind bedingungslos romantisch, etwas fehlt immer.

Eigentlich zählte Anaida sich eher zu den Griechen, weil sie einmal im *Amra* zu mir gesagt hatte, sie hätte gern Delphina geheißen. Im *Amra* arbeitete eine Griechin, die Kaffee kochte, die hieß Delphina. Ich erinnerte Anaida daran, als ich sie in Moskau anrief. Die Nummer hatte Kontschi für mich herausgefunden.

Einmal brachte er mir aus Moskau sehr teure handgefertigte italienische Schuhe mit. Kontschi und ich hatten die gleiche Schwäche – gute Schuhe und gute Feuerzeuge. Die Schuhe lagen in einem sehr schönen Karton – Nana nahm den Karton an sich, um ihre Tagebücher aus der Teenagerzeit darin aufzubewahren.

Am nächsten Tag sagte sie mir, dass auf dem Karton in blauer Schrift eine Telefonnummer und ein Frauenname stünden. »Zum Glück habe ich dich nicht mit Kontschi zusammen nach Moskau gehen lassen, sonst wärst du auch so ein Schürzenjäger geworden«, bemerkte sie.

Nana sagte immer, dass Kontschis Augen, wenn er eine schöne Frau sah, funkelten und er so übers ganze Gesicht strahlte, dass er unerträglich sei, und ich solle ihm diese Angewohnheit austreiben. Kontschi war schon in Moskau. Das mit der Telefonnummer und dem Frauennamen vergaß ich.

Dann entdeckte ich durch Zufall, dass auf dem Karton Anaidas Name stand. »Was für eine Nummer steht auf dem Schuhkarton?«, fragte ich Kontschi am Telefon.

»Ich habe vergessen dir zu sagen, dass es die Nummer von Anaidas Friseursalon ist«, sagte er.

Anaida hatte anscheinend einen Friseursalon *Anaida* in Moskau eröffnet.

Ich überlegte lange, ob ich anrufen sollte. Letztendlich fasste ich mir ein Herz und rief an, aber Anaida war nicht im Salon, sie sei kurz weg, wurde mir gesagt. Ich rufe nicht mehr an, sagte ich mir, aber eine Woche später rief ich wieder an, und sie war wieder nicht da.

Nana wäre nicht Nana, wenn ihr bei der fremden Nummer auf der Telefonrechnung nicht die Moskauer Nummer auf dem Schuhkarton eingefallen wäre. Sie hat selbst die Nummer angerufen und nach Anaida verlangt. Sie hat sie gefragt, ob sie mich kenne. Anaida ahnte nicht, wer das fragte und wozu, antwortete aber trotzdem, dass sie mich kenne. »Ich bin die Frau von diesem Mann, lass ihn in Ruhe und hör auf, ihm Schuhe zu schenken«, habe Nana gesagt, wie Anaida mir später erzählte, als ich sie anrief. Nana verlor kein Wort darüber.

Anaida sprach ganz gelassen mit mir. Ich aber wiederholte zweimal wie ein Idiot, dass ich, wenn ich im *Amra* Dephina sehe, immer sofort an sie denken müsse. Anaida bat mich, sie nicht mehr anzurufen, und ich rief sie auch nicht mehr an.

Sie tat es selbst, irgendwelche ehrgeizigen Typen aus Sochumi würden ihrem Mann geschäftlich übel mitspielen. Ich kapierte sofort, um was es ihr ging. Ob ich in die Sache verwickelt oder ob das Ganze zumindest durch mich eingeleitet worden war oder ob mein Anruf bei ihr ein Teil des Komplotts darstellte. Wie jede Frau mit Geld war auch sie misstrauisch.

Am Ende des Gesprächs sagte sie direkt: »Wenn du die Typen kennst, die meinem Mann Probleme machen, sag denen bitte, sie sollen ihn in Ruhe lassen.«

Ganze fünf Minuten lang beschimpfte ich sie, sie hörte geduldig zu und wartete ab, dass ich mich beruhigen würde; als ich mich nicht beruhigte, legte sie auf.

Kontschi erzählte mir, dass ein paar Sochumer tatsächlich Anaidas Mann ausnehmen wollten. Aber er habe eine »kriminelle Autorität« als Schutz.

Im Krieg brannte man Anaidas Haus nieder. Zuerst das Haus ihres Mannes und dann ihres auch noch. Anaida und ihr Mann kamen aus der gleichen Straße. Wie sich herausstellte, zahlte Anaidas Mann zwanzig Kosakensöldnern, die als Unterstützung für die Abchasen geschickt worden waren, den Lohn. Einer von ihnen hat ausgepackt, als ihn unsere Jungs gefangen nahmen. Dann erfuhr ich noch, dass Anaidas Mutter von unseren Jungs als Geisel genommen worden war und sie Lösegeld von Anaida forderten, es sich dann aber anders überlegten.

Davor war aber noch einiges anderes passiert: Anaidas demente Mutter war, bevor ihr Haus niedergebrannt wurde, von ihrer Schwester, Anaidas Tante, aufgenommen worden. Eines Nachts dann hatten Georgier, die sich für Abchasen ausgaben, Anaidas Tante aufgesucht und behauptet, der Mann ihrer Nichte hätte sie geschickt, und sie müssten ihre Schwester, Anaidas Mutter, nach Gudauta rüberbringen, wo sie von ihrer Tochter und ihrem Schwiegersohn erwartet würde. Die Frau hatte das geglaubt, laut den Jungs hatte sie sogar gesagt, dass sie sie auch mitnehmen sollten, sie wolle zusammen mit ihren Söhnen kämpfen und georgisches Blut fließen sehen. So war herausgekommen, dass Anaidas Cousins gegen uns kämpften. Noch in der gleichen Nacht haben die Georgier auch das Haus von Anaidas Tante niedergebrannt.

Anaida rief mich an und bat mich, mich um die Sache mit ihrer Mutter zu kümmern. Sie sagte, sie habe sich scheiden lassen. Das mit der Scheidung nahm ich ihr nicht ab. Ich sagte Kontschi, er solle seine Bekannten in Moskau anrufen und diese Information überprüfen. Kontschi kam meinem Wunsch nach. Anaida habe wirklich ihren Mann verlassen, meldete er.

Anaida rief mich noch ein zweites Mal an. »Außer meiner Mutter und meiner Tante hab ich niemanden mehr, bitte, hilf mir, lass mich nicht im Stich«, bat sie. Kontschi und Zorro erklärte ich, dass wir die beiden alten Frauen nach Moskau schaffen müssten. Anaidas Mutter nach Moskau fliegen zu lassen, damit waren sie einverstanden, aber Anaidas Tante stand unter der Aufsicht anderer Jungs und die hatten vor, sie gegen unsere Gefangenen auszutauschen. Ich setzte mich schließlich doch durch, und wir schickten beide mit einem russischen Flugzeug nach Moskau.

Anscheinend hatte Anaida nicht viel Hoffnung gehabt, dass ich ihre Bitte erfüllen würde, sie dankte mir weinend am Telefon. Ich zögerte nicht lange und teilte ihr mit, dass ich den Verdacht habe, die Scheidung sei vorgetäuscht, um ihre Mutter und ihre Tante mit meiner Hilfe aus Sochumi wegzuschaffen.

»Bist du im Krieg endgültig durchgedreht?«, fragte sie zurück.

»Hör gut zu, meine liebe Delphina, sollte mein Verdacht sich bestätigen, komme ich, sobald der Krieg zu Ende ist, nach Moskau und jage zuerst deinem Mann eine Kugel in den Kopf und dann dir«, ließ ich sie wissen.

Sie fing an zu weinen. Sie liebt mich immer noch, dachte ich.

»Du kannst mich mal«, sagte ich und legte auf.

Danach war ich über einen Monat lang nicht zu Hause, unsere Einheit wurde für eine Woche nach Otschamtschire verlegt, und daraus wurden fünf Wochen. Als ich nach Hause zurückkehrte, berichteten die Nachbarn, mein Telefon habe jeden zweiten Tag geklingelt, es sei ein internationaler Anruf gewesen.

Nach dem Krieg verschaffte Kontschi mir wieder Informationen über Anaida – sie war nach Sochumi zurückgekehrt, zusammen mir ihrer dementen Mutter. Sie wohnte in einem Hochhaus direkt neben meiner ehemaligen Wohnung. Sie hatte die Wohnung für einen Apfel und ein Ei von einem Georgier gekauft und arbeitete als Verkäuferin in dem Laden, der sich unten in meinem Hochhaus befand. Und von genau diesem Laden gab ich Wacho aus Otschamtschire die Nummer.

In dem Laden hatte Ala, eine Russin, vor dem Krieg gearbeitet. Du konntest sie anrufen und sagen, was du brauchtest, und Ala schickte ihren behinderten Sohn Kiril los. Kiril bekam dann ein paar Groschen für seinen Botendienst. Es hieß, er sei der uneheliche Sohn irgendeines hohen Tiers, aber von wem genau, wusste keiner. Nach Feierabend war Ala auch bereit, dich zu besuchen, aber eine Schönheit war sie nicht. Die Männer hatten sie als Plan B für die aufdringliche ländliche Verwandtschaft, für solche halt, die, sobald sie in der Stadt ankamen, sofort vom Gastgeber verlangten, die besten Touristinnen für sie zu organisieren.

Der Laden gehörte jetzt der Witwe von einem im Krieg gefallenen Abchasen. Obwohl wir im gleichen Haus wohnten, kannte ich den Abchasen nicht wirklich. Ich wusste nur noch, dass er zuerst auf kriminell gemacht hatte und dann plötzlich ein Bulle geworden war. Es hieß, er kenne keine Gnade, würde jedoch die Jungs aus seinem Viertel in Ruhe lassen, mehr noch, er würde sogar helfen, falls sie Probleme hätten.

Der Polizist hatte seinen Kindheitstraum verwirklicht – er hatte sich ein schönes Auto gekauft, aber jedes Mal wenn er trank, baute er einen Unfall. Geheiratet hatte er lange vor dem Krieg. Als der Krieg ausbrach, verließ er zusammen mit seiner Frau die Stadt, seine Mutter blieb. Sie behauptete, ihr Sohn würde nicht kämpfen, aber eines Nachts hat sie das ganze Hochhaus wach geschrien – ihr Sohn war gefallen. Er soll die Landungstruppe geleitet haben, die es von Gudauta über die Berge nach Tkwartscheli geschafft hatte. Damals gab es auch in Sochumi ein richtiges Geballer. Die Mutter konnte nicht weg, um ihrem Sohn das letzte Geleit zu geben. Vier Tage lang hat sie geschrien, am fünften Tag versagte ihr Herz, und sie starb. Der abchasische Rundfunk fing hysterisch an zu senden, die Georgier hätten sie so lange geschlagen, bis sie gestorben wäre. Einen ganzen Monat lang sendeten sie das.

Nach dem Krieg erschoss die Witwe des abchasischen Polizisten eigenhändig in Sochumi gebliebene Georgier, davor hatte sie anstelle ihres Mannes gekämpft. Nach der Rückkehr nach Sochumi setzte sie drei Wohnungen im Haus ihres Mannes in Brand – von denen, die kämpften, darunter auch meine. Dann erklärte sie alle verlassenen Wohnungen in ihrer Hochhaushälfte zu ihren eigenen. Dabei war ihr vor dem Krieg gar nicht anzumerken gewesen, dass sie so rührig war.

Vor dem Krieg war sie ein pummeliges Mädchen gewesen, bescheiden, vom Dorf. Oft besuchten sie Scharen von Verwandten aus ihrem Heimatdorf, sie waren immer sehr laut, und das war ihr peinlich. Große Augen hatte sie, blaue, staunende. Langsam kam sie dahinter, wie es in der Stadt zuging. Als Ziala meine Wohnung an Studentinnen vermietete, stellte sich heraus, dass eine von den Mieterinnen eine entfernte Verwandte von ihr war. Die erzählte Ziala, was für eine schwere Kindheit die Frau gehabt hatte – sie war angeblich noch klein gewesen, als auf der Jagd eine verirrte Kugel eines Nachbarn ihren Vater tötete; die Mutter gab das Kind in die Hände strenger Tanten und heiratete noch mal. Die Verhaltensweise der Mutter habe sie stark bedrückt, sie sei immer verschlossen gewesen. Ziala, in Anspielung auf ihre großen Augen, nannte sie »Rehlein«, und sprach sie immer liebevoll an, wenn sie ihr über den Weg lief. Anaida und ich begegneten dem Mädchen gelegentlich in Begleitung ihrer lauten Verwandtschaft.

Zweimal sahen wir beim Spazieren auch Anaidas zukünftigen Mann. »Er war mal mein Nachbar, jetzt wohnt er in Moskau. Als ich ein Kind war, hat er mich ›die schöne Helena‹ genannt, er war in meine Musiklehrerin verliebt, aber sie erwiderte seine Liebe nicht«, erzählte Anaida.

Er war ein geschniegelter Armenier mit durch und durch armenischer Visage, einer von denen, die immer ein naives Lächeln aufsetzen, aber genau wissen, was sie tun, und auch so einiges hinkriegen. In seiner Jugend soll er ein

Möchtegernkrimineller gewesen sein. Bei seinem Anblick wurde Anaida rot wie ein kleines Kind.

»Gefällt er dir etwa?«, scherzte ich.

»Hör auf, wie kann man auf diesen alten Mann eifersüchtig sein, schau doch, wie er aussieht, was für eine lange Nase er hat«, erwiderte Anaida. Wenn eine Frau dir so was sagt, dann müssen bei dir die Alarmglocken klingeln, aber damals hatte ich noch keine Erfahrung.

Anaida heiratete diesen Armenier ziemlich unerwartet, oder vielleicht kam es auch nur für mich unerwartet, obwohl es das nicht hätte sein dürfen. In der letzten Zeit waren unsere Streitereien immer zu ernsthafteren Auseinandersetzungen mit mehrtägiger oder mehrwöchiger Sendepause angewachsen. Nach dem letzten Streit sagte Anaida, sie würde in einer Woche heiraten, und hielt Wort. Ihrem Armenier wird sie gesagt haben, ich wäre ihr Teenieschwarm gewesen. Was wollte dieser Armenier plötzlich eine als Frau, die fast seine Tochter hätte sein können? Keine Ahnung. Männer mit Geld sind verrückt nach jungen Frauen.

Dieser Armenier hatte fiese Augen und einen durchdringenden Blick, mit dem er dich sofort durchschaute. Wenn er mit Fremden sprach, stellte er simple Fragen, durch die er deren Charakter zu erkunden versuchte, irgendwann war er dann überzeugt, sich nicht geirrt zu haben, und das genoss er. Mich zum Beispiel fragte er, ob ich für *Spartak* sei oder für *Dynamo*. Beide seien mir scheißegal, antwortete ich.

»*Du bist doch schon erwachsen, Töchterchen, wird Zeit, dass du heiratest*«, sagte er auf Russisch zu Anaida, so, als wäre sie seine Nichte oder zumindest eine Verwandte. Er machte einen auf fürsorglich und väterlich. Der Mistkerl wusste genau, was er tat, er war ein Schlaufuchs, eine richtige Pestbeule.

Später erzählte mir eine von Anaidas armenischen Freundinnen, er sei schon immer in Anaida verliebt gewesen – sie wollte mich damit aufziehen. Auch diese Freundin war eine richtige Pestbeule, eine von der niederträchtigsten Sorte, mit der kein Mann was Ernsthaftes anfangen kann. Eine Schlange war sie. Sie war sauer auf mich, weil ich drauf bestanden hatte, dass Anaida sich von ihr fernhielt. Während des Krieges begegnete ich ihr mal auf der Straße, sie erschrak, sie dachte, mein Groll käme wieder hoch. Dabei hatte ich gar keinen Kopf dafür, mich mit dem Herumgezicke dieser Schlange zu beschäftigen.

An dem Tag hatten die Russen unser Flugzeug abgeschossen. Die Abchasen haben uns aus der Ferne zusehen lassen, wie sie unseren Pilot hinrichteten. Sie haben abgewartet, bis er mit dem Fallschirm landete. Zuerst haben sie ihn geschlagen, dann haben sie ihn in einen Wagen gesteckt und weggebracht, wahrscheinlich zeigten sie ihm die Stellen, die er bombardiert hatte – als würden sie nicht selber tagtäglich nicht nur Militäreinrichtungen, sondern auch die Zivilbevölkerung bombardieren. Dann brachten sie ihn zum abgestürzten Flugzeug zurück und erschossen ihn. Der Arme war so zugerichtet, dass er kaum noch stehen konnte. »Er ist in einem Zustand, dass er sich bestimmt wünscht, schnellstmöglich umgebracht zu werden«, meinte Zorro. Den Erschossenen ließen sie auf der Wiese liegen, damit wir ihn gut sehen konnten.

Wir sprachen kurz miteinander, Anaidas Freundin, die Schlange, und ich.

»Also, ich gehe dann mal«, sagte sie.

Ich sagte, dass ich sie unbedingt in ein Café einladen wolle.

»Die Cafés sind doch aber zu«, wunderte sie sich.

»Dann eröffnen wir die Saison«, beharrte ich.

Sie traute sich nicht, Nein zu sagen, wir setzten uns an einen verrosteten Tisch vor dem *Barmaleitschik* und aßen Bananen, die wir an der Straße gekauft hatten.

»Wann ist der Krieg zu Ende?«, fragte sie so, als ob ich über den Termin genauestens Bescheid wüsste.

Damals hatte ich Anaidas demente Mutter noch nicht nach Moskau bringen lassen und wusste auch noch nichts davon, dass Anaidas Mann Kosaken dafür bezahlte, uns zu töten. Vielleicht wusste die Freundin das alles und war deshalb so verängstigt und angespannt.

Nachdem wir die Bananen gegessen hatten, meinte sie wieder, sie würde dann mal gehen.

»Ich lass dich aber nicht gehen«, sagte ich.

Während ich Anaidas Freundin beobachtete, wuchs in mir der Groll, nicht gegen sie, sondern gegen Anaida und ihren armenischen Mann. Die ganze Zeit stand mir vor Augen, wie galant er auf Russisch zu Anaida gesagt hatte: »*Du bist doch schon erwachsen, Töchterchen, wird Zeit, dass du heiratest.*« Der Fiesling war sich hundertprozentig sicher gewesen, dass ich nicht bemerken würde, dass er überhaupt keine väterlichen Gefühle für Anaida hatte. Er sprach leichten Moskauer Dialekt. Mit armenischem Akzent und Moskauer Dialekt gesprochenes Russisch klingt schrecklich.

Auf einmal, ich weiß nicht, was da in mich gefahren ist, sagte ich zu Anaidas Freundin: »*Du bist doch schon erwachsen, Töchterchen, wird Zeit, dass du heiratest.*«

Sicher dachte sie, der bringt mich irgendwohin und vergewaltigt mich, sie wurde ganz blass. Sie schaute mich mit den Augen eines eingeschüchterten Hundes an. Das war echt dumm von mir gewesen.

»Und jetzt machen wir alle den Abgang«, sagte ich und ging.

An dem Abend betrank ich mich und ging zu Reso. Dort traf ich auf Lamsira samt Mann und Sohn. Deren Haus lag ziemlich nah an der Frontlinie, und es musste dort richtig geknallt haben, weshalb sie am Vortag zu Reso gezogen waren. Lamsiras aufgeblasener Sohn und sein noch aufgeblasenerer Vater brachten mich endgültig zum Platzen, es schien, als würden sie eigens für mich eine gelehrte Vorlesung über Weltpolitik abhalten. Man hätte denken können, ich hätte sie darum gebeten, mich zu erhellen.

»Eure Weltpolitik könnt ihr euch in den Arsch schieben! Statt hier groß rumzulabern, hättet ihr lieber nicht wie die Angsthasen aus eurem Haus abhauen sollen, sondern, wenn schon nicht mit der Waffe in der Hand, dann wenigstens auf irgendeine andere Art, den Jungs beistehen sollen!«, schrie ich und ging.

Reso rief im Stabsquartier an, verlangte nach Kontschi und sagte ihm, ich würde irgendwie nicht richtig ticken, er solle mich ausfindig machen und aufpassen, dass ich keine Dummheiten machte.

»Dein Schwager und dein Neffe sind richtige Blödmänner!«, ging ich dann auch auf Kontschi los. Er war sehr beleidigt. Es war ein vertrackter Tag.

Später, als ich einschlief, träumte ich von meinem Vater und von seiner zweiten abchasischen Frau und den zwei

Kindern, meiner Halbschwester und meinem Halbbruder, obwohl ich die nie kennengelernt hatte.

Damals wohnte mein Vater wieder in Moskau. Ich wusste, dass seine Geschäfte in die Hose gegangen waren und er pleite war. Die Geldnot hatte ihn tollwütig gemacht, er war zum Alkoholiker geworden und war ziemlich fertig, seine Schwäger hielten ihn über Wasser. Ich wusste, er würde früher oder später alles, was er besaß, verschleudern. So ein Typ war er, konnte monatelang durch die Restaurants ziehen und das jahrelang gesparte Geld bis auf den letzten Groschen verplempern.

Eine Woche nach diesen Vorfällen bekam ich einen Brief von meinem Vater. Den hatte er zu Nana nach Tbilissi geschickt, und Nana hatte ihn an mich weitergeleitet. Wie er die Adresse von Nana herausgefunden hatte, weiß ich nicht. In dem Brief verabschiedete sich mein Vater von mir, er meinte, bald würde er den Löffel abgeben, und er hätte einen letzten Willen: »Wenn der Krieg zu Ende ist, finde deinen Bruder und deine Schwester und gewinne sie lieb«, schrieb er.

Am selben Abend rief ich ihn in Moskau an. Er hatte Angst, die Verbindung würde unterbrochen und fing gleich an, dasselbe herunterzubeten, was schon im Brief stand. Ich brüllte, dass ich niemanden von ihnen brauche und sowieso die Nase voll hätte, sie sollten mich in Ruhe lassen, sowohl er als auch seine Kinder, sie sollten vergessen, dass es mich gebe, sich um sich selbst kümmern, so, wie ich mich um mich selbst kümmerte und so weiter. Ich redete, als hätte ich mindestens dreißig Brüder und genauso viele Schwestern, und alle würden sie nach mir verlangen und um meine Liebe betteln. »Wenn du dich beruhigt hast, ruf mich noch mal an«, bat er mich. Ich rief nicht mehr an.

Er schickte noch einen Brief, auf fünf Seiten eines Schulheftes hatte er seine Biografie und den Stammbaum seiner Familie über sieben Generationen zurück aufgeschrieben. Er bat mich, ihn noch einmal anzurufen.

Ich rief ihn doch noch mal an und wir haben ruhig miteinander gesprochen.

Wie es meiner Mutter gehe?

»Sie liegt unter der Erde«, antwortete ich.

Das habe er nicht gewusst, wann sie gestorben sei?

»Ist schon drei Jahre her«, sagte ich.

Seine Stimme wurde zittrig, und er tat mir leid. »Wie sind mein Halbbruder und meine Halbschwester denn so?«, fragte ich.

Beide sähen mir ähnlich, erwiderte mein Vater.

Kurz zuvor war mir etwas passiert, darüber könnte man ein Buch schreiben.

Unsere Einheit hatte in einem Dorf Stellung bezogen.

Es war der Tag, an dem morgens Kokorna, Giuseppes Partner, getötet wurde. Wie Giuseppe es ausdrückte: »mit einem sehr präzisen Schuss«.

Kokorna und Giuseppe hatten im zweiten Stock eines aus Tuffstein gebauten Hauses Stellung bezogen. Das Haus stach aus den anderen des Dorfes heraus. Giuseppe hatte Kokorna geraten, besser nicht dieses Haus zu nehmen, es würde viel zu viel Aufmerksamkeit erregen. Kokorna hatte aber drauf bestanden, unbedingt von diesem Haus aus zu arbeiten. »Wenn es dir nicht gefällt, kannst du ruhig woanders hingehen«, meinte er.

Kokorna war von Giuseppe ausgebildet worden. Giuseppe betonte, dass er ihm alles beigebracht habe, auch die geheimsten Tricks aus seinem Repertoire. Das war nicht gelogen, er hatte ihm wirklich alles beigebracht. Kokorna war eine ehrliche Haut, ein fleißiger Scharfschütze, Faulenzen lag ihm nicht. Ein Glückspilz war er auch, die Sache war nur, dass er oft viel zu viel riskierte. Giuseppe sagte, er wolle ihn noch nicht unbeaufsichtigt lassen, er wolle ihn bei sich haben, um ihm die Riskikofreude abgewöhnen zu können.

Kokorna aber sagte hinter Giuseppes Rücken, Giuseppe sei ein Stiefkind des Glücks.

Giuseppe und Kokorna müssen die ganze Nacht in dem Haus geblieben sein, und in der Morgendämmerung haben sie sich anscheinend wegen einer Kleinigkeit gestritten. »Das war's, ab heute sind wir kein Duo mehr, ab jetzt arbeitet jeder für sich«, hatte Giuseppe gesagt.

Kokorna soll daraufhin gegangen, zwei Stunden später aber zurückgekehrt sein und Versöhnung angeboten haben. Sie hätten sich wieder vertragen, hieß es.

»Bleib hier, ich geh zu den Jungs, besorge Gras und bringe auch was zum Frühstücken mit. Ich bin in einer halben Stunde wieder da«, hatte dann Giuseppe gesagt.

Als er zurückkehrte, fand er Kokorna fuchsteufelswild vor – in dem verlassenen Tuffsteinhaus hatte er ein Fotoalbum entdeckt und so herausgefunden, dass der Hausbesitzer kein anderer war als jener Mann, der seine Familie ins Unglück stürzte, indem er seinen Vater verpfiffen und in den Knast gebracht hatte.

Kokorna bestand drauf, das Haus in die Luft zu sprengen. Er ging auf und ab, wusste nicht, wohin mit sich: »Nachdem ich das Haus gesprengt habe, suche ich die süßen Töchter von dem Arschloch, egal wo sie sind, und ficke sie, und dann werde ich ihm in die Beine schießen und ihn zum Krüppel machen! Nur von seinem Gehalt hätte der Mann sich so ein Haus nie leisten können, bestimmt war er, genau wie mein Vater, noch in einige andere Geschäfte verwickelt, und dabei hatten meine Schwester und ich als Kinder kaum was zu essen.« Kokorna hatte die Fotos von den Töchtern aus dem Album gerissen und eingesteckt – »es kann nicht sein, dass ich ihnen nicht irgendwo begegne, die Gerechtigkeit wird siegen«, hatte er gesagt, während er vorm Fenster stehen blieb. Und genau in diesem Moment drückte der abchasische Scharfschütze ab.

Giuseppe stand unter Schock – »er hat mir in die Augen geschaut, als die Kugel ihn traf«, sagte er. Er war wie von Sinnen, nahm die Fotos aus Kokornas Tasche – »ich werde ficken, was er ficken musste«, sagte er.

Nachdem Kokornas Leiche weggeschafft worden war, meinte Lau, wir sollten Giuseppe schnell bekifft machen, um ihn aus seinem Schockzustand zu holen.

Der bekiffte Giuseppe fing an zu weinen – davor hatte er das nicht gekonnt. Die Tränen brachten ihm Erleichterung, aber keine restlose. Er steckte Kokornas Munition in seine Tasche. Kokorna hatte die Spitzen seiner Patronen immer angeschliffen, sie noch spitzer gemacht, das hatte er mal in einem Film über Scharfschützen gesehen.

Nachdem Giuseppe sich ausgeweint hatte, fing er an zu gähnen.

Lau sagte: »Das muss das Herz sein, wir müssen ihm ein Beruhigungsmittel besorgen, bevor er einen Infarkt bekommt.«

Wir glaubten ihm, weil er selbst Probleme mit dem Herzen hatte und sich in solchen Dingen auskannte. Während ich die Tabletten besorgte, klärte sich Giuseppes Blick aber wieder. Er bat mich sogar, ihn in die Stadt zu bringen, weg von hier. Auf Laus Anweisung hin machte ich zwei Fleischkonserven auf, tat reichlich Zwiebeln drauf, so wie Giuseppe es mochte, wärmte das Ganze auf und servierte es ihm. Giuseppe stürzte sich wie ein Tier auf das Essen.

Genau in dem Moment tauchte Bodokia auf, mein Klassenkamerad. Leicht bekifft und leicht schielend betrat er das Stabsquartier der Sicherungslinie und kam direkt auf mich zu. Er war aufgeregt.

»Du musst sofort mitkommen«, sagte Bodokia, »es ist eine wichtige Angelegenheit! Unten wartet ein Wagen auf uns!«

Er wirkte übertrieben ernst.

»Ihr nehmt euch zu viel heraus, ihr Schwuchteln«, brüllte Lau. Keiner konnte besser brüllen als er. »Eure ernsten Angelegenheiten kenne ich. Wenn ihr nicht kämpfen wollt, bleibt zu Hause und kriecht euren Frauen unter den Rock!«

»Es ist wirklich eine wichtige Angelegenheit!« Bodokia gab nicht nach. »In anderthalb Stunden, maximal zwei, kriegt ihr ihn zurück. Guram hat ihn bestellt. Ist eine Sache von zehn Minuten.«

»Ich hab einen einzigen MG-Schützen, der nicht kifft, und den versucht er, mir wegzunehmen?« Lau konnte einfach nicht normal sprechen.

»Ich will eine Schwuchtel sein, wenn ich ihn nicht in zwei Stunden wieder herbringe!«

»Ich werde Guram in der Luft zerreißen, wenn er versucht, meinen MG-Schützen abzuwerben. Und da wird's ihm nicht helfen, dass wir in der Schule nebeneinandergesessen haben. Selbst dann nicht, wenn wir im selben Bauch gesessen hätten!«, stieß Lau zwischen den Zähnen hervor. Er und Guram, der Hauptmann des Nachbarbataillons, waren genau wie Bodokia und ich in dieselbe Klasse gegangen. »Wenn du mich im Stich lässt, bring ich erst dich um und dann mich!«, drohte er sehr ernst.

»Sie haben Kokorna getötet«, sagte ich zu Bodokia, »wir trauern. Also denk dran, wir haben keinen Bock auf irgendwelchen Blödsinn!«

Bodokia stiegen schon Tränen in die Augen, aber ich lenkte ihn ab, indem ich ihn zur Seite nahm und fragte, um was es gehe.

»Ich habe eine Überraschung für dich. Los, wir nehmen auch Giuseppe mit, das wird ihn vielleicht ein bisschen aufheitern. Es ist eine Überraschung, auf die du auf keinen Fall kommst, auch wenn ich dir dein ganzes Leben Zeit gäbe, dir den Kopf zu zerbrechen«, versprach er.

Bodokia, Giuseppe, Zorro, Bodokias Kumpel Soso und ich machten uns mit Sosos ramponiertem Schiguli auf den Weg zur *Utschchosi*. Soso musterte mich mit gespielt ernstem Blick. Ich schlug ihm auf die Schulter, und er grinste sofort wie ein Depp.

»Was hab ich dir gesagt! Grins nicht so blöd!«, brüllte Bodokia Soso an.

Giuseppe rülpste und fing an zu lachen. Dann weinte er. »Er hatte alles noch vor sich! Ich bin am Leben, er ist tot ...«, sinnierte er. »Ich finde den Scharfschützen, der Kokorna erschossen hat. Und wenn er tot ist, grab ich ihn aus und jage ihm trotzdem noch ne Kugel in den Kopf.«

»Wir finden ihn!«, bekräftigte Zorro.

»Jungs, lasst mich auch ein bisschen schießen, um mich zu beruhigen.« Giuseppe dachte, Bodokia hätte uns wirklich für einen Einsatz mitgenommen. »Also im Endeffekt ist Kokorna wegen diesem Arschloch gestorben, das Schuld daran hat, dass er und seine Schwester, wie er sagte, als Kinder halb verhungert sind, nicht wahr?«

»Was ist das denn für eine Überraschung, willst du es uns nicht verraten?«, fragte ich Bodokia, um die Situation zu entschärfen.

»Du wirst es dein ganzes Leben lang nicht vergessen, das sag ich dir!«, antwortete er.

Soso drückte auf die Tube, in zwanzig Minuten waren wir an der *Utschchosi*. Das Stabsquartier der vorderen Front befand sich in einer hübschen, teils aus Holz, teils aus Stein gebauten Bibliothek, die im Schatten hoher Eukalyptusbäume stand.

Soso schaute noch einmal zu mir und konnte sich ein Lächeln nicht verkneifen.

»So was hab ich noch nie gesehen, ich schwör's bei meinen Kindern!«, flüsterte er mir ins Ohr.

Im Hof des Stabsquartiers war keine Menschenseele.

»Wollt ihr, dass ich hier Bücher lese?«, witzelte ich. »Wo sind die Leute?«

»Alle in ihren Stellungen, wir haben den Befehl zur höchsten Gefechtsbereitschaft erhalten«, erklärte Bodokia. »Guram hat mir genau zwei Stunden gegeben. Alle wollten gern deine Fresse sehen, wenn die Überraschung kommt, aber Befehl ist Befehl …«

»Willst du mir etwa noch die Augen verbinden?«, fragte ich.

»Wieso soll ich dir die Augen verbinden? Bist du etwa eine Geisel?«

»Für den Effekt, du Hirni! Hast du nicht mal im Film gesehen, wie Verliebte einander überraschen?«

»Ja und, sind wir etwa verliebt?«

»Gegen Humor ist er geimpft«, wandte ich mich an Zorro, und auch Giuseppe warf ich einen Blick zu – ihn hatte ebenfalls die Neugier gepackt. Ihn interessierte nicht weniger als mich, was jetzt passieren würde.

»In drei Minuten werden dir die Sprüche vergangen sein!«, sagte Bodokia, und wir gingen los.

Aus der Bibliothek kam uns Tscheburaschka entgegen und grinste – er war auch aus meiner Schule.

»Was grinst du so blöd?«, schrie Bodokia ihn an. »Habt ihr mich nicht verstanden?«

»Ich bin so weit. *Ich kann es kaum erwarten, eure verfickte Überraschung zu sehen*«, sagte ich und schaute zu Giuseppe, dem die Neugier ins Gesicht geschrieben stand.

Bodokia führte uns in eins der hinteren Zimmer. »Hier ist mehr Licht, die anderen Zimmer sind wegen der Eukalyptusbäume zu dunkel«, meinte er.

»Setz dich, falls dir vor Schreck die Knie weich werden«, wies er mich an und zwinkerte Tscheburaschka zu: »*Der Herr ist so weit, herein mit der Überraschung!*« Dann wandte er sich wieder zu mir: »Und tu du endlich mal, was man dir sagt, und setz dich!« Nun klang es halbwegs nach einem Befehl. Mit Gepolter schob er mir einen Stuhl zu.

Ich setzte mich.

»Von mir aus kannst du mir die Augen verbinden. Einem wie dir vertraue ich blind«, spöttelte ich. »Aber komm bloß nicht auf die Idee, mich zu drehen wie beim Blindekuhspielen, sonst wird es schmerzhaft!«

»Warum?«

»Weil ich dir dann eine verpasse, dass du Funken sprühst wie ein Schweißgerät.«

Bodokia stellte sich hinter mich und hielt mir die Hände vor die Augen.

»Ich spüre mit meinem Rückenmark, dass es eine Blondine ist!«, sagte ich.

»Hä?«, fragte Bodokia.

»Giuseppe, erklär's ihm bitte, ich bin mir sicher, dass er's nicht verstanden hat«, sagte ich.

»Du weißt schon, da, wo Chasanow in der Stripbar sagt …«, fing Giuseppe an und blieb stecken, aber das reichte auch – ich war endgültig überzeugt, dass er bei vollem Verstand war.

Zorro brachte es zu Ende. Er beschrieb die Szene, wo Chasanow einen georgischen Touristen spielt: Die amerikanischen Gastgeber führen eine Gruppe von sowjetischen Touristen in eine Stripbar; die Touristen wollen nackte Frauen sehen, aber der Gruppenbegleiter vom KGB setzt sie alle mit dem Rücken zur Bühne, damit sie nichts Anstößiges zu sehen kriegen. Eine der Stripperinnen beginnt, sich auszuziehen, der ganze Saal ist erregt, alle pfeifen und verlangen, sie solle jetzt alles ausziehen. Der Georgier hält es nicht mehr aus, er will sich umdrehen, hat aber zu viel Angst vor dem KGB. Er ist am Durchdrehen. Schließich sagt er über die Stripperin: *»Mit dem Rückenmark spüre ich, dass es eine Blondine ist!«*

»Ach du meine Güte!«, entfuhr es Giuseppe, und ich begriff, dass meine Überraschung eingetroffen war.

Bodokia nahm die Hände weg, und das Erste, was ich sah, war das tomatenrote Gesicht eines russischen Jungen, hinter ihm die massiven Ohren von Tscheburaschka, der sein Maschinengewehr auf den Russen gerichtet hielt, und dann sein Grinsen, von einem Ohr zum anderen.

Zuerst kapierte ich nicht, wieso alle grinsten, und betrachtete den Russen genauer – er war vielleicht knapp sechzehn, trug einen Kosakenschub, sein Oberkörper war nackt und weiß bis zum Hals, ein großes, aus Draht geflochtenes Kreuz baumelte ihm vor der Brust, die Hände hatte er im Nacken, und sein Bäuchlein war das eines kleinen Jungen.

»Boah, sieht der ihm ähnlich!«, rief Giuseppe.

»*Hände runter, und bloß keine Dummheiten!*«, befahl Tscheburaschka dem Jungen. »*Eine falsche Bewegung, und du bist tot!*«

Der Russe musterte mich seinerseits, dann wurde er bleich und sank auf die Knie.

»*Sei gnädig, guter Mann!*«, winselte er und wollte zu mir kriechen, aber Bodokia verpasste ihm einen Schlag mit dem Gewehrkolben und brachte ihn zu Fall.

Ich schaute zu Giuseppe, und in seinen Augen las ich, was ich selbst lieber nicht glauben wollte – der Junge sah aus wie mein Zwillingsbruder. Ich dachte, ich träume.

»Er war auf Spähpatrouille, der Penner. Wir haben ihn ganz zufällig geschnappt!«, berichtete Tscheburaschka und verpasste dem auf dem Boden liegenden Gefangenen einen Fußtritt.

»*Steh auf!*«, sagte ich zu dem Jungen. Er stand sofort auf und schaute mir wie ein treuer Hund in die Augen. Er sah mir wirklich sehr ähnlich, aber wegen dieser Ähnlichkeit ekelte ich mich vor seinem unnatürlich roten, sonnenverbrannten und mit Bläschen übersäten Gesicht und seinem schmeichlerischen Blick.

»*Hast du gedacht, du könntest uns ein wenig aufmischen?*«, fragte ich.

»*Ich bin nur ein Opfer*«, antwortete er wieder mit dieser abscheulichen Unterwürfigkeit. »*Hab Mitleid, guter Mann, lass nicht zu, dass sie mich töten!*«

»*Halt durch Kosake, du wirst noch zum Ataman!*«, sagte Soso und lachte sehr laut und sehr dumm. »Der Bastard ist ein Kosake.«

»Und? Das ist doch ein echter Knaller, oder hab ich dir zu viel versprochen?«, fragte mich Bodokia. »Ich hab's ja gesagt, und du wolltest mir nicht glauben!«

»*Ihr macht Sachen, Jungs!*«, sagte Giuseppe und fügte auf Georgisch hinzu: »Wo habt ihr bloß dieses Exemplar aufgetrieben?«

»Er ist plötzlich hier aufgekreuzt, heute Morgen haben wir ihn geschnappt. Der Bastard hat mir die Stiefel geleckt, damit ich ihn verschone. Ich hab seinen Kopf angehoben, und was sehe ich? Dich! Nur in einer jüngeren Ausgabe«, sagte Bodokia. »Ist aber nicht das Werk deines Vaters. Hab ihn ausgefragt. Den Vater hat seine Mutter zum Teufel geschickt. Der Bastard meint, er sei seinem Vater wie aus dem Gesicht geschnitten.«

»Echt cool!«, kommentierte Giuseppe.

Und ich dachte dabei wie ein Idiot: Nicht, dass die Jungs diesen Kosaken geschminkt haben, um mich zu veräppeln.

Der Gefangene fiel wieder auf die Knie und wollte etwas sagen, aber Bodokia kam ihm zuvor und nahm ihm mit dem Gewehrkolben die Lust zu reden.

»Er hat gesagt, er habe einen Stiefvater, der seine Mutter schlagen würde, angeblich sei er öfter von zu Hause abgehauen, aber wegen der Mutter immer wieder zurückgekehrt«, sagte Soso. »Einmal sei er einem abchasischen Anwerber begegnet, und der habe ihn angeheuert.«

»Die Geschichten der Angeworbenen sind alle gleich«, sagte Tscheburaschka. »Machen wir es kurz. Am Leben lassen kann man ihn nicht, er kennt unsere Stellungen.«

»Verstehe ich nicht!«, sagte ich.

»Bist du etwa auch bekifft?« Tscheburaschka musterte mich misstrauisch.

»Rühr den Jungen noch nicht an!«, bat Giuseppe. »Du hast auch was gut bei uns!«

»Geht nicht, Jungs!«, antwortete Bodokia. »Befehl von oben. Er kennt unsere Stellungen.«

»Schaut euch mal beide im Spiegel an«, schlug plötzlich Giuseppe vor, »das ist bestimmt witzig, wenn du da reinschaust und dein Gesicht von vor zehn Jahren siehst.«

»*Spieglein, Spieglein, leck mich am Arsch, wer ist der Schönste auf dieser verfickten Welt?*«, witzelte ich. »*Ich bin also doch nicht so einzigartig, wie die Frauen immer behauptet haben.*«

»Beria hatte auch einen Doppelgänger. Später, als sie ihn schon kaltgemacht hatten, hat Chruschtschow seinen Doppelgänger vor Gericht antanzen lassen. Beria hatte einen tatarischen Freund, Bagirow. Der hat es gewagt, während der Gerichtsverhandlung Berias Doppelgänger auf Megrelisch anzusprechen, um herauszufinden, ob er echt war. Weil der Doppelgänger kein Megrelisch verstand, haben alle kapiert, dass es nicht der echte Beria war. Bagirow haben sie erschossen. Vor seinem Tod soll er noch gesagt haben, er habe gewusst, dass sie ihn dafür umbringen, konnte aber nicht anders, weil Beria sein Freund gewesen sei. Na? Wenn das kein echter Freund ist!«, sagte Bodokia und war beinahe beleidigt, dass Giuseppe und ich von seiner rührenden Geschichte nicht gleichermaßen begeistert waren. »Das hat uns Guram erzählt. Er lässt ausrichten, dass du auf ihn warten sollst, weil er sich den Doppelgänger und das Original im Duo anschauen will.«

»Das hat uns noch gefehlt, nach Gurams Pfeife zu tanzen!«, maulte Giuseppe. So war er, er konnte Ranghöhere nicht ausstehen.

»Es muss noch geklärt werden, wer das Original ist, er oder ich«, sagte ich.

»Ihr müsst uns diesen Kosaken ausleihen, wir müssen ihn unseren Jungs zeigen«, bat Zorro.

»Das wird nicht gehen!«, fiel Tscheburaschka ihm ins Wort.

»Oh doch!« Giuseppe hatte manchmal einen ziemlichen Befehlston drauf. »Falls ihr ihn uns freiwillig ausleiht, bringen wir ihn zurück, Ehrenwort.«

»Wie heißt der Bastard?«, fragte ich.

»Petro«, antwortete Bodokia, und der Gefangene, als hätte er darauf gewartet, brauchte nur den Bruchteil einer Sekunde, um vor mir zu knien.

»*Das wird schon*«, besänftigte ich ihn.

»Was willst du mehr, Kumpel, du hast deinen eigenen Doppelgänger!«, sagte Bodokia. »Genau wie die Sänger von *Laskowy Maj*, die geben gleichzeitig in verschiedenen Städten Konzerte und kassieren so jede Menge Kohle.«

»Klarer Fall: Du musst einfach so berühmt werden, dass die Leute Geld zahlen, um dich zu sehen«, sagte Giuseppe.

»Bevor wir ihn zu den Jungs bringen, kommen wir bei dir vorbei und zeigen ihn Reso!«

Er wusste nicht, dass Reso mein Stiefvater war, er dachte, er wäre mein leiblicher Vater.

»Gerade ist mir eine Idee gekommen – für nach dem Krieg. Ich such mir irgendwelche Touristenkinder aus, die meinen Bekannten ähnlich sehen. Dann zeige ich so ein Kind dem entsprechenden Bekannten und sag ihm: Entweder wir gehen jetzt mit ein paar Jungs schön auf deine Rechnung ins Restaurant, oder ich zeig das Kind deiner Frau und behaupte, es wäre von dir. Könnt ihr euch vorstellen, was das für ein tolles Leben sein wird?«, sagte Soso.

Bodokia erschoss Petro vor Resos Haus. Beim Aussteigen aus dem Auto hatte er versucht zu fliehen. Davor war er ganz zahm gewesen. Bodokia versagten die Nerven, und er entleerte das ganze Magazin auf den Flüchtenden.

Petro starb ganz unspektakulär. Er fiel mit dem Gesicht nach unten, zuckte einmal und gab den Geist auf. Fast genauso, wie Korkelia damals bei »regennassem Wetter« gestorben war. Als ich die Leiche umdrehte, erkannte ich Petro beinahe nicht mehr; sein Gesicht war mit einem Gemisch aus Blut und Staub verschmiert. Und Petros Gesicht sauber zu machen, traute sich keiner von uns.

In der Nacht hab ich anscheinend im Schlaf gesprochen – Reso weckte mich. Ich erzählte ihm in allen Einzelheiten, was am Tag passiert war.

»Es reicht mit dem verdammten Krieg, hör auf damit!«, sagte Reso.

»Will ich auch, aber ich schaff's nicht«, erwiderte ich.

Reso schaute mich vorwurfsvoll an; er glaubte mir einfach nicht. »Man darf die Leute nicht so wahllos abknallen!«, sagte er.

»Bodokia haben die Nerven versagt, und deshalb hat er ihn erschossen. Er hat mir gesagt, dass sein Finger wie von selbst abgedrückt hätte. Hätten wir diesen Kosaken lebendig zurück ins Stabsquartier gebracht, hätten sie ihn sowieso erledigt, das steht mal fest!«

»Hättest du ihn erschossen?«, fragte Reso kurz darauf.

»Keine Ahnung, manchmal kriegt man so eine Laune, dass man sogar bereit ist, sich selbst umzubringen … Nein, ich wollte mich noch nie umbringen und werde das auch nicht tun, aber weißt du, was ich jetzt grade gedacht habe? Hätte ich ihn erschossen, hätte ich bestimmt das Gefühl gehabt, mich selbst zu erschießen!«, sagte ich.

Das war natürlich ein ziemlich böser Witz, aber ich war übermüdet und wollte, dass Reso mich in Ruhe ließ.

»Das hättest du nicht sagen sollen!«, sagte er und ließ mich in Ruhe.

Ich hatte es so dahingesagt, später hab ich dann über meine Worte nachgedacht, und zwar ziemlich lange. Aber es ist müßig, jetzt darüber zu reden …

6

Ich stand mit Arabia an der Brücke und wartete auf Anaida. Es nieselte, aber ich hatte nicht Marias Regenponcho mit den Sonnenblumen an, sondern war in Botschos Militärparka gewickelt. Arabia wirkte seit dem Vortag sichtlich zufrieden, wahrscheinlich hatte er sich bei einer Stute unvergesslich gemacht und war stolz darauf. Manchmal schaute er mich mit vielsagendem Blick an; hätte er sprechen können, dann hätte er mich bestimmt gefragt, was zum Teufel ich hier machte. Ich hätte geantwortet, dass ich auf eine Frau wartete, und falls sie überhaupt käme, dann würde sie sicher in zwei, drei Stunden erscheinen. Er würde mir vorhalten, meine Güte, wenn das so ist, wieso bist du dann zwei Stunden zu früh hergekommen?, oder: Warum lässt du mich dann zwei Stunden hier herumstehen? Ich würde mich schämen, würde es mir aber nicht anmerken lassen, ganz im Gegenteil, ich würde dagegenhalten, dass ich die Frau eigentlich eher für eine bestimmte Sache brauchte und sie deshalb mit einem alten Kosenamen angesprochen und herbestellt hätte, damit sie womöglich früher als abgesprochen erscheinen würde. Und wenn er fragen würde, was für ein Name das gewesen sein soll, würde ich antworten: Delphina. Und Arabia würde abwinken, genau wie sein Besitzer Botscho das machte, wenn er ausdrücken wollte, dass du nicht mehr zu retten bist, und würde wie er sagen: Gegen Dummheit ist kein Kraut gewachsen! Arabia war ihm auch vom Charakter her ähnlich. Arabia ist wie Botscho mal mit den Partisanen herumgezogen, hatte ebenso Schießpulver geschnuppert und dann auch die Kisten mit den Schmuggelzigaretten geschleppt, bevor Botscho sich das Auto kaufte.

Arabia schaute mich eindeutig misstrauisch, das Pferd vom Kutscher dagegen verächtlich an.

Der Kutscher und ich plauderten wie alte Bekannte. Seinen Namen kannte ich nicht, irgendwie hatte ich ihn nicht danach gefragt, das Pferd aber hieß Hade. Die Laune des Kutschers verschlechterte sich allmählich, weil die Haselnusslieferung von drüben sich verspätete, aber er gab sich Mühe, auf meine Fragen ausführliche Antworten zu geben. Dabei stellte ich alle möglichen dummen Fragen. Anscheinend konnte man so einen Planwagen, wie er sie hatte, ziemlich günstig, für nur hundertfünfzig Lari beschaffen.

»Dann kann ich also mit hundertfünfzig Lari mein eigenes Ding starten, weil ich kein Pferd zu kaufen brauche, ich hab hier ja eins. Ich werde Arabia vor den Planwagen spannen, die Haselnüsse mit dem Geld vom Auftraggeber kaufen, und wenn ich pro Woche drei Tonnen zusammenbekomme und pro Kilo auch nur fünf Tetri Gewinn mache, dann lacht mir die Sonne«, sagte ich dem Kutscher. Ich wollte einfach die Zeit rumkriegen.

Der Kutscher nahm das Ganze ernst und meinte, ich sei ein ausgeglichener und zielstrebiger Mensch, und was ich mir vorgenommen hätte, würde mir sicher gelingen. Was in dieser Sache am wichtigsten sei, wäre, nichts zu überstürzen und außerdem das richtige Gespür zu entwickeln, und das würde allein durch Erfahrung kommen.

»Wollen wir was trinken?«, fragte der Kutscher und fügte unvermittelt hinzu: »Du erwartest eine Frau, da musst du dich stärken.«

»Woher weißt du das?«, fragte ich. »Ich hatte versucht, unbekümmert zu wirken.«

»*Man merkt es dir an. Der Kluge sagt nichts, der Dumme merkt nichts*«, er hatte ins Russische gewechselt und schaute mir auf die Hand.

Zum Glück tat er das, sonst hätte ich Anaida mit meinem Trauring am Finger empfangen. Ich hatte ihn ganz vergessen.

Botscho hatte recht, als er mir sagte, ich tauge weder zum Partisanen, noch würde jemals ein Aufklärer aus mir. Im Krieg wollte ich eine Zeit lang Aufklärer sein. Ich wollte es eben, einfach so. Botscho war dagegen. Vielleicht hatte er recht, dass er es nicht zuließ – ich wäre sicher dabei draufgegangen und hätte auch die anderen mit ins Verderben gerissen.

»Wenn du nervös bist, ist es dein Pferd auch, das weißt du, oder?«, fragte der Alte. »Die Verfassung des Besitzers überträgt sich auf das Pferd, wenn es dich für seinen Freund hält. Es kommt vor, dass du ein Pferd zehn Jahre lang hast, aber es dich nicht als Freund annimmt ... Keine einfache Sache, die Beziehung zwischen Mensch und Pferd.«

Ich schaute zu Arabia, aber konnte nicht erkennen, ob er genauso nervös war wie ich. Er stand da, in sich versunken, mit aufgestellten Ohren. Während ich zu ihm ging, um ihn zu streicheln, zog ich den Ring vom Finger und sah sofort, dass meine böse Vorahnung sich bestätigte: An der Stelle des Rings blieb ein weißer Streifen Haut zurück. Ich steckte den Ring wieder an, und mir kam es so vor, als ob Arabia höhnisch schnaubte. Wenn er hätte sprechen können, hätte er gesagt: Du Trottel, du bist so herausgeputzt, dass nicht nur der Kutscher, sondern alle Welt versteht, warum du hier hergekommen bist. Und er hätte recht gehabt ...

»Davor hast du gesagt, ich sei ein ausgeglichener Mensch, und jetzt sagst du, ich würde nervös wirken«, beschwerte ich mich beim Kutscher.

»Wenn es um eine Frau geht, ist jeder nervös. Nicht nervös zu sein, wäre viel merkwürdiger! Magst du Pferde?«, fragte der Kutscher. Er war davon überzeugt, dass ich verrückt nach Pferden war.

Auf einmal stand mir das Display der Digitaluhr mit den vier Nullen vor Augen. Ich war jetzt sicher, dass Anaida kommen würde. Ich nahm Arabia die Zügel ab, damit ihn unterwegs keiner einfangen konnte, das Zaumzeug wickelte ich in den Parka, faltete ihn zusammen und band ihn an den Sattel.

»Geh jetzt nach Hause, Arabia«, sagte ich in Botschos Tonfall zu Arabia. »Wenn ich diese Frau mit einem Pferd empfange, wird sie noch denken, der Arme ist komplett durchgedreht, empfängt mich wie Data Tutaschchia.«

Arabia zuckte mit den Ohren, ich gab ihm einen Klaps auf die Kruppe, so wie Botscho es immer machte, und er trabte los. Er würde geradewegs nach Hause laufen. Wenn er gesattelt war, lief er auch aus hundert Kilometern Entfernung ohne Umwege nach Hause. Botscho hatte ihm das beigebracht. Er würde sich dann vors Tor stellen, bis Botscho oder Prostomaria ihm den Sattel abnähmen. Botscho sagte, wenn er den Sattel nicht dabeihabe und Arabia nach Hause schicken wolle, binde er ihm einfach ein Seil um und er liefe direkt nach Hause.

Als wir noch zusammen waren, erzählte Anaida mir öfter von ihrem früh verstorbenen Wunderkind-Brüderchen und wie er Porträts von Bekannten, allerdings in einem übertragenen Sinne malte. Anstelle von Anaida malte er zum Beispiel Mimosen oder einen gelben Vollmond, statt einer bestimmten Nachbarin einen Damenhut oder anstelle von anderen eben einen Hammer oder einen Fächer. Er wusste selbst nicht, warum er das so machte. Er müsse in der Sprache der Gegenstände denken, hätte eine hochgebildete Bekannte gesagt. Einmal habe Anaida drauf bestanden, er solle ein Selbstporträt malen. Sie habe ihn vor den Spiegel gesetzt und ihm einen Stift in die Hand gedrückt. Er muss etwa sieben gewesen sein. Er habe eine Schnecke gemalt, mit einem riesigen Gehäuse. Anaida habe das Bild überhaupt nicht gefallen, und sie habe es zerrissen, erst nach dem Tod ihres Bruders habe sie verstanden, warum es ihr nicht gefiel – weil das Gehäuse einem Sarg ähnelte. Er habe seinen Tod vorausgesehen. Anaida sagte, dass sie mütterlicherseits viele Maler in der Familie habe. Ich machte immer Witze, dass sie eher nach der väterlichen Seite komme, weil sie nicht mal Nagellack richtig auftragen konnte.

Wenn Anaidas Brüderchen am Leben geblieben wäre und ich ihn gebeten hätte, mein Porträt zu malen, hätte er sicher eine Digitaluhr mit vier Nullen gemalt.

Bestimmt ist es toll, wenn du Maler bist und malen kannst, wen oder was du gerade vermisst: in der Morgensonne glitzernden Tau, der dich zum ersten Mal in deinem Leben darauf gebracht hat, wie schön eigentlich in der Sonne glitzernder Tau ist, oder den schon lange gefällten großen Birnbaum, unter dem du als Kind in einer Hängematte geschlafen hast, oder eine Frau, die du einmal kanntest.

Der Vorbesitzer der Wohnung, die mein Vater mir in Rostow gekauft hatte, muss auch ein Maler gewesen sein: Innen an die Badezimmertür war eine nackte Frau gemalt. Eine Nachbarin erzählte über ihn, dass er bei einer Frau immer zuerst die Brust gezeichnet habe. Es gab sogar eine Legende über ihn, besser gesagt darüber, wie er sein Auge verlor – ein Freund erwischte ihn dabei, wie er die Brust von dessen Frau malte, er war gerade fertig geworden, und der Freund soll ihm den Pinsel aus der Hand gerissen und ihm direkt ins Auge gestochen haben.

Ich weiß nicht, ob die Geschichte stimmt, aber meine Nachbarin betrank sich einmal mit Zorro und verriet ihm, dass sie die Geliebte des Malers gewesen sei. Sie meinte, sie habe ihren Mann rausgeschmissen, aber anstatt aus beiden Wohnungen eine große zu machen oder, besser gesagt, zu ihr zu ziehen und die eigene Wohnung als Atelier zu nutzen, schleppte er eine andere Frau nach Hause und schickte die Nachbarin auf die Ersatzbank. Die Frau sprach über den Maler, in den sie nach eigenen Angaben bis über beide Ohren verliebt gewesen war, gefühllos wie über einen Fremden – er habe nicht geduscht, habe sich die Nägel nicht geschnitten und so weiter.

Nach dem Geständnis meiner Nachbarin kam es mir so vor, als ob die Frau an der Badtür ihr gliche. Ich zeigte ihr das Bild. »Ich glaube, das bist du, er hat dich gemalt, nachdem er die andere Frau hergebracht hatte, bestimmt hat er dich vermisst.«

»Ach, Unsinn, ich hatte bessere Brüste« – die Frau war sehr beleidigt. Die vergangene Pracht ihrer Brüste war ihr wichtiger als die Liebe. Sie machte sich nichts vor.

Ich dagegen fragte mich, nachdem Anaida geheiratet hatte, gute zwei Jahre lang, vielleicht auch länger, ob Anaida mich vielleicht auch vermisste.

Anaida hatte die Figur einer griechischen Göttin. Sie hatte auch so einen besonderen Gang, einen sehr würdigen, den Gang einer Frau, die ihren eigenen Wert genau kannte. »Sie kann sich gut darstellen, sie wird im Leben nicht untergehen«, sagte Reso über sie. Man merkt es ihm nicht an, aber Reso achtet auf alles.

Anaida hatte zudem die Intuition einer weisen und erfahrenen Frau. »Deinem Stiefvater habe ich gefallen, aber ich glaube, er will mich trotzdem nicht als Schwiegertochter«, sagte sie.

Ich gefiel Anaidas Vater auch, aber er vertraute mir ebensowenig.

Anaidas Vater konnte einem leidtun, er hatte einen Eierkopf und war immerzu am Nachdenken, vielleicht über Schach oder über sein verstorbenes Kind. Vielleicht dachte er sowieso an nichts anderes, weil alles andere ja seine Frau für ihn erledigte.

Anaidas Mutter trug im Unterschied zu dieser ihren Nagellack immer exakt auf und versuchte, anstelle ihrer Tochter an deren Angelegenheiten und Probleme zu denken. Was Anaida allerdings nicht zuließ. Bestimmt bekam die arme Frau vom vielen Denken vorzeitig Alzheimer.

Es nieselte wieder. Über die Brücke kam ein Pulk Menschen, auch die Haselnüsse trafen ein. Der Kutscher belud den Planwagen und machte sich auf den Heimweg. Ich aber blieb allein, und meine Stimmung trübte sich. Ich stellte mich bei einem alten Verkehrspolizeigebäude unter, um zu warten, bis die nächste Gruppe über die Brücke käme.

Anaida war oft zum Grab ihres Bruders gegangen. Zweimal nahm sie mich auch mit. Beim ersten Mal trug ich nagelneue, quietschende Schuhe. Als wir uns dem Grab näherten, entdeckten wir Anaidas Vater, er saß auf einer Marmorbank und schien an nichts zu denken, so als erhole er sich. Seine Frau macht ihn so fertig, dass er hierher kommt, um sich auszuruhen, dachte ich. Anaida und ich beobachteten ihn aus der Ferne.

Nicht weit von uns stand eine Greisin in Schwarz, sie musterte Anaida und mich misstrauisch und wollte herausfinden, warum Anaida so beharrlich auf diesen Mann schaute. Um die Frau in Schwarz nicht länger auf die Folter zu spannen, gingen wir zu irgendeinem Grab und setzten uns auf eine Bank als wären wir Angehörige. Es war das Grab eines Verkehrspolizisten. Auf dem Grabstein war ein typisches Exemplar abgebildet: dick, Schnurrbart, neben einem Motorrad mit Sozius stehend, hinter ihm befand sich ein rundes, verglastes Verkehrspolizeigebäude. Die Frau in Schwarz musterte uns immer noch misstrauisch, aber wir betrachteten das Bild des Polizisten in größter Verbundenheit.

»Hätte ich nur die Hälfte von dem, was der auf der Straße einkassiert hat, könnten wir jetzt zusammen abhauen und für mindestens ein halbes Jahr in einer Großstadt leben«, flüsterte ich.

Anaida schaute mich eine Weile an. »Nur wegen des Geldes zögerst du?«, fragte sie plötzlich. So war sie, wenn du nicht damit rechnetest, ging sie aufs Ganze.

»Du musst mir ein bisschen Zeit geben«, antwortete ich. Bestimmt wirkte ich wie in die Enge getrieben und ziemlich durcheinander.

Anaida stand auf und machte sich auf den Weg zum Friedhofsausgang. Ich folgte ihr. Ich vergaß, hinter mir das Törchen zu schließen. Die Frau in Schwarz warf mir einen so tadelnden Blick zu, dass ich umkehrte und es zumachte.

Als ich Anaida einholte, bemerkte ich, dass ihre Schultern bebten, und mir wurde klar, dass sie weinte. Ich wusste nur nicht, ob es wegen ihres Bruders war oder weil ihr Vater mit so entspanntem Gesichtsausdruck am Grabstein saß und ich verstanden haben musste, warum, oder weil ich zögerte, sie zu heiraten.

Ich vertrage es nicht, wenn Mädchen anfangen zu weinen – ich fühle mich dann wie der Zeuge einer schlechten Aufführung. Die erfahrenen Frauen sind ein anderes Thema, sie wissen genau, was sie tun, sie übertreiben nie. Sie wissen genau, welche Dosis Tränen bei den Männern gut ankommt. »Ich weiß, dass du mich nicht liebst und es kaum abwarten kannst, mich loszuwerden, ich halt dich nicht auf, du darfst gehen, jetzt sofort«, sagen sie auf eine Weise, dass du Lust bekommst, dich auf der Stelle in sie zu verlieben und sie niemals zu verlassen. Mit den Mädchen ist die Sache viel schwieriger. Sie haben das alles von Filmen abgeschaut und setzen es an unpassenden Stellen ein.

Ich schnappte mir Anaida am Friedhofsausgang und küsste sie so lange, dass ihr Vater uns beinahe erwischt hätte.

Ach, Anaida, Anaida …

Oder besser gesagt: Ach, ich, ich …

Ich stand also unter dem Vordach des Verkehrspolizeigebäudes und dachte darüber nach, ob es für einen Mann über fünfunddreißig nicht zu spät sei, solche sentimentalen Anwandlungen zu bekommen und die ehemalige Gefährtin aus über hundert Kilometern Entfernung herzubestellen, mit Hilfe eines Briefs kindischen Inhalts, oder Reso als Vorwand zu nehmen, um den Mut zu fassen, noch mal in der eigenen Heimatstadt herumlaufen zu können.

Eigentlich war ich davon überzeugt, dass Reso von selbst zurückkehren, über die Brücke kommen, den Boden küssen und Gott danken würde, ihn am Leben gelassen zu haben. Reso suchte nie Ärger, aber wenn es darauf ankäme, würde er auch nie einen Rückzieher machen. Kontschi sagte über ihn, er sei wie eine Mine: Solange du nicht drauftrittst, tut sie dir nichts, aber wenn du drauftrittst, dann gute Nacht.

Einmal hatte mich Ziala zum Markt geschickt, um Fleisch fürs Mittagessen zu kaufen. Reso und Lali waren verrückt nach Fleisch. Wenn sie zu Mittag kein Fleisch hatten, wurden sie nicht satt. Ich ging über den Markt, aber der Mann, bei dem Ziala immer ihr Fleisch kaufte, war nicht da. Damals war ich vierzehn oder fünfzehn. Wo krieg ich jetzt gutes Fleisch her?, überlegte ich, als eine schick gekleidete Dame auftauchte, ebenfalls auf der Suche nach Fleisch. Sie erwies sich als sehr wählerisch. Die wird bestimmt kein schlechtes Fleisch kaufen, wo die kauft, kaufe ich auch, dachte ich und folgte ihr. Eine Weile lief sie herum, dann rannte sie plötzlich, wie von einer Wespe gestochen, davon. Sie dachte wohl, ich wäre ein Taschendieb. Ein paar Minuten später schnappte mich die Marktpolizei und schleppte mich auf die Wache.

Der diensthabende Beamte war ein Mann aus dem Dorf, voller Hass auf die Städter. Ich erzählte wahrheitsgetreu, wie es gewesen war, aber er glaubte mir nicht. Er schlug mir so heftig in den Bauch, dass ich vor Schmerz zusammensackte. Trotzdem schaffte ich es, Ziala anzurufen. Der Bulle lächelte mich an, und ich dachte, er wäre nicht mehr böse auf mich. Damals hatte ich keine Erfahrung im Umgang mit der Polizei und wusste nicht, was das freundliche

Lächeln eines Polizisten zu bedeuten hatte. »Erzähl jetzt noch mal, was passiert ist«, forderte er mich auf, und ich erzählte das Gleiche noch einmal. Ich erzählte es voller Begeisterung, ich war stolz darauf, dass mir so eine tolle Idee gekommen war. Er aber knallte mir einen riesigen Ordner auf den Kopf. Ich schwankte wie ein k. o. geschlagenes Huhn. Ich weiß nicht, ob vor Angst oder was, aber ich musste plötzlich auf Toilette, doch ich durfte nicht, ich konnte nicht länger einhalten, wurde langsam nass und fing an zu weinen. Da kam Reso reingerannt. »Was ist hier los?«, fragte er mich, und ich erzählte ihm alles. Er packte diesen aufgeblasenen Bullen am Kragen und drückte ihn gegen die Wand. Die anderen Bullen schlugen Resos Lippe blutig, die Narbe blieb für immer.

Diese Geschichte habe ich irgendwann mal Anaida erzählt, aber ich verschwieg, dass ich auch in die Hose gemacht und geweint hatte. Damals hab ich Reso zum ersten Mal so aufgebracht gesehen. Ich vergaß sowohl den Schmerz als auch, dass ich nass war; mit offenem Mund schaute ich ihn an. Anaida mochte diese Geschichte sehr und bat mich öfter, sie ihr zu erzählen. Und ich kiffte und redete. Bekifft habe ich ihr mein ganzes Leben erzählt.

Wenn ich bekifft bin, werde ich richtig nett. Anaida sagte, ich sei tief in meinem Herzen ein netter und warmherziger Mensch. Sie bat mich auch zu erzählen, was für ein Ehepaar aus uns werden würde. In meinen Geschichten kaufte ich ihr ohne Reue Seidenmäntel. Sie besaß schon eine ganze Sammlung an seidenen Morgenmänteln. Ich kochte Kaffee für sie und brachte ihn ihr ans Bett, half ihr, die Teppiche zu waschen, und hatte auch eine Haushaltshilfe engagiert, selbstverständlich eine ältere Frau. »Wenn ich schlecht gelaunt bin, denke ich an die Geschichte von dir und deinem Stiefvater bei der Polizei und das hilft immer«, sagte sie manchmal.

Gegen eins hörte es auf zu nieseln. Ich bekam Hunger, noch länger zu warten hatte ich keinen Bock mehr.

Wenn ich Hunger kriege, bekomme ich schlechte Laune und kann auch keine Zigarette mehr genießen. Bei Luftveränderung hab ich die ersten beiden Tage sehr guten Appetit, wenn ich also von Tbilissi nach Sugdidi fahre oder umgekehrt, kann ich dreimal am Tag was Warmes essen.

Als sich Anaida auch nicht unter den Fahrgästen des Ein-Uhr-Busses aus Gali befand, bereute ich schon, Arabia nach Hause geschickt zu haben. Anaida kam nicht, auch nicht mit dem Bus um zwei, aber da saß ich schon mit dem Kutscher zusammen, er hatte warmes, im Holzofen gebackenes Brot, Käse und Schnaps mitgebracht. Sein Auftauchen freute mich sehr. Schon das erste Gläschen Schnaps breitete sich angenehm warm im ganzen Körper aus, es schien alles wieder seine Ordnung zu haben, und auch die Hoffnung, Anaida würde doch noch kommen, kehrte zurück. Das spürte auch der Kutscher und schlug mir auf die Schulter, fast so, wie Kontschi das immer gemacht hatte. Er war gut gelaunt, er meinte, er hätte heute Glück, und es könne nicht sein, dass ich kein Glück hätte.

»Soll ich auch anfangen mit Haselnüssen zu handeln? Was meinst du, werde ich damit ebenfalls Glück haben?«, fragte ich zum vermutlich dritten Mal, um die Zeit totzuschlagen.

»Du scheinst ein guter Kerl zu sein«, befand der Kutscher. »Du schaffst alles, wenn du dir Mühe gibst. Es muss nicht unbedingt mit einem Pferdewagen sein, mit dem Auto geht es auch. Du musst nur einen Auftraggeber finden. Das ist ein bisschen schwierig, aber ich helfe dir. Meine Enkel, weißt du, das sind schon erwachsene Männer, aber sie sind richtige Taugenichtse. Sie halten immer nur die Hand auf, denen ist nichts heilig. Ich hab ein Auto gekauft, und sie haben es gleich zu Schrott gefahren.«

Inzwischen kam eine neue Gruppe über die Brücke. Der Kutscher meinte, dass das die Fahrgäste eines Zusatzbusses sein mussten.

Mein Herz sagte mir, dass unter ihnen Anaida sein würde. Und wirklich.

An ihrem Gang erkannte ich sie.

Seinerzeit mochte ich ihre Art zu gehen sehr. Sehr aufrecht lief sie, energischen Schrittes, als würde sie es nicht mit der Luft, sondern mit etwas viel Schwererem, Unüberwindlichem aufnehmen. Oder um es mit Botschos Worten auszudrücken: gleich einem Pferd, dem die Hufe frisch beschlagen worden sind. Jetzt lief sie ein bisschen anders, zögerlicher, vorsichtiger, aber immer noch aufrecht. Ich schaute sie an, und ihr Duft erreichte mich, der Duft von damals, als wir zusammen waren und ich ihr bekifft erzählte, wie ich ihr Kaffee ans Bett bringen würde.

»Die, auf die ich gewartet habe, ist da«, sagte ich zum Kutscher, und ich glaube, ich wurde ein bisschen schüchtern.

Er schaute mich an wie einen Siegertypen, der nur einmal mit dem Finger zu schnipsen braucht, und schon kommt seine Ex-Freundin aus hundert Kilometern Entfernung an. Dann schlug er mir auf die Schulter und schaute wieder auf meinen Ringfinger. »*Viel Glück*«, wünschte er mir auf Russisch, mit starkem Akzent, und mir blieb nichts anderes übrig, als mich als Siegertyp zu präsentieren, der alles schaffte und das auch noch mit Bestnote. Bestimmt sah ich aus wie ein Junge, der zum ersten Mal in seinem Leben ein Mädchen am Strand angesprochen hat, und sie zeigt zu seiner Verwunderung Interesse.

Anaida hatte mich noch nicht bemerkt, lief aber dennoch weiter. So laufen Frauen, die ihre alte Liebe treffen wollen – so was in der Art ging mir durch den Kopf, und auch, dass Arabia hätte sehen sollen, dass meine Erwartungen nicht umsonst gewesen waren. Ich machte auf locker, so gut es eben ging.

Sie bemerkte mich und verlangsamte ihren Schritt, dann lief sie wieder im alten Tempo. Ich musste wieder an Arabia denken, er machte es genauso – sah er mich von Weitem, verlangsamte er den Schritt, musterte mich, und wenn er sich überzeugt hatte, dass wirklich ich es war, lief er schnaubend weiter.

Es kam dann anders, als ich es mir vorgestellt hatte.

Eins stimmte: Anaidas Augen wirkten müde – die Augen einer Frau, die das Leben gesehen hatte; es waren müde und misstrauische Augen. Ich zog die Hand mit dem Ehering nicht aus der Hosentasche. Da war noch etwas: Anaidas Kinn fing wirklich an zu zittern, wie ich es mir vorgestellt hatte. In meiner Vorstellung rauchte Anaida, und ihre Stimme war dunkler geworden. Das traf dann auch zu. Und außerdem war sie barsch wie eine Marktfrau.

»*Und, Superman*«, begrüßte sie mich, »*bist du allein?*«

Am Anfang verstand ich nicht, was sie damit sagen wollte, später kapierte ich, dass sie mir misstraute: nicht dass ich vorhatte, sie als Geisel zu nehmen.

»*Da bin ich aber beleidigt, Chefin!*«, gab ich zurück und musste lachen.

»*Du hast dich gar nicht verändert!*«, sagte sie, offenbar vertraute sie mir wieder.

Sie war mir zuvorgekommen. Ich hatte ihr dieses Kompliment zuerst machen wollen, vor allem, weil sie sich wirklich nicht sehr verändert hatte. In der Hosentasche schaffte ich es, den Ring abzustreifen, und wir umarmten uns, aber sehr kühl, so, wie zwei Gangster in Mafiafilmen sich umarmen.

»*Ich bin eine dumme Kuh!*«, sagte Anaida und fing an zu weinen.

Ich hatte gewusst, dass sie weinen würde. Meine Finger glitten in ihre Haare, genauso wie vor langer Zeit, und ich drückte sie fest, diesmal viel herzlicher, und da merkte ich, dass sie gänzlich mir gehörte. Ich küsste sie auf die Wange, und sie schaute mich angenehm überrascht an. Hätte sie »*Ach, ich hab so lange darauf gewartet*« oder so was Ähnliches gesagt, hätte ich bestimmt auch angefangen zu weinen, zumal mir auch noch ihr Duft aus ihrer Bluse entgegenströmte, und das erregte mich, als wäre ich ein Teenager. Das spürte Anaida, und sie schaute mich verwundert an. Bestimmt hatte sie etwas anderes von unserem Wiedersehen erwartet, bestimmt hatte sie nicht gedacht, dass das Verlangen sofort wieder da sein würde. Sie wurde spürbar distanzierter.

Ich fragte, wie es ihr so ging.

Sie antwortete auf Sochumer Art: »*Weder in der Roten noch in der Weißen Armee!*«

Sie war noch die alte Anaida. Fast die alte …

»*Bist du allein?*«, fragte nun ich. Es sollte ein Scherz sein.

»*Was glaubst du?*«

»*Hören wir auf, auf cool zu machen*«, sagte ich, nahm sie an der Hand und führte sie von der Straße weg.

Ich war sehr froh, dass sie nicht so gebrochen war, wie ich es mir vorgestellt hatte. Warum ich mir vorgestellt hatte, sie müsse gebrochen sein, weiß ich nicht.

»Wo gehen wir hin?«, fragte sie streng. Sie wollte mir zu verstehen geben, dass sie nicht nach meiner Pfeife tanzen würde, aber ich warf ihr so einen Blick zu, dass sie das sofort sein ließ.

»Ich habe höchstens eine Stunde Zeit!«, sagte sie.

»Ach komm«, sagte ich, »hör doch auf!«

Anscheinend klang ich sehr überzeugend, denn sie schaute mich an wie früher, wenn ich sie damit zuquatschte, ihr Kaffee ans Bett zu bringen; oder vielleicht kam es mir auch nur so vor, dass sie mich so ansah.

»Nein, ich muss unbedingt heute noch zurück!« Zum letzten Mal versuchte sie, Widerstand zu leisten.

»Wartet etwa dein Ehemann auf dich?«

»Wenn ein Ehemann auf mich warten würde, würde ich zu dir kommen?«, sagte sie und seufzte.

Nein, sie war noch so tief gesunken.

Später saßen wir in einem düsteren Café in Sugdidi. Der Besitzer hockte mit seinen Kumpels in der Nähe. Sie waren betrunken. Am Tag zuvor waren sie auf einer Hochzeit gewesen, und jetzt waren sie dabei, die Partie eines berühmten Zockers auseinanderzunehmen. Sie wussten auswendig, wer welche Karten auf der Hand gehabt hatte. Die Bedienung war eine Greisin, sie konnte kaum laufen und seufzte ständig.

»*Tja, hier ist nicht Rio*«, sagte ich.
»*Dort noch weniger!*«, Anaida deutete mit dem Kopf Richtung Sochumi.
»Sei nicht so angespannt«, sagte ich. »Ich werde gut auf dich aufpassen.«
»Wie gut denn?«, zog sie mich auf, genau wie vor langer Zeit.
»Rauch ruhig, wenn du möchtest«, bot ich an.
»Woher weißt du, dass ich rauche?«
»Deine Stimme ist tiefer geworden.«
»Ich werde nicht rauchen!«, sagte sie und durchbohrte mich mit ihrem Blick. »Wo sind deine Frau und dein Kind?«
»In Tbilissi«, antwortete ich und stellte die Frage, die ein Mann, der den Anspruch hat, kein Vollidiot zu sein, einer Frau nicht stellt, bevor er mit ihr geschlafen hat: »Hast du wirklich niemanden?«
Anaida hatte auch nicht erwartet, dass ich mich so idiotisch benehmen würde. »Lass es!«, sagte sie.
»Was soll ich lassen?«
»Lass es!«, wiederholte sie.
»Ich will es wissen!« Den Anfang unseres gemeinsamen Abends vermasselte ich ihr nun doch.
»Was geht dich das an, ob ich jemanden habe!« Sie nahm ihre Handtasche von der Stuhllehne und stellte sie sich auf den Schoß, dann holte sie eine Zigarettenschachtel heraus. »Vor etwa zwei Jahren hieß es von dir, du wärst gestorben, an einer Überdosis.«
»Und, hast du da geweint?«
»Hab ich. Seit dem Krieg weine ich die ganze Zeit, ich bin empfindlich geworden … Ich werde jetzt rauchen.«

»Hast du wirklich geweint?«

Anaida antwortete nicht, zündete sich eine Zigarette an, dann schaute sie mich plötzlich an und lächelte. »Du denkst ich bin tief gesunken, oder?«

Ich kann nicht behaupten, dass diese Frage mich nicht durcheinanderbrachte.

»Ich weiß, dass du so denkst«, beharrte sie.

»Tue ich nicht«, antwortete ich, und seltsamerweise glaubte sie mir. Ich dachte wirklich nicht, dass sie tief gesunken war.

»Du bist immer noch der Alte. Als ich dich gesehen hab, dachte ich kurz, du hättest dich verändert, aber das hast du nicht ... Außer für dich selbst hast du dich nie für jemanden interessiert, du warst immer ein Egoist. Und das bist du immer noch!«

»Hast du wirklich geweint, als du von meinem Tod gehört hast?«

»Ich habe jedes Mal geweint, wenn ich vom Tod eines Bekannten oder eines Freundes erfahren hab. Ihr Georgier seid richtige Lahmärsche ... reine Angeber ... Wenn ihr nicht den Mumm hattet, den Krieg zu Ende zu führen, wieso habt ihr ihn dann angefangen?«

»Das ist eine Frage, die wir zu zweit nicht lösen können. Ihr Armenier dachtet, ihr würdet uns rausschmeißen und euch dafür breitmachen können, aber das ist euch nicht gelungen, ihr seid selber im Arsch. Und das ist erst der Vorspann, der Hauptfilm kommt noch.«

»Ich bin keine Armenierin!«

»Was denn, eine Griechin?«

»Ich weiß selber nicht, was ich bin.«

»Ein echt nettes Mädchen, das bist du«, sagte ich.

»Man hat über dich gesagt, du wärst durchgedreht und würdest in der Irrenanstalt auf Zehenspitzen laufen, um nicht auf eine Mine zu treten.«

»Und, hast du geweint?«

»Nein. Ich weine nur, wenn ein alter Freund stirbt. Aber manchmal hab ich mir vorgestellt, wie du in deinem Krankenzimmer auf Zehenspitzen läufst.«

»Also, die wollten unbedingt, dass ich entweder tot oder irre bin. Das heißt, sie haben Angst!«

»Mach mal halblang!«

»Ich an deren Stelle hätte auch Angst. Wenn ich mir vorstelle, was ich nach meiner Rückkehr tun werde, bekomme ich Angst vor mir selbst.«

»Was hast du jetzt vor?«

»Ins Hotel gehen.«

»Warum hast du mich herbestellt. Was willst du?«

»Ich hab dich vermisst.«

»Ich hätte nicht bleiben dürfen, ich hätte gleich zurückfahren sollen.«

»Du kannst morgen früh zurückfahren, und übermorgen in Otschamtschire auf mich warten.«

»Was wollen wir in Otschamtschire?«

»Du musst mich mit nach Sochumi nehmen, ich werde mich dort etwas umschauen, und dann kehre ich zurück.«

»Bist du verrückt geworden?«

»Mag sein. Wohnst du allein in Sochumi? Ich muss zwei bis drei Tage bei dir bleiben. Wirst du mich melden?«

»Findest du das lustig?«

»Ich hab die Nase voll, ich langweile mich zu Tode. Es muss was passieren, sonst werde ich wirklich noch verrückt und fange an, auf den Zehenspitzen zu laufen.«

»Was muss denn passieren?«

»Krieg, Weltuntergang oder was auch immer. Hauptsache, es passiert endlich etwas, was, spielt keine Rolle! Wenn ich auch dabei draufgehe, es soll trotzdem was passieren, damit ich nicht verrückt werde!«

»Wer sorgt dann für deine Frau und das Kind?«

»Weiß ich nicht.«

»Warst du vielleicht wirklich in der Irrenanstalt?«

»Nein, aber womöglich lande ich dort. Lieber keinen Vater haben als einen verrückten ... für mein Kind, meine ich.«

»Sie werden uns umbringen!«, versicherte sie und schüttelte den Kopf. Ihre widerspenstigen Locken begannen, lustig zu wippen. »Sie werden dich umbringen, und dann mich ... Ich hab davon geträumt, vor langer Zeit ... ich war noch in Moskau, als ich davon geträumt habe ...«

»Wollen wir was trinken?«

»Gut, trinken wir ... was genau hast du vor?«

»Ich sag es dir später, bis morgen früh haben wir viel Zeit«, antwortete ich. »Weißt du, dort, in Tbilissi, gab es einen Typen aus Gagra, etwa so alt wie ich. Er war immer für sich, still, spielte Domino mit den Nachbarn und tat sonst nichts. Dann setzte er sich plötzlich in den Kopf, ein Auto zu kaufen. Wenn man ihn fragte, er habe nicht mal ein Haus, wozu brauche er ein Auto, antwortete er, dass er nicht sterben wolle, ohne ein eigenes Auto gehabt zu haben. Er hat sich so lang krummgelegt, bis er sich ein Auto kaufen konnte. Der Wagen war gar nicht so schlecht ...«

»Er ist gestorben, oder?«

»Nach einer Woche, bei einem Unfall. Man sagte, das müsse Schicksal gewesen sein – bei einem Unfall umzukommen, müsse ihm vorbestimmt gewesen sein. Das Schicksal, oder was auch immer, soll ihn dazu gebracht haben, das Auto zu kaufen ...«

»Wie ich sehe, ist dein Humor schwarz geworden.«

»Das ist eine wahre Geschichte ... Trinken wir aus, und gehen wir.«

Nachts schüttete es.

Anaida sagte, dass sie einen Cristos gehabt hatte, einen Griechen, einen älteren gut aussehenden Wichser, mit Rosenkranz. Seitdem könne sie Typen mit Rosenkranz nicht mehr ausstehen. Sie sagte auch, dass Rosenkränze in Sochumi gerade wieder in Mode seien, genau wie ein paar Jahre zuvor, vor dem Krieg.

Ich hatte früher auch mal einen Rosenkranz, aber als Anaida und ich zusammen waren, waren Rosenkränze schon aus der Mode. Als ich Nana kennenlernte, waren sie wieder in. Also, Anaida hatte mich nie mit einem Rosenkranz in der Hand gesehen.

Der Cognac aus dem Café hinterließ den Geschmack von Nagellackentferner und noch etwas Widerlichem in meinem Mund. Ich kippte zwei Limos hinterher, aber das half nicht. Es kam mir vor, als ob selbst die Limo einen Geschmack von Karbid hinterließ, oder weiß der Geier von was. Ich fühlte mich wie ein Ballon.

Anaida hatte Sachen drauf im Bett, mit denen sie mich fast um den Verstand brachte. Nachdem wir fertig waren, schaute sie mich mit einem Lächeln an, das einen Toten hätte auferstehen lassen. »Kann es sein, dass du ein bisschen alt geworden bist?«, neckte sie mich. Nana tat das auch manchmal.

Draußen regnete es ununterbrochen.

Anaida nahm meine Hand mit den fehlenden Fingern in die ihre.

Als wir im Café gewesen waren, hatte sie sie schon betrachtet, aber nichts gesagt.

»Vom Krieg?«, fragte sie.

»Mir wäre viel lieber, es wäre vom Krieg, dann würde ich es nicht so bereuen.«

Anaida gab mir einen Klaps auf die Nasenspitze. Das war neu.

»Hast du deinem Mann oder diesem Rosenkranz-Alten auch Klapse auf die Nasenspitze gegeben?«, fragte ich.

»Ein Schlaufuchs warst du schon immer«, versetzte sie. »Bist du eifersüchtig?«

Ich antwortete nicht.

»Warst du mit mir wirklich nur zum Spaß zusammen, wie du das ausgedrückt hast, als du mich in Moskau angerufen hast?«

»Vielleicht ... das weiß ich nicht mehr.«

»An was aus unserer gemeinsamen Zeit hast du am meisten gedacht?«

Jede Frau, mit der dich etwas verbindet, stellt dir diese Frage, und das in einem Ton, als wäre sie die Erste, der sie eingefallen wäre.

»Komm, sag schon!«, drängte sie.

»Wie du am Bahnhof in Rostow mit der mechanischen Anzeigetrommel gespielt hast.« Ich sagte die Wahrheit.

Anaida erwartete, dass ich dieselbe Frage stellen würde, und ich enttäuschte sie nicht.

»An vieles, sehr vieles!«, antwortete sie.

Fast jede Frau antwortet so.

Im Hotel fiel der Strom aus.

»Komm, schlafen wir, ich bin sehr müde!«, sagte Anaida und drehte sich um, konnte dann aber nicht einschlafen.

»Wenn man die Zeit zurückdrehen könnte, würdest du mich heiraten?«, fragte sie kurz darauf.

Kluge Frauen stellen solche Fragen nicht, dachte ich und seufzte.

»Würdest du?«, sie ließ nicht locker.

»Würdest du mich denn heiraten wollen?«

»Nein!«

»Du hast nur gefragt, damit ich die Gegenfrage stelle und du mit Nein antworten kannst, nicht wahr?«

»Mag sein.«

»Warum würdest du mich denn nicht heiraten?«

»Weil du mich verlassen würdest. Auch jetzt hast du mich nur für etwas gebraucht und bist deshalb mit mir zusammen … Bist du beim Geheimdienst?«

»Und du?«

»Gute Antwort … Ich hab Riesenhunger.«

»Wir müssen bis morgen warten. Hier gibt es nichts zu essen.«

»Wir hätten was mitnehmen sollen. Bestimmt nimmst du schon lange keine Frauen mehr mit ins Hotel. Wie sprichst du eigentlich über mich? Dass du mich mal hattest, so wie man über eine Schlampe spricht?«

»Willst du mich zur Weißglut bringen?«

»Geh ich dir auf die Nerven?«

»Wie kann man das sonst nennen?«

»Gut, schlafen wir.«

Aber sie konnte nicht einschlafen.

»Hat dein armenischer Mann oder dein griechischer Freund dir die Nerven kaputt gemacht?« Ich weiß nicht, warum ich plötzlich meinerseits enschied, ihr auf die Nerven zu gehen.

»Meine georgische Liebe«, nahm sie das ganz locker und ging zum Gegenangriff über: »Ich hab oft über dich gesprochen. Hat dir nicht das Ohr geklingelt?«

»Echt?«

»Ja, echt ... als mich dieses Arschloch von Grieche geschwängert hat, wollte ich dem Kind deinen Namen geben. Damals wusste ich noch nicht, dass du deiner Tochter meinen Namen gegeben hattest.«

»Hab ich nicht, ihre Mutter hat ihr den Namen gegeben, reiner Zufall.«

»Meinst du das ernst?«

»Ja.«

»Ich hab gehört, dass du ihr meinetwegen den Namen gegeben hättest ... deshalb bin ich gekommen, sonst hätte ich es nicht gemacht.«

»Und dein Kind?«

»Gibt es nicht. Ich hab es getötet, abgetrieben. Dieser Hurensohn wollte einen ihm gleichen Hurensohn haben! Ich bin verrückt geworden und hab es abtreiben lassen.«

Anaidas Schlaf war endgültig verscheucht.

»Und ich dachte, du hättest deiner Tochter meinen Namen gegeben, deshalb bin ich gekommen ... Wenn du das Kind Anaida rufst, denkst du dann nicht an mich?« Sie

konnte nicht glauben, dass nicht ich ihr den Namen gegeben hatte.
»Sie heißt nicht Anaida, sondern Ana.«
»Denkst du manchmal an mich?«
»Ja, oft sogar.«
»Wirklich?«
»Ja.«
»Dann ist es nicht so schlimm. Ich werde doch nicht so sehr bereuen hergekommen zu sein ... Ich hab übrigens oft daran gedacht, wie du immer die Kippen weggeschnippt hast.«
»Und an was noch?«
»An ganz vieles.«
»Warum hast du das Kind abtreiben lassen?«
»Ich hatte Angst, es würde behindert zur Welt kommen. Dieser Hurensohn hat mich in den Wahnsinn getrieben, und ich hab wie verrückt geraucht. Als ich ihn kennengelernt hab, schien er ganz locker, dann hat es angefangen mit der Eifersucht ... Gott, warum bin ich nur so ein Pechvogel? Und du, bist du glücklich?«
»Weder glücklich noch unglücklich, ich bin einfach ich!«
»Wow, das war aber ein Hammer! Hast du das in Tbilissi gelernt?«
»Wie redet man jetzt in Sochumi?«
»Idiotisch. Sie versuchen, die Moskauer nachzuahmen, und das klingt bescheuert. Hast du Sochumi mehr vermisst oder mich? Antworte nicht. Ich weiß, was du sagst. Sochumi und dich, nicht wahr?«
»Sochumi und dich«, sagte ich und lächelte.
»Wie in den Gedichten von blöden Dichtern, oder? Weißt du noch, wie ich dich immer gebeten hab, mir was

zu erzählen, wenn du bekifft warst? Das hab ich so gemocht. Meine Mädels sagten immer, ich dürfte es mir mit dir nicht verscherzen, aber ich hab nicht auf sie gehört.«

»Hättest du mal besser.«

»Die Sache ist, mein Lieber, dass du für das Familienleben noch nicht bereit warst. Für eine Frau ist das eine große Beleidigung. Du hast dir Sorgen um deine Mutter gemacht ... Ach ja, ich hab mich nicht mal bei dir dafür bedankt, dass du meine Mutter gerettet hast.«

»Hast du doch, weil du hergekommen bist.«

»Ich wäre auch so gekommen, und das weißt du ganz genau. Willst du wirklich mit nach Sochumi?«

»Ich bin schon dort ... Wenn ich bei dir bin, bin ich auch in Sochumi.«

»Bist du seltsam, oder ist es das Leben?«

»Das Leben ist seltsam.«

»Sag, dass du mich liebst!«

»Komm zu mir ...«

»Nein, ich hab's nicht deshalb gesagt ... Sag einfach, dass du mich liebst, das wird mir guttun.«

»Ich liebe dich.«

»Ich glaube dir das sowieso nicht und werde es auch nie glauben, aber ich liebe dich trotzdem ... oder nein, es ist anders, ich mag es am liebsten, mit dir zusammen zu sein. Einfach so dummes Zeug reden, das mag ich am liebsten ... Du warst immer angespannt bei mir, angespannt und misstrauisch. Wenn einer angespannt ist, sind die Frauen davon beleidigt, sie fragen sich, warum und ob das bedeutet, dass sie dich nicht wirklich durchschauen ... Aber im Großen und Ganzen warst du gar nicht so übel.«

»Aha, du meinst also, dass ich unübertrefflich war, oder?«
»Vielleicht, aber auch eigenartig ... auf deine Art. Um ehrlich zu sein, hat dich das Leben ein bisschen verdummt!«
»Echt?«
»Es hat dich ruhiger gemacht und dazu verdummt ... Ich glaube, du hast schon verstanden, wie sehr ich dich geliebt habe. Oder vielleicht hast du es auch nicht verstanden und spielst mir nur was vor.«
»Frauenlogik.«
»Viel Geld will ich haben und auf irgendeiner warmen Insel sein, auf den Bahamas zum Beispiel.«
»Nur wir beide ...«, half ich nach.
»Es muss gar nicht mit dir sein. Wenn ich Geld habe, werden die besten Männer um mich buhlen.«
»Und was ist mit mir?«
»Ab und zu werde ich dich schon noch vermissen.«
»Du hörst dich an wie eine Schlampe.«
»Jede Frau hat die Neigung, eine Schlampe zu sein, wenn ihr Mann sie nicht auf andere Gedanken bringt, sagen die Männer. Tja, und ich hatte niemand so starken, der mich hätte auf andere Gedanken bringen können, und so bin ich eben eine Schlampe geworden, allerdings nur eine imaginäre ...«
»Wie hattest du dir eigentlich unsere Begegnung vorgestellt?«, fragte ich.
»Ich wusste, dass wir uns eines Tages wiedersehen würden, ganz sicher.«
»Und wie?«
»Wie im Film – du würdest zu mir kommen und sagen, dass du müde bist und dass du ohne mich nicht mehr kannst

und dass wir zusammengehören. Ich aber würde mich zieren. So sind die Frauen, sie träumen davon, sich zu zieren ... Und wie hattest du dir unser Wiedersehen vorgestellt?«

»Also, ich wollte natürlich mit einem weißen Panzer in die Stadt reinfahren, alle Fieslinge fertigmachen, und auf dem Panzer würde dein Name stehen ...«

»Spar dir den Rest, ist schon klar!«, unterbrach mich Anaida.

7

Nein, beim Beschreiben des Geschehenen versage ich.

Denkt nicht, es sei eine gewöhnliche Nacht gewesen. Ganz im Gegenteil, sie war außergewöhnlich, weil Anaida außergewöhnlich war. Ihr Körper war genau so, wie ich es mir damals, in Sochumi, vorgestellt hatte, als ich in sie verliebt war: genau solche Brüste und Beine, und ihre Hüfte und die Taille so bekannt und doch so fremd. Ich erkannte ihre Taille mit meinen Händen, so, wie ein Blinder, der wieder sehen kann, alte Bekannte wiedererkennt – erst, wenn er sie mit seiner Hand, seinen Fingerspitzen berührt hat. Ich erkannte ihren Körper sofort. Hätte mir jemand die Augen verbunden, hätte ich ihn unter tausend anderen wiedererkannt, diesen heißen, angespannten, vom Vermissen durchdrungenen Körper.

Gegen Nachmittag kehrten wir zurück zur Brücke.

Und dort sagte sie, dass sie mich immer spüre, es sei, als wäre ich die ganze Zeit bei ihr, so, wie man die Seele eines verstorbenen Freundes immer bei sich spürt.

»Das Leben hat mich kaputt gemacht«, sagte sie. »Ich bin misstrauisch geworden … ich glaube, das werde ich mein Leben lang bleiben. Bestimmt kann ich nie wieder jemandem vertrauen.«

Ich dachte insgeheim, wenn es jetzt bewölkt wäre oder regnen würde, so wie gestern, dann würde Anaida anfangen zu weinen. Sie aber sah mich fragend an, seit gestern quälte sie diese eine Frage, die sie aber nicht direkt stellte – nur mit ihrem Blick. Ich tat, als würde ich nicht verstehen, was Anaida so beschäftigte. Ich hatte keine Antwort auf ihre Frage, und das spürte sie auch – ich wusste nicht, ob ich Anaida nur als Mittel zum Zweck oder ob ich sie um ihrer selbst willen brauchte.

»Als wir uns in Rostow kennengelernt haben, dachte ich, ich hätte den Mann meiner Träume gefunden, und vor lauter Glück bekam ich weiche Knie. Ach, das habe ich dir schon mal gesagt, in Sochumi …«

»Hast du nicht. Gut, dann war ich wohl mal der Mann deiner Träume. Vielleicht bin ich das jetzt nicht mehr, aber einst war ich das. Das ist immerhin etwas …«

»Jetzt glaube ich nicht mehr an Traummänner und dergleichen. Vor fünf Jahren hatte ich noch eine Chance … Hättest du angerufen, einfach so, hätte ich nur deine Stimme gehört …«

»Bevor du deine Vorliebe für Rosenkränze entdeckt hast?«, stichelte ich.

»Früher hattest du nicht so viel Groll in dir und warst auch nicht so gehässig … und nicht so ein Blödmann.«

»Früher gehörte Sochumi uns und nicht euch. Das ist genauso, wie wenn eine Schönheitskönigin zur Hure wird und alle Bauern des Dorfes sie der Reihe nach bumsen!«

»IHR habt eure Schönheitskönigin zur Hure gemacht. Vor allem bringt zuerst der eigene Mann die Frau dazu, eine Hure zu werden, erst dann folgen die anderen!«, sagte sie.

Anaida machte sich bereit zu gehen. In etwa drei Stunden würde sie zurück in Sochumi sein. Direkt nach ihrer Ankunft wollte sie anfangen, nach Reso zu suchen. Ich erklärte ihr, wo sich Zialas Grab befand – wenn sie ihn nicht bei den Nachbarn oder sonst irgendwo in der Stadt fände, sei er womöglich dort. Ich gab ihr auch noch den nächsten und übernächsten Tag für die Suche. Wenn Anaida am vierten Tag nicht an der Brücke erscheinen würde, wäre das das Zeichen, dass sie Reso nicht gefunden hatte. In dem Fall sollte sie am fünften Tag gegen sechzehn Uhr am Bahnhof von Otschamtschire auf mich warten, und wir würden dann mit dem Taxi nach Sochumi fahren. Ich gab ihr auch etwas Geld mit – sollte sie Reso finden, konnte sie ihn mit dem Taxi nach Gali schicken.

»Denk bloß nicht, dass ich der Meinung wäre, du schuldest mir was, und ich würde dich deshalb um Hilfe bitten«, sagte ich.

»Es ist schön zu hören, dass du mir blind vertraust.«

»Ich hab ja keine andere Wahl ... Sag mal, wie war ich gestern so, hat's dir gefallen?«

»Bild dir ja nix drauf ein ... Ich muss jetzt gehen«, antwortete sie und ging.

Auf dem Rückweg dachte ich an Reso, bestimmt war er zu Fuß nach Gali gegangen. Es ist schwer, das durchzuziehen, weil es sehr lange dauert, da kannst du es mit der Angst zu tun bekommen und umdrehen. Wenn Anaida Reso nicht finden sollte, müsste ich sechzig oder siebzig Kilometer zu Fuß zurücklegen. Aber kein Vergleich zu Kontschi, der muss nach dem Fall von Sochumi bestimmt über dreihundert Kilometer gelaufen sein.

Zur Zeit des Friedensabkommens war Kontschi nach Moskau geflogen. Ihm hatte sich die Chance geboten, kostenlos zu fliegen, und er hatte sie genutzt. »Ich schau mich nur ein bisschen um und komm dann wieder«, sagte er. Da war er wie Zorro – hätte er die Gelegenheit bekommen, kostenlos zu reisen, hätte er auch den Zug in die Hölle nicht ausgeschlagen. Kontschi konnte aber nicht mehr zurück – die Abchasen fingen plötzlich wieder an zu ballern. Wir hatten schon vermutet, dass sie das tun würden, hatten aber trotzdem an das Abkommen geglaubt und auf ihr Wort vertraut.

Kontschi kam nicht mehr bis nach Sochumi, nur bis Sotschi, und dort muss ihm jemand gesteckt haben, dass seine Jungs es nicht mehr aus der Stadt rausschaffen und sich jetzt dort verstecken würden. Kontschi verhandelte mit irgendwelchen Tschetschenen, er gab ihnen Geld, damit sie ihn mit dem Auto nach Sochumi und dann mit uns zusammen wieder zurück nach Sotschi bringen würden.

In Sochumi erfuhr Kontschi dann schließlich, dass wir schon in Sicherheit waren. Die Tschetschenen hatten ihrerseits inzwischen mitbekommen, dass die Georgier ihren Kumpel als Geisel genommen hatten. Kontschi konnte sich denken, dass die Tschetschenen nun sauer waren, gut möglich, dass sie ihn als Geisel nehmen und dann einen Gefangenenaustausch anbieten würden. Er entwischte ihnen und machte sich zu Fuß auf den Weg durch die Wälder bis nach Sugdidi.

Die Geschichte seiner Wanderschaft hat mir Kontschi selbst erzählt, als er bekifft war. Wenn er bekifft war, konnte er besser erzählen als ich.

Nachdem Kontschi vor den Tschetschenen abgehauen war, war er ziemlich aufgeregt oder, besser gesagt, verwirrt. Zwei Tage lang versuchte er, Partisanen zu finden. Er konnte nicht glauben, dass es dort keine gab. Und er wollte auch nicht wahrhaben, dass unsere Armee keinen Gegenangriff startete. »Ich glaube, ich hab sogar vor Verbitterung geweint«, sagte er mir. Dann begegnete er Dschambuli. Nach Kontschis Worten war Dschambuli ein echtes Original. Als Dschambuli erklärte, es werde sicher keinen Gegenangriff geben, am besten sie gingen nach Sugdidi, hätte Kontschi ihm beinahe eine Kugel in den Kopf gejagt. Dschambuli aber lächelte ihn so bitter an, dass er schließlich gar nicht anders konnte, als ihm zu glauben.

Sie brachen sehr früh auf. An diesem Tag legten sie mehr als vierzig Kilometer zurück. Am nächsten Tag ruhten sie sich aus. Dschambuli taten die Füße weh, Kontschi nicht. Vielleicht, weil Kontschi leichte Schuhe trug und Dschambuli schwere Stiefel.

Meist seien sie auf Kosakeneinheiten mit Ziehharmonikas gestoßen, die in Minibussen unterwegs gewesen seien, meinte Kontschi. Der zufriedene Ausdruck auf ihren roten, vom Alkohol aufgedunsenen Gesichtern würde jeden außer sich bringen. Er selbst konnte die Kosaken nicht ausstehen, aber Dschambuli brannte bei deren Anblick sofort die Sicherung durch. Jedes Mal versuchte er, Kontschi die Pistole aus der Hand zu reißen, nach der dieser bei jeder Gefahr ziemlich posermäßig griff, und wollte auf sie schießen. Aber zehn Minuten später hatten sich bei ihm die Wogen wieder geglättet, so als wäre nichts gewesen, während Kontschi noch lange vor Aufregung zitterte.

Die Kosaken waren wie die Tschetschenen – um einer Idee willen kämpften sie auf der Seite der Abchasen, und das mit einer Hingabe und Überzeugung, als würden sie ihr eigenes Land verteidigen und von »Parasiten« wie Kontschi und Dschambuli säubern wollen.

Betrunkenen Kosaken zu begegnen, ist eine harte Nummer, vor allem, wenn sie mal nah an dir vorbeilaufen, sodass der ihren Achseln entströmende herbe Schweißgeruch dir, der du selbst schweißgebadet bist (allerdings in kaltem Schweiß), die Eingeweide verbrennt und dich angesichts deiner Machtlosigkeit am Boden zerstört. »Im Vergleich zu den betrunkenen und nach Schweiß stinkenden Kosaken sind mir die Tschetschenen wie Engel vorgekommen«, meinte Kontschi.

Am dritten Tag der gemeinsamen Reise kamen sie zum Dorf von Dschambulis Großeltern. Vor dem Krieg war

Dschambuli nur ein paarmal in dem Dorf gewesen, er hatte seinen Cousin besucht.

Keine Menschenseele war zu sehen, aber sie gingen trotzdem nicht rein, sie schauten von Weitem, wenn auch schon ein wenig beruhigt. Man kann wohl sagen, sie waren beinahe glücklich, dass keine Kosaken da waren.

Dschambuli rauchte nicht, er lief auch nicht auf und ab wie Kontschi. Seine Nerven waren in Ordnung. Wenn Kontschi anfing, auf und ab zu laufen, zog Dschambuli sein Taschenmesser raus, schnappte sich einen Stock und begann zu schnitzen, zum Beispiel so was wie einen Spieß. Seine konzentrierte Haltung und das altmodische Campingtaschenmesser – es vereinte sämtliche Funktionen, Dosenöffner, Schere, Nagelfeile und sogar einen Haken, mit dem man im Gewehrlauf stecken gebliebene Munition rausziehen konnte – machten Kontschi noch nervöser, aber bei dem Gedanken, Dschambuli würde das Schnitzen sein lassen und anfangen, wie am Tag zuvor seine rechteckigen Nägel zurecht zu feilen, was ihn noch wahnsinniger machte, beruhigte er sich sogar für kurze Zeit. Dschambuli schien zu spüren, dass Kontschi es nicht ausstehen konnte, wenn er sich die Fingernägel feilte, und hielt sich zurück, obwohl Dschambuli seine Nerven damit nicht weniger beruhigte als Kontschi die seinen mit dem Auf-und-ab-Laufen. Kontschi lief auf und ab, weil ihm Dschambulis Taschenmesser-Aktivitäten auf die Nerven gingen. Dschambuli hingegen war von Kontschis Auf-und-ab-Laufen genervt und beruhigte sich mit dem Taschenmesser.

»Ich hab als Kind meine Eltern verloren, meine Großmutter hat mich großgezogen. Sie war kurzsichtig, und deshalb schnitt sie mir die Fingernägel gerade anstatt im Bogen. Seitdem habe ich rechteckige Fingernägel«, erzählte Dschambuli. Von da an ekelten Kontschi Dschambulis Fingernägel nicht mehr.

Die Müdigkeit nahm den beiden jegliche Gefühlsregung. Sie schauten so gleichgültig aufs Dorf wie ein Filmvorführer auf einen Film, den er schon einige Male hat laufen lassen, der ihm schon so vertraut ist, dass er ihn nicht mehr wahrnimmt. Bis zur Abenddämmerung war der Feind – Kosaken, Russen, Tschetschenen, Armenier und wer sonst noch infrage kam – gänzlich irreal geworden.

»Zum Glück sind wir uns begegnet!«, sagte Dschambuli zu Kontschi und schnäuzte laut, indem er einen Finger auf einen Nasenflügel drückte und sich mit geübtem Schnäuzer von der Rotze befreite. Das andere Nasenloch leerte er genauso.

Kontschi machte diese Art, sich die Nase zu putzen, nichts mehr aus, auch nicht, dass Dschambuli die Geschicklichkeit eines Holzklotzes aufwies und im Notfall, also wenn es wirklich drauf ankam, nicht schnell genug sein würde, sich zu verstecken; ihn störte auch nicht mehr, dass er lauter als notwendig sprach, wenn er meinte, zu flüstern.

»… bestimmt hat Gott uns zusammengeführt!« Kontschi brachte die von Dschambuli angefangene Aussage zu Ende. Der hatte wohl nicht weitergesprochen aus Angst, dass es zu pathetisch klänge und Kontschi ihn dafür auslachen würde.

»Gehen wir nach Hause«, schlug Dschambuli Kontschi vor, in einem Ton, als würde er nicht zum Haus seines Cousins gehen wollen, sondern Kontschi zu sich einladen.

Sie waren noch vor der Dämmerung zu Hause.

Es war ein schönes Haus, aus Backstein, es machte was her. In dieser Gegend war so ein Haus eine Seltenheit. Drinnen war es allerdings fast leer. Worüber sie sich von Herzen freuten war, dass sie eine kleine Kerosinlampe und einen Einwegrasierer fanden. Es war ein Höhepunkt ihrer gemeinsamem Zeit. Diese zwei Gegenstände gaben Kontschi das Gefühl, bereits in Sicherheit zu sein. Auch Dschambuli kam es so vor, als wären sie gar nicht im Krieg, wie er Kontschi sagte.

»Was hat dein Cousin beruflich gemacht?«, fragte Kontschi.

»Er war Busfahrer. Er ist die Route Flughafen-Stadt gefahren!« Dschambuli präzisierte die Art der Tätigkeit so stolz, als wäre sein Cousin Pilot einer fliegenden Untertasse gewesen und hätte die Leute vom Mond zum Mars befördert. »Er hat nicht mal hier gewohnt. Er lebte in Sochumi und kam nur ab und zu mal vorbei, für ihn war das so eine Art Sommerhaus.«

Seife fanden sie keine, und Kontschi fing an, seinen Vier-Wochen-Bart ohne Schaum zu rasieren.

»Mein Großvater hat immer gesagt, wenn Haare notwendig wären, würden sie auch auf dem Arsch wachsen!«, sagte Kontschi.

»Lebt dein Großvater noch?«, fragte Dschambuli.

»Ich habe ihn leider nie kennengelernt, ich weiß von meinem Vater, dass er das so gesagt hat … Damals bin ich meinem Vater auf die Nerven gegangen, weil ich zu faul war, mich zu rasieren. Du bist also nicht der Erste, den mein Bart stört.«

»Er stört mich nicht«, behauptete Dschambuli.

»Kam mir bestimmt nur so vor!«, erwiderte Kontschi augenzwinkernd.

Die Rasur dauerte ziemlich lange. Dschambuli drehte fast durch und meinte, er sähe zum ersten Mal, dass jemand sich ohne Schaum rasierte. »Das ist noch das geringste Problem; falls sie uns schnappen, werden sie uns ohne Schaum ficken – darüber sollten wir uns Gedanken machen«, antwortete Kontschi.

Dschambuli redete nämlich schon seit zwei Tagen auf ihn ein, dass sie sie sofort erschießen würden, falls er einen Bart trüge. Zugegeben: Auch Kontschi hatte Schiss bekommen. Dschambuli hielt die Lampe und leuchtete ihm. Seine Nerven waren noch in Ordnung, ihm zitterte nicht die ganze Zeit die Hand wie Kontschi.

»Bei mir ist es egal, ich hab schon was vom Leben gehabt. Aber ihr jungen Leute …«, sagte Dschambuli.

Kontschi war fertig mit dem Rasieren.

»Unrasiert hast du ausgesehen wie ein afghanischer Mudschahed«, befand Dschambuli. »Sie hätten dich hundertprozentig erschossen!«

Kontschi stimmte zu.

»Wenn ich unrasiert geschnappt worden wäre«, sagte er mir, als er mir die Geschichte erzählte, »hätten sie mich ganz sicher erschossen, weil ich wirklich wie ein Boewik aussah. Aber das hab ich erst nach dem Rasieren festgestellt.«

»Heute Nacht muss ich mal schießen«, erklärte er Dschambuli. »Ich brauche ein Federkissen als Schalldämpfer.«

Wie man ein Kissen als Schalldämpfer benutzt, hatte er in einem Film gesehen, im Krieg hatte er es ausprobiert, und es hatte funktioniert. Federkissen waren aber deutlich besser als Baumwollkissen. Kontschi und Dschambuli hatten zwei Stunden lang in einem Bach ausharren müssen, sowohl Pistole als auch Munition waren nass geworden, und deshalb wollte Kontschi sichergehen, dass die Munition noch brauchbar war.

»*Nur zu, nur zu!*«, Dschambuli sang es beinahe. »Wenn du im Keller schießt, wird keiner was mitkriegen. Hier sollte im Umkreis von zehn Kilometern niemand mehr sein. Gehen wir, wir müssen was zu essen auftreiben. Wir werden bestimmt was finden, wenigstens Mehl. Und wir brauchen Salz – du musst dir das Gesicht mit Salzwasser waschen, damit du keinen Ausschlag bekommst.«

Im Dunkeln schafften sie es allerdings nicht, was Essbares zu finden, obwohl sie fast alle Häuser durchsuchten. Die Lampe löschten sie jedes Mal vorsichtshalber, wenn sie rausgingen. Keiner von beiden kam auf die Idee, außer nach Lebensmitteln auch nach Kerosin für die Lampe zu suchen, dafür fanden sie zwei Schachteln Streichhölzer. Das Kerosin ging jedoch zur Neige.

»Wir sind so todmüde, wir werden sofort einschlafen, sobald wir uns hinlegen«, sagten sie sich, aber stattdessen konnten sie vor Übermüdung kein Auge zumachen. Kontschi fluchte, Dschambuli seufzte nur leise.

Kontschi fluchte immer weiter, Dschambulis stählerne Nerven trieben ihn in den Wahnsinn. Insgeheim verglich er ihn wieder mit einem Holzklotz. Vielleicht war er sogar neidisch. Kurz darauf wurde er noch gereizter, weil die frisch rasierten Wangen dermaßen juckten, dass er fast verrückt wurde.

»Kratz nicht zu doll, sonst bekommst du noch mehr Ausschlag!«, empfahl Dschambuli.

Kontschi konnte sich grad noch so beherrschen, ihn nicht zum Teufel zu wünschen.

Dschambuli schien das zu ahnen und lachte. »Du beschimpfst mich innerlich, weil ich dich überredet habe, dich zu rasieren, nicht wahr?«, fragte er.

»Nein, ganz und gar nicht!«, erwiderte Kontschi vorwurfsvoll. Das klang ziemlich ehrlich, mag sein, dass Dschambuli ihm wirklich glaubte.

In der Nacht zuvor hatte Dschambuli im Schlaf gesprochen, besser gesagt, er hatte einen Mann namens Mamia beschimpft. Auf Kontschis Frage, was Mamia ihm denn getan habe, erzählte er eine seltsame Geschichte.

Mamia kam aus Dschambulis Nachbardorf, alt war er eigentlich nicht. Beide waren zusammen gefangen genommen worden, von Kabardinern oder Balkaren oder einer anderen musizierenden nordkaukasischen Einheit. Dschambuli meinte, er hätte es womöglich geschafft zu fliehen, aber er wollte Mamia nicht alleine zurücklassen. Die Einheit hatte vorgehabt, eine in der Nähe liegende Aue auszukundschaften. Sie hatten Dschambuli befohlen: »Geh und schau, ob dort alles ruhig ist, und dann berichte uns, aber wenn du nicht zurückkommst, dann erschießen wir Mamia.« Mamia hätte gesagt, Dschambuli sei noch jung, falls in der Aue jemand auf der Lauer läge, würden sie ihn direkt erschießen, und sie hätten keinen Kundschafter mehr; es sei besser, er würde gehen, niemand würde auf einen alten Mann schießen, außerdem sei die Aue womöglich vermint, besser ein alter Mann stürbe als ein junger. Mamia sei also gegangen und nicht mehr wiedergekommen – er sei abgehauen. Dschambuli sagte, dass er auf den Knien gebettelt habe, ihn nicht zu erschießen.

»Die hatten kein Mitleid mit mir«, erinnerte er sich, »das war eher aus Ekel, dass sie mich nicht erschossen haben. Ich habe mich auch vor mir selbst geekelt, so sehr, dass ich in derselben Nacht, ohne mit der Wimper zu zucken, meinen Wächter getötet hab und abgehauen bin.«

Davor hätten sie ihn gezwungen als Minenräumer zu arbeiten.

»Sie haben mich die verdächtigen Orte tanzend erkunden lassen«, erzählte er. »Ich tanzte selbstvergessen, laut jubelnd, und hab dabei vor Angst in die Hose gemacht; wegen der nassen Hose habe ich mich noch mehr vor mir selbst geekelt … Mamia haben die Nerven versagt, die Angst hat ihm den Verstand geraubt«, erzählte er Kontschi. »Im Krieg braucht man gute Nerven!«, präsentierte Dschambuli seine wichtigste Erkenntnis, als er fertig war. »Sehr gute Nerven braucht man im Krieg. Ein Krieg ist eine Zerreißprobe, aber ihr jungen Leute, ihr habt keine Nerven!«

Er sagte nicht, dass der Krieg schrecklich ist oder Unsinn oder Ähnliches, er knallte das so hin, »der Krieg ist eine Zerreißprobe«, und damit ging er Kontschi ziemlich auf die Nerven.

Aber er war noch nicht fertig: »Wenn du wüsstest, was für Büffel ich durch eine Luftmine verloren hab. Wenn die ins Meer gegangen sind, sind sie direkt Richtung Anaklia geschwommen. Ihre Vorfahren kamen anscheinend von dort, und deshalb hatten sie die Liebe zu Anaklia im Blut … Ich bin zu Koki gerannt, der hatte ein Auto, ich bin in die Stadt gefahren, hab mir ein Motorboot gemietet und hab ihnen nachgesetzt. Einmal bin ich ihnen bestimmt zwanzig Kilometer lang gefolgt und hab mich auf dem offenen Meer verfahren.«

»Auf dem Meer verfährt man sich nicht, da verliert man nur die Orientierung!«, bemerkte Kontschi ironisch.

»Ja, du hast recht«, stimmte Dschambuli ihm zu. »Jedenfalls bin ich auf die Knie gegangen und hab Gott gebeten, mir ein Zeichen zu geben, wo das Festland ist. Ich war wie von Sinnen, meine Nerven haben versagt, und ich ging so weit, Gott Vorwürfe zu machen. Da haben die Büffel angefangen zu röhren, und ich hab begriffen, dass Gott mir ein Zeichen gab, dass ich den Büffeln folgen sollte, und sie würden mich an Land bringen; warum war ich Dummkopf denn nicht von selbst drauf gekommen ... Einmal ist Koki der Geduldsfaden gerissen, und er hat mir geraten, wenigstens einen der Büffel zu verkaufen, um mir ein Boot zu kaufen, damit ich nicht jedes Mal in die Stadt düsen und eins mieten musste.«

»Muss ein kluger Mensch gewesen sein, dieser Koki!«, knallte Kontschi ihm an den Kopf, er konnte sich nicht mehr zurückhalten.

»Er war wirklich ein kluger Mensch«, bestätigte Dschambuli. »Er hat mich auf die Idee gebracht, dass meine Büffel aus Anaklia stammten. Als der Krieg anfing, tauschte er sein Auto gegen eine Kalaschnikow ein, er wollte damit sein Dorf verteidigen. Einer von unseren Leuten hat ihn dann wegen der Kalaschnikow getötet.«

»Zum Teufel mit den Büffeln, schlafen wir jetzt!«, sagte Kontschi, konnte aber immer noch nicht einschlafen. Das ärgerte ihn umso mehr. Dann stellte er sich Dschambuli vor, wie er sich mitten auf dem Meer auf dem Boot hinkniete, und das heiterte ihn ein bisschen auf.

»Als du dich damals auf dem Meer ›verfahren‹ hast und Gott dir das Zeichen gegeben hat, wohin haben dich da die Büffel geführt?«, fragte er Dschambuli.

»Nach Anaklia. Vor langer Zeit soll es einen Mann gegeben haben, dem ein großer Büffel gehörte. Er verkaufte den Büffel an die Türken. Der neue Besitzer nahm den Büffel mit, und nach einer Woche schwamm der Büffel wieder nach Hause zurück. Wahnsinn, oder?«

Kontschi stellte sich schlafend, damit Dschambuli ihn mit seinem Gequatsche nicht ganz um den Verstand brachte.

In jener Nacht träumte Kontschi von Büffeln und von Dschambulis klobigen Stiefeln (solche trug man, glaube ich, als die Baikal-Amur-Magistrale gebaut wurde). Er verstand selbst nicht, warum er Mitleid mit deren Besitzer hatte – weil den die BAM-Stiefel so müde machten oder weil ihn außer seinen Büffeln nichts zu kümmern schien oder weil er allgemein so ein nervtötend einfältiges Wesen war?

In der Morgendämmerung wachte er gereizt auf. Dschambuli zeigte ihm eine Fliegenklatsche mit einer toten Fliege darauf, die getrockneten Blutspuren waren deutlich zu sehen. Dschambulis Vermutung war, dass die Fliege vor maximal drei oder vier Tagen getötet worden war.

»Ein komisches Gefühl ... Wer weiß, wo der Besitzer jetzt ist, vielleicht ist er gar nicht mehr am Leben!«, hing Dschambuli seinen Gedanken nach.

»Der Besitzer der Fliege?«, scherzte Kontschi.

»Nein, Mann, der Fliegenklatsche!«, erwiderte Dschambuli ernsthaft.

»Warte mal, wenn in diesem Haus niemand gewohnt hat, wer soll dann die Fliegenklatsche benutzt haben?«, fragte Kontschi.

»Ich hab sie aus dem Nachbarhaus mitgenommen«, antwortete Dschambuli und lächelte verlegen. »Ich weiß auch nicht, warum.«

Kontschi verschluckte sich vor Überraschung. Er war kurz davor durchzudrehen. Er schrie ihn an: »Ein Idiot bist du, sag mir jetzt, was du wirklich bist, ein Dichter, ein Sadist oder ein Serienkiller? Zeig mir mal deine Taschen, nicht dass du dadrin getrocknete Blätter und tote Vögel sammelst oder die Ohren von dem Wächter versteckst, den du kaltgemacht hast! Von einem wie dir wäre auch zu erwarten, dass er die Unterhosen der Frauen mit sich herumschleppt, die er vergewaltigt hat!« Was er ihm nicht alles an den Kopf warf.

Sie stritten, das volle Programm, dann vertrugen sie sich wieder. Kontschi stichelte zwar auch später hin und wieder mal, aber Dschambuli nahm das einfach hin – seine Nerven waren, wie gesagt, in Ordnung.

Gegen Mittag haben sie die beiden auf dem steinigen Dorfweg gefasst. Es regnete, sie trugen Regenponchos aus Wachstischtüchern, die Dschambuli genäht hatte. Kontschi hatte sofort gesagt, er habe keine Nerven dafür. Dschambulis Regenponcho zierten braune Blumen. Auf Kontschis Poncho waren himmelblaue pastorale Szenen abgebildet, wie sie auf teuren Porzellantellern zu sehen sind: Hirtenjungen und Feen in Peignoirs. Kontschi machte sich über Dschambulis Poncho lustig: Seine Tischdecke sehe aus wie ein Tarnanzug.

»An deiner Stelle wäre ich lieber still«, gab Dschambuli zurück. »Du mit deinem Himmelblau.«

Kontschi war ernsthaft gereizt, weil ihm die Zigaretten ausgingen. Das war der Grund, warum sie bis zum Mittag im Dorf geblieben waren: Kontschi hatte nach Zigaretten gesucht. Jedes Haus kämmte er gründlich durch, aber er fand nichts, nicht mal einen Zigarettenstummel.

Sie waren kaum einen Kilometer vom Dorf entfernt, als der Regen noch heftiger wurde. Es goss wie aus Kübeln, der Schotterweg am Hang verwandelte sich in einen Bach, und Kontschi und Dschambuli setzten den Weg bis zu den Knien im Wasser watend fort, dazu noch gegen die Strömung. Dschambuli schlug vor, ins Dorf zurückzukehren. Kontschi stimmte zu, und sie kehrten um.

Der Regen trommelte auf die Kapuzen, sie hörten nichts mehr. Den von hinten kommenden Kastenwagen bemerkten sie nicht.

Und die Typen freuten sich, Kontschi und Dschambuli geschnappt zu haben, und wie. Sie rieben sich die Hände und durchsuchten die beiden nicht einmal. Ganz bestimmt waren sie bekifft. Sie dachten, Dschambuli und Kontschi wären Vater und Sohn.

Zu Kontschis Verwunderung begriff Dschambuli das als Erster. Als sie die beiden in den Kastenwagen stießen, nutzte Kontschi die Gelegenheit und warf seine Pistole in den Straßengraben; er schloss die Augen: Er war sich nicht sicher, ob sie es nicht bemerkt hatten. Hatten sie nicht. Es war eine gemischte Einheit – zwei Kosaken, ein Russe und der Rest Nordkaukasier.

Er solle sie zu sich nach Hause einladen, scherzten sie mit Dschambuli.

Sie seien willkommen, antwortete er so ernsthaft, dass selbst Kontschi beinahe glaubte, Dschambuli käme wirklich aus dem Dorf.

Wohin sie denn unterwegs seien, wurden sie gefragt.

»Unsere Schweine suchen«, antwortete Kontschi.

Über die Pistole hatte Kontschi die Papiere vergessen, über die größere Gefahr die kleinere. Einer der Nordkaukasier, mit elegant-pompös in der Munitionsweste steckendem Dolch, zog die Papiere aus Kontschis Brusttasche, und sowie Dschambuli das sah, sagte er zu Kontschi auf Megrelisch, er renne jetzt weg, alle würden ihm hinterherlaufen, nur einer würde bei Kontschi bleiben, den könne er schon überwältigen, und auf seine Verfolger müsse er dann von hinten das Feuer eröffnen, das sei ihre einzige Chance.

Er hatte das so hastig gezischt, dass Kontschi dachte, er wäre durchgedreht (Dschambuli spielte den strengen Vater). Dann blitzte er Kontschi an und ohrfeigte ihn so fest, dass Kontschi Sterne vor den Augen sah.

»Warum hast du ihn geschlagen?«, fragten sie.

»Weil er die falschen Papiere eingesteckt hat, er war in einem Bataillon fiktiv registriert, hat aber nie gekämpft.«

Er kniete sich hin und streckte die Arme zu dem mit dem Dolch, als wollte er ihm die Knie küssen. Der verpasste ihm einen Fußtritt, und Dschambuli schlug geschickt einen Purzelbaum rückwärts; er tat so, als hätte er sich nicht halten können, und bekam das recht lustig hin. Sie lachten ihn aus.

Dschambuli rappelte sich auf, schaute Kontschi in die Augen und sprang vom Wagen. Aber er rannte nicht in die entgegengesetzte Richtung davon, sondern lief neben dem fahrenden Wagen her, damit die im Innenraum Sitzenden ihn nicht ins Visier nehmen konnten. Sobald der Fahrer auf die Bremse trat, rannte Dschambuli in Richtung Wald.

Dschambuli hatte sich geirrt: Bei Kontschi blieben zwei, außerdem machte ganz unerwartet der Fahrer das kleine Fenster zwischen Fahrerkabine und Innenraum auf und richtete sein Maschinengewehr auf Kontschi.

Kontschi sah nicht, wie sie Dschambuli erschossen. Sie fanden keine Papiere bei ihm. Dafür gefiel sein Taschenmesser dem Russen, und mit dem stach er Kontschi immer mal wieder. Dschambulis Leiche ließen sie liegen.

Drei Tage lang tanzte Kontschi Lesginka an verdächtigen Orten. Er musste an Dschambuli denken, dabei tat ihm der Kiefer weh, und auch das Auge war angeschwollen wegen der Ohrfeige, und so kam er nicht dazu, sich über den Tod Gedanken zu machen. Mehr noch, er konnte sogar klar denken und begriff, dass Dschambuli ihn geohrfeigt hatte, um ihn wachzurütteln.

Ein alter abchasischer Freund half Kontschi – vor dem Krieg hatten sie im gleichen Café abgegangen, und sie hatten auch die gleiche Schule besucht.

Sie waren in der Abschlussklasse, als sie beide von einem tollwütigen Hund gebissen wurden, bekamen die gleichen Spritzen und mussten vierzigmal zusammen zur selben Krankenschwester. Der Abchase wettete mit Kontschi, dass er sie ins Bett kriegen würde. Kontschi verlor die Wette, weil die Krankenschwester ein Flittchen mit einem Alkoholiker zum Ehemann gewesen sein muss, Kontschi hatte jedoch angenommen, sie wäre eine anständige Frau. Kontschi beglich seine Wettschulden nicht, weil er fand, der Abchase habe sich insofern unehrlich verhalten, als er gewusst hatte, dass die Krankenschwester eine Schlampe war, nur eben eine ziemlich teure. Es war zu einem Streit gekommen. Den Abchasen hatte die Wette fünfzig Rubel gekostet, die Krankenschwester gab keinen Rabatt. Letztendlich hatte der Abchase zur Versöhnung einen Restaurantbesuch organisiert und dafür noch mal fast fünfzig Rubel hingelegt.

Im Krieg hatte er einen hohen Rang bei der Aufklärung erreicht, und er half Kontschi zu fliehen, obwohl Georgier zu erschießen angeblich zu seinen Lieblingsbeschäftigungen gehörte – aus Rache für seine im Krieg getötete Frau.

Zwei Tage lief Kontschi allein herum. Angeblich hatte er eine Vorahnung, jemandem zu begegnen, und so kam es dann auch.

Derjenige, dem er begegnete, war ganze acht Jahre jünger, aber mit völlig kaputten Nerven. Es war ausgeschlossen, dass der ihn nicht in Schwierigkeiten bringen würde, überlegte Kontschi und erkannte, dass Dschambuli genauso über ihn gedacht haben musste. Wenn wir in eine heikle Situation kommen, werde ich gezwungen sein, mich für diesen nervösen Rotzlöffel zu opfern, wie Dschambuli es für mich getan hat, dachte Kontschi. Dabei hatten aus seiner Sicht Dschambuli damals die Nerven versagt.

Gott sei Dank kamen sie ohne heikle Situationen durch, nur einmal kam es Kontschis Begleiter so vor, als wäre er auf eine Mine getreten. Eine volle Stunde stand er reglos da und pinkelte Kontschi beinahe auf den Kopf, während der dabei war, die Erde um seine Füße herum mit bloßen Händen zu durchwühlen und sich wünschte, Dschambulis Taschenmesser dafür benutzen zu können. Und das, obwohl die ihm vom selben Taschenmesser zugefügten Stichwunden an Händen und Bauch immer noch wulstig waren und schmerzten.

Eigentlich hätte Kontschi eine ebenso panische Angst vor Minen haben müssen wie sein Begleiter, immerhin war er in der Gefangenschaft als »Minenräumer« im Einsatz gewesen. Der Rotzlöffel aber war weder in Gefangenschaft gewesen, noch hatte er, wie sich später herausstellte, jemals mit Minen zu tun gehabt. Seine Nerven waren total im Eimer. Kontschi nahm es ihm nicht übel – er habe seine Schuld begleichen wollen, meinte er.

Noch eine weitere Schuld beglich Kontschi: Er suchte mit seinem Kompagnon zusammen die Stelle auf, wo Dschambuli gefallen war. Bei der Suche nach dem Dorf, in dessen Nähe es passiert war, verloren sie einen ganzen Tag, erst gegen Abend fanden sie es. Kontschi meinte, er habe nirgends ein Hügelchen oder etwas gesehen, was einem Grab ähnelte. Er war sehr aufgewühlt, weil er befürchtete, dass Schweine Dschambulis Leiche gefressen haben könnten. Kontschis Gefährte verlor die Nerven und beschimpfte ihn. Kontschi nahm es gelassen und erzählte ihm seine Geschichte.

Daraufhin entschuldigte sich sein Begleiter und beruhigte ihn: »Hätten die Schweine die Leiche von deinem Kumpel gefressen«, sagte er, »wären zumindest die Knochen übrig geblieben.« Er schlug sogar vor, im Dorf zu übernachten und am nächsten Tag die Stellen, wo Dschambuli womöglich gefallen war, in Ruhe zu untersuchen.

Kontschi lehnte ab, er wollte das Leben seines Begleiters nicht aufs Spiel setzen – auf dessen Nerven war kein Verlass, zumal sich sein Gemütszustand stetig verschlechterte. Er muss zu Kontschi auch gesagt haben, dass das, was Dschambuli getan hatte und was Kontschi als Heldentat empfand, aus Angst geschehen sei, genauso wie Kontschi aus Angst die Chance, die ihm Dschambuli verschafft habe, nicht genutzt hätte. Und dazu erzählte er eine Geschichte. Das Gleiche sei einem Kameraden in seinem Bataillon passiert. Ein komischer Typ sei das gewesen, zwar faul und nicht der Hellste, aber dafür unkompliziert. »Noproblem« hätten sie ihn genannt. Hätte man nur einen Tag mit ihm verbracht, hätte man sofort gemerkt, dass dieser Mensch nicht zum Aufklärer geschaffen war, obwohl er als einer arbeitete. Bei einem Erkundungsauftrag, als Noproblem und sein Drei-Mann-Kommando hinter den feindlichen Linien auf Verbündete warteten, schliefen sie ein und wurden vom Feind geweckt. Einer aus dem feindlichen Trupp hatte ein Auge auf Noproblems Verlobungsring geworfen.

Diesen bekam Noproblem aber schon seit einem Jahr nicht mehr vom Finger. Alles Mögliche hatte er ausprobiert – zwei Nächte hatte er auf Brettern geschlafen, mit Kissen auf der Brust und der Hand darauf; auf diese Weise, so hatte man ihm empfohlen, würden seine Finger angeblich schmaler, und der Ring würde abgehen. Aber weder dieser noch andere Tricks hatten etwas gebracht, ihm wäre nur noch geblieben, den Ring durchzusägen, sonst hatte er schon keine Hoffnung mehr, ihn je wieder abzubekommen. Er war sogar beim Arzt gewesen, und der hatte ihm das letzte Fünkchen Hoffnung geraubt – seine Gelenke hätten sich wegen Arthrose vergrößert.

Und dann, erzählte Noproblem allen, sei Folgendes passiert: Als man ihn dazu aufforderte, hätte er nach dem Ring gegriffen, und der sei so leicht abgegangen, als wäre er ihm zu weit gewesen.

»Siehst du, und alles wegen der Angst«, schloss Kontschis Begleiter. (Noproblem und sein Kommando wurden übrigens mit zwei Kilo Gold freigekauft.)

Kontschi blieb bei seiner Meinung, dass Dschambuli wahrscheinlich einfach die Nerven versagt hatten: »Wenn der Mensch einmal in Gefangenschaft war, wird er sich eher umbringen, als sich noch mal gefangen nehmen zu lassen. Der Mensch kann nicht unendlich viel aushalten, jeder hat seine Grenzen, und ich glaube, dass Dschambuli sich zwar umgebracht hat, aber er wollte mir damit gleichzeitig die Chance geben zu fliehen.«

Wenn du gute Nerven hast, dann kannst du auch die Angst bezwingen, hatte Kontschi seinem Begleiter sagen wollen, aber der tat es nicht – er hätte das sowieso nicht verstanden, weil seine Nerven ganz und gar nicht in Ordnung waren.

8

Als ich zu Botschos Haus zurückkehrte, traf ich auf Reso.
Angezogen lag er auf dem Sofa und schlummerte seelenruhig – als wäre er nicht in Sochumi gewesen, sondern mal eben beim Nachbarn.
Er war am Vortag zurückgekehrt, gegen Abend, etwa zu der Zeit, als Anaida und ich das Café verließen und ins Hotel gingen.

»Er erzählt nichts. Er sei in Sochumi gewesen, sagt er, und basta. Die ganze Nacht hat er auf dich gewartet. Vor Kurzem ist er eingeschlafen«, sagte Prostomaria. »Er hatte Angst, dass du ihm nach Sochumi gefolgt bist. Er hat sich große Sorgen gemacht. Wo warst du denn?«

»Ich bin einfach ein bisschen herumgezogen«, antwortete ich. Ich schaute immer noch auf Reso.

»Bin herumgezogen« war Kontschis Lieblingsausdruck. »Ich werde mal ein bisschen herumziehen«, pflegte er zu sagen und ging mit Zorro oder auch allein entweder zum Nachbarn oder machte die Fliege nach Moskau.

»Er hat Erde gebracht.«

»Was für Erde?«

»Weiß ich nicht, er redet ja nicht.«

»Haben wir nicht schwarze Erde auf Zialas Grab verstreut?«, fragte Botscho. »Ich glaube, sie muss vom Grab sein. Sie ist immer noch feucht, scheint frisch zu sein.«

Auch Botscho sprach mit mir in einem Ton, als wäre nichts passiert, als würde Reso normalerweise mindestens einmal im Monat einen Abstecher nach Sochumi machen.

»Reso ist der Hammer!«, sagte ich.

»Er hat auch eine Tüte Mandarinen mitgebracht«, sagte Maria.

»Wozu braucht er Mandarinen?«

»Die habe man ihm mitgegeben, und er habe nicht Nein sagen können.«

»Wer hat sie ihm mitgegeben?«

»Wollte er nicht sagen … Er hat dir auch Zigaretten mitgebracht, er meinte, du würdest dich freuen. Ich hab gesagt, dass Botscho jede Menge Zigaretten aus Sochumi dahat. Er meinte, das sei was anderes, über von ihm mitgebrachte würdest du dich mehr freuen ... Das Haus habe er für zehn Minuten besucht, es soll nicht viel davon übrig sein, das hat er gesagt, und außerdem, dass seine Hose kaputt gegangen sei, als er das Grab gepflegt hat, und man habe ihm eine neue gegeben.«

»Wer denn?«

»Das sagt er nicht ... Willst du ein paar Mandarinen?«

»Danke, nein ... Reso ist der Hammer!«

»Wo warst du?« Botscho ließ nicht locker.

»Ich muss zur Brücke, ich hab jemandem in Sochumi eine Nachricht geschickt. Jetzt muss ich Bescheid sagen, dass man Reso nicht mehr zu suchen braucht.«

»Ich geh mein Auto holen, dann können wir zusammen hin.«

»Nein, ich muss jetzt sofort hin«, widersprach ich.

Arabia brachte mich zur Brücke. Der Kutscher war da. Wacho aus Otschamtschire war angeblich vor Kurzem vorbeigekommen und habe nach mir gefragt.

Das bedauerte ich, ich hätte ihn gerne gesehen.

»Ich hab mir schon gedacht, du würdest ihn vielleicht sehen wollen, um zu fragen, wie es dort ist, oder auch einfach so, aber ich hab vergessen, mir seine Adresse geben zu lassen«, entschuldigte sich der Kutscher. »Er hat mir eine Flasche Schnaps dagelassen. Er meinte, ich würde dich bestimmt sehen, und wir sollten sie zusammen trinken.«

Der Kutscher half mir, einen Mann zu finden, der von Gali aus in Sochumi anrufen und Anaida sagen würde, dass sie nicht mehr nach Reso zu suchen bräuchte.

Mein Verbindungsmann war mittleren Alters, er war ziemlich fit und hatte einen munteren Blick. An eben jenem Tag hatte er eine neue Lederjacke an – sein Schwiegersohn habe ihm die gekauft, er freute sich wie ein Kind. Wenn ich eines Tages einen Schwiegersohn habe und er mir eine modische Lederjacke kauft, ob ich dann auch damit angeben werde?, fragte ich mich. Ein obligatorisches Glas tranken wir dann auch auf die Schwiegersöhne. Der Kutscher und der mit der Lederjacke sprachen über die Haselnussernte. Ich schwieg, und plötzlich sah ich Ziala. Sie saß in einem klapprigen Bus, der nach Sugdidi fahren sollte, und lächelte mir zu.

Der Bus hatte vor der Abfahrt gehupt, und genau in diesem Augenblick schaute ich hin und sah Ziala. Sie war es, ohne Zweifel. Für eine Sekunde erschien sie mir und verschwand wieder. Sie lächelte nicht mit dem ganzen Gesicht, nur mit dem Mund. Ihr Gesichtsausdruck war entspannt, und sie sah mich an, wie sie es zu Lebzeiten immer getan hatte – mit leicht schielendem Blick, das Haar nach hinten gekämmt und mit einer Miene, als habe sie gerade gesagt: »Wenn du vorhast auszugehen, bitte schön, aber iss erst was zu Mittag. Bitte.«

Nachher begleitete ich den mit der Lederjacke bis zur Mitte der Brücke.

»Also, ich bin dann mal weg, mein Junge!«, sagte er. Wie der Kutscher sagte auch er ständig »mein Junge«.

»Noch etwas sollst du Anaida ausrichten: Sag ihr, dass sie meinen Vater finden und ihm ausrichten soll, dass ich übermorgen früh bis drei Uhr nachmittags hier auf ihn warten werde und am nächsten Tag genauso ... Sag ihr das klar und deutlich – es geht um meinen leiblichen Vater.«

Der mit der Lederjacke war ein bisschen verwirrt und blinzelte einige Male unsicher.

»Du hast doch gesagt, er wäre wieder da.«

»Der wieder da ist, ist mein Stiefvater, der in Sochumi ist mein leiblicher Vater«, erklärte ich, und das verstand er dann auch.

»Alles klar«, sagte er und schaute mich mitleidig an. Alle schauen mich mitleidig an, wenn sie erfahren, dass ich sowohl Stiefvater als auch leiblichen Vater habe. Ich weiß nicht, wieso.

»Anaida soll auch kommen, ich muss sie sehen. Wenn sie nicht mit meinem Vater fahren will, dann soll sie ihm einen Brief mitgeben. Wenn sie nicht kommen und mich nicht sehen will, soll sie ihm trotzdem einen Brief mitgeben … Komm, ich schreib dir das alles auf, damit du nichts vergisst oder was durcheinanderbringst.«

»Ich merk mir das schon«, sagte er, hatte dann aber auch nichts dagegen, dass ich es ihm doch noch aufschrieb.

»Ich schreib es auf Zigarettenpapier, damit hab ich gute Erfahrungen gemacht!«, witzelte ich.

»Ich rauche aber nicht.«

»Ich aber.«

»Daran hab ich nicht gedacht.« Er lachte. »Schreib ruhig alles auf, für alle Fälle!«

»Also, Anaida sagst du, dass ich drei Tage, den morgigen Tag mit eingerechnet, auf meinen Vater warten werde … gut?«

»Ich merk mir das sowieso«, versicherte er. »Aber schreib es ruhig auf.«

Der mit der Lederjacke war schon über die Brücke, als ich bereute, meinen Vater herbestellt zu haben. Was in mich gefahren war, weiß ich nicht. Vielleicht lag es am Schnaps, oder auch nicht. Kurz vor dem Krieg und auch danach hatte ich ständig das Bedürfnis, meinen Vater zu sehen. Ich dachte, sobald ich ihn sähe, würde ich verstehen, warum er Ziala verlassen hatte. Ich wusste nicht, was Ziala für ihn empfunden hatte, sogar dann nicht, als ich schon älter und sie bereits lange geschieden waren ... vielleicht nichts, weder Hass noch sonst was, einfach gar nichts.

Damals, als sie mit mir in Rostow gesprochen hatte, hatte sie mir nicht alles erzählt. Ich wusste, dass sie Lali alles erzählt hatte, aber Lali hatte ich dazu nie befragt, auch Nana nicht; Lali hatte Nana bestimmt gesagt, was genau Ziala erzählt hatte.

Und ich setzte mich hin und sagte mir, dass ich auf meinen Vater nicht sauer sein sollte, dass ich kein Recht dazu hätte, wir sind alle Menschen, manchmal kann man selbst dem Kind zuliebe nicht mit einer Frau zusammenleben, wenn man die Frau nicht mag. Manchmal kam es mir so vor, als ob mein Vater in Wirklichkeit gar nicht leichtfertig wäre, dass er den Leichtfertigen nur mimte, um sich sein chaotisches Leben erträglicher zu machen ...

Als ich von der Brücke zurückkam, traf ich wieder auf den mittlerweile recht angeheiterten Kutscher. Der Schnaps hatte offenbar seine Wirkung getan.

»Du musst nicht mehr nach Sochumi, nicht wahr?«, fragte er.

»Nein. Ich glaube, jetzt ist alles geregelt. Es lohnt sich nicht mehr hinzufahren.«

»Da hast du recht!«, stimmte er mir zu.

»Fährst du manchmal rüber?«, fragte ich.

»Nein. Sie haben meine Schwester und meinen Schwager getötet. Zuerst meine Schwester, dann hat mein Schwager sich ihnen entgegengestellt, wohlwissend, dass er dabei draufgehen würde. Die Schweine haben ihre Leichen gefressen. Manchmal sehe ich Londa vor mir … meine Schwester hieß Londa. Wenn Leute von drüben kommen, erscheint es mir immer, als wäre auch Londa unter ihnen …«

Dann schwiegen wir eine Weile. Ich streichelte Arabia.

»Ein Pferd passt zu dir«, stellte er plötzlich fest. »Nicht zu jedem passt ein Pferd, aber zu dir auf jeden Fall!«

»Morgen komme ich wieder und übermorgen vielleicht auch noch. Ich bringe Schnaps mit«, sagte ich.

»Ich darf eigentlich nicht trinken, tu's aber trotzdem. Ein oder zwei Monate lang hab ich nichts getrunken. Irgendwann ärgere ich mich dann immer über mich selbst – ich muss doch mal was machen, was ich von Herzen will, damit ich nicht durchdrehe und damit dieses Leben noch einen Sinn hat, und dann trinke ich. Ich trinke, und dann meldet sich wieder das Herz, und dann höre ich wieder auf. Ich träume von Londa, wenn mein Herz sich meldet. Sie hat mich großgezogen. Vier Töchter hat sie zur Welt gebracht. Mein Schwager war wie von Sinnen, warum er denn keinen Jungen bekäme. Er ließ eine andere Frau einen Sohn für sich austragen, er hat sie dafür bezahlt, aber Londa hat das

Kind nicht angenommen, sie wollte meinen Schwager rausschmeißen, er solle doch zu dieser Frau gehen. Später hat sie es bereut, sie hat gesagt, sie hätte den Jungen annehmen sollen ... Geh ich dir mit meinem Gequatsche schon auf die Nerven?«

»Nein, nein«, versicherte ich. »Manchmal erscheint auch mir meine Mutter wie in echt. Sie ist an Krebs gestorben, vor dem Krieg.«

»Was hat dein Vater erzählt? Er ist bestimmt bedrückt. Alle sind bedrückt, die drüben gewesen sind.«

»Weiß ich nicht, wir haben noch nicht gesprochen, er hat geschlafen.«

»Wie viele Kinder seid ihr?«

Ich wollte sagen, dass Reso mein Stiefvater war, sagte es aber nicht, ich hatte keine Lust mehr, immer alles zu erklären. Ich stieg auf Arabia und ritt weg.

Reso schlief immer noch, ganz ruhig, wie einer, der seine Schuldigkeit getan hat. Er ist schon immer ein ruhiger Typ gewesen, für Ziala war das ziemlich zermürbend. Sie war sehr emotional. Mit der Zeit wurde Ziala auch ruhig, nur ab und zu explodierte sie – sie gänzlich zu zähmen, hat Reso nicht geschafft.

Botscho war gegangen, um sein Auto zu holen.

Ich legte mich aufs Sofa, schloss die Augen und versuchte, an nichts zu denken, so locker wie Reso zu bleiben; nicht dran zu denken, dass ich morgen oder übermorgen meinen Vater sehen würde. Auch daran, dass mir an der Brücke Ziala erschienen war, wollte ich nicht denken.

Manchmal zeigte sie sich mir. Nana war sie auch einmal erschienen, sie ist fast verrückt geworden.

Nach Zialas Tod fiel volle zehn Tage lang die große Zinkwanne im Abstellraum immer wieder ohne Grund vom Nagel. Am Ende stellte Reso sie einfach auf den Boden. Diese Zinkwanne hatte Ziala für die Wäsche benutzt. Es war eine außergewöhnliche, grandiose Wanne, fast so groß wie eine Badewanne, sehr gut verarbeitet, ein erwachsener Mann passte problemlos rein.

Als Lali zur Welt kam, hatte Ziala zu Reso gesagt, er solle eine kleine Wanne besorgen, um das Kind zu baden, und Reso hatte diese Zinkwanne angeschleppt. In den Kofferraum hatte sie nicht gepasst, und er hatte sie auf dem Rücksitz transportiert. Ich kann mich gut dran erinnern: In der Wanne lagen eine riesige Wassermelone und eine Honigmelone. Die Wassermelone ist mir beim Rausholen aus den Händen gefallen und zerplatzt. Die Zinkwanne dagegen hat sich als sehr widerstandsfähig erwiesen.

Bis Lali in die Schule ging, füllte Reso die Wanne im Sommer mit Wasser und ließ es sich in der Sonne erwärmen, und gegen Abend setzte er Lali dann rein, das war angeblich gut für die Gesundheit. Als Lali größer wurde, brachten Ziala und Reso die Wanne in Resos Dorf, aber Ziala vermisste ihre Wanne und veranlasste Reso bald, sie wieder zurückzuholen. Dabei nahm sie den halben Abstellraum in Anspruch, und egal, wo wir sie sonst hingestellt hätten, sie wäre irgendwie immer im Weg gewesen.

An dem Tag, als Zorro fiel, erschien mir Ziala auch, mitten in einem armenischen Dorf.

Das Dorf lag zwischen zwei Hügeln, einem kleinen und einem großen.

Auf der Kuppe des großen, kahlen Hügels befand sich ein Friedhof mit lauter Marmorgrabsteinen. Aber von unten, vom Dorf aus, wo wir neun Mann, die von unserem Zwölf-Mann-Kommando am Leben geblieben waren, ein Haus besetzt hatten, war der Friedhof nicht zu sehen. Auf dem Friedhof hatten unsere Leute Stellung bezogen. Zwischen dem dicht besiedelten Dorf und dem großen Hügel gab es einen Fluss, fast wie eine Grenze, und diesseits des Flusses, zum Dorf hin, befanden sich ein paar brachliegende Felder. Vom Fluss bis zur Kuppe des Hügels waren es höchstens zweihundert Meter. Auf dem kleinen Hügel, am anderen Ende des Dorfes, lag der Feind. Wir waren die Fischgräten im Hals, wie Botscho anmerkte, die sie möglichst bald beseitigen würden.

Der Hang des kleineren Hügels war voller neu gebauter Häuser. Diese Häuser waren höher als die in der Ebene; weil das Erdgeschoss fast komplett in der Erde steckte und nicht bewohnbar war, hatten die Besitzer zwei Stockwerke draufgesetzt. Ein einziges Haus war einstöckig, genauer gesagt ein Pfahlbau, aber er war länger als die anderen Häuser. Giuseppe war er ein Dorn im Auge. Er vermutete, dass der Scharfschütze, der am Morgen Lau, unseren Kommandeur, getötet hatte, in eben diesem Haus saß.

Eine ganze Stunde beobachtete Giuseppe das Haus, dann wurden seine Augen müde, und er ließ es sein, lehnte sich an die Wand und schloss die Augen.

»Er sitzt in dem Haus«, beteuerte er. »Ihr werdet sehen!«

Er zog aus der Tasche eine Zigarettenschachtel und zählte die Kippen in Ruhe zweimal durch. Anscheinend waren es weniger, als er gedacht hatte, deshalb verzichtete er aufs Rauchen, steckte die Schachtel zurück in die Tasche, spuckte einmal aus, legte seine großen Hände auf die Knie und schloss wieder die Augen. Unter seiner Uniform guckte ein bordeauxfarbener handgestrickter Pullover raus. Eindeutig wollte er Laus Platz einnehmen. Er war davon überzeugt, dass sonst keiner in der Lage wäre, die Gruppe anzuführen. Trotz seiner jungen Jahre mangelte es ihm nicht an Erfahrung, er war schneller als die anderen und auch umsichtiger, dazu noch war er Laus Liebling gewesen – ihm hatte Lau am meisten vertraut. Aber uns nervte vor allem die angestrengt coole Art von Giuseppe; vielleicht war er so, weil es ihm an Selbstvertrauen mangelte. Wenn es einem an Selbstvertrauen mangelt, dann wirkt so eine coole Art gekünstelt und posermäßig. Alle warteten nur darauf, dass Giuseppe verlangen würde, einen neuen Anführer zu wählen, aber er sagte nichts. Wahrscheinlich wollte er die Jungs zuerst damit ankommen lassen. Angesichts der erhitzten Gemüter ging er kein Risiko ein, er hatte Angst vor Meuterei, und das merkte jeder.

Laus Leiche lag in einer Zimmerecke, auf einem aufgeschlitzten Sofa.

Etwa fünf Kilometer von uns entfernt fand eine so heftige Schießerei um die entscheidende Anhöhe statt, dass kein Stein auf dem anderen blieb. Beide Seiten hatten ihre gesamten Kräfte einschließlich Reserven darauf ausgerichtet. Der Feind, der vorgehabt hatte, unser Dorf einzunehmen, durch das Dorf zum Friedhof und von dort aus zu einer Straße zu gelangen, von der aus er unseren Leute in die Flanke hätte fallen können, war nicht bereit, das Risiko einzugehen, den im Dorf eingeschlossenen »Diversionstrupp«, wie Lau uns kurz vor seinem Tod getauft hatte, anzugreifen – auf dem Friedhof waren drei von unseren Scharfschützen und zwei MG-Schützen positioniert und gaben uns Deckung. Den Kosaken, die in den neuen Häusern am Hang des kleinen Hügels saßen, gaben sie keine Möglichkeit, die Häuser zu verlassen und draußen zu operieren. Unserer Vermutung nach hatte der Feind die Kosaken als Vorhut eingeplant, als er sie ins Dorf vorrücken ließ, genau wie uns gesagt worden war, wir seien die »Avantgarde«, bevor sie uns ins Dorf schickten. Allerdings waren die Kosaken uns zahlenmäßig weit überlegen, in der Morgendämmerung kesselten sie uns in der Dorfmitte ein, unter den Kiefern. Sie hatten sicher angenommen, sie würden uns schnell auslöschen können, aber wir hatten so hart geantwortet, dass wir ihre Umklammerung binnen einer halben Stunde durchbrochen hatten. Machare, Nukris Cousin zweiten Grades, und Gogi Bebia waren dabei gefallen. Sie lagen wahrscheinlich immer noch dort.

Es war eine miese kleine armenische Siedlung. Wenn die Bewohner dieses Dorfs vor dem Krieg in die Stadt kamen, fielen sie sofort auf. Sie waren irgendwie anders, besonders verschlagen und niederträchtig – sogar die städtischen Armenier mochten sie nicht. Bis jetzt war das Dorf von Hand zu Hand weitergereicht worden, weil es keinerlei strategische Bedeutung hatte; es zu halten, war dabei mit großen Schwierigkeiten verbunden. Und wir waren aus dem gleichen Grund da wie die Kosaken – wir durften dem Feind keine Gelegenheit geben, ins Dorf zu gelangen, falls er das vorhätte. Aber im Vergleich zu uns waren die Kosaken fein raus – falls es für sie brenzlig würde, hätten sie die mit spärlichem Gestrüpp bewachsene Strecke von etwa hundert Metern zwischen dem Haus am Ende des Dorfes bis zur Kuppe des kleinen Hügels problemlos bewältigen können, ohne dass wir, das im Dorf feststeckende Kommando von Lau, oder die auf dem Friedhof ihnen größere Verluste hätten beibringen können. Sie hätten höchstens dreißig Prozent Verlust erlitten, zumal sich auf dem Weg auch noch zwei zerstörte Gebäude einer Tierfarm befanden, wo sie einen Zwischenstopp hätten einlegen können. Wir hingegen hätten, um uns in Sicherheit zu bringen, zuerst den Fluss überqueren und danach den freien Hang des großen Hügels hochlaufen müssen, was bei Tageslicht sowohl praktisch als auch theoretisch unmöglich war. Falls unsere Leute die Anhöhe, um die es gerade die große Schießerei gab, einnehmen würden, gehörte das Dorf automatisch uns. Wenn nicht, dann waren wir bereits lebende Leichen – wir hätten es höchstens noch einmal geschafft, das Vaterunser runterzubeten.

Wir hatten uns nachts ins Dorf geschlichen und warteten noch auf zwei Zwanzig-Mann-Einheiten unseres Nachbarbataillons, die sich uns, wie uns versprochen worden war, vor Sonnenaufgang anschließen sollten. Die versprochenen Einheiten kamen nicht, dafür aber kurz vor Sonnenaufgang die Kosaken, die problemlos zwei von unseren Männern töteten. Hätten uns inzwischen die mit Verspätung eingetroffenen Einheiten von der Friedhofsseite her nicht geholfen, lägen wir jetzt alle neben Machare, Bebia und Lau.

Nukri stand unter Schock. Er schlug vor, wir sollten uns trennen und einzeln aus dem Dorf fliehen, solange der

Kampf um die Anhöhe noch andauerte und keiner sich mit uns beschäftigen konnte; aber er stieß auf keinerlei Unterstützung. Nukri verstummte, ohne aber die von ihm vorgeschlagene Vorgehensweise aufzugeben. Er war lang wie eine Bohnenstange, beim Sprechen klopfte er mit den Fußspitzen auf den Boden, als würde er im Takt seiner Worte Stepp tanzen. Er steckte die Daumen in die Gürtelschlaufen und versuchte, eine unbeteiligte Miene aufzusetzen, aber weil er unter Schock stand, wollte ihm das nicht recht gelingen.

Derjenige, der jetzt den besten Ausweg aus dieser Lage finden würde, würde auch unser Kommandeur werden; selbstverständlich mit Ausnahme von Botscho, Kontschi, Zorro und mir.

Botscho »Sosimitsch« (Sosime war eigentlich nicht der Name seines Vaters, sondern der seines, Kontschis und Resos Großvaters. Den Großvater, an den er sich besser als Reso und Kontschi erinnern konnte, erwähnte er öfter als seinen Vater, an den er sich kaum erinnerte; Sosime habe das, Sosime habe jenes gesagt, und deshalb wurde er »Sosimitsch« genannt), Sosimitsch also kapierte gar nicht, dass dies jetzt ein verdeckter Kampf um die Kommandeursposition war. Er hatte auch nie Kommandeur werden wollen, ihm genügte es, ein guter Soldat zu sein. Im Kampf war er immer sehr mürrisch, kein Wort bekamst du aus ihm heraus.

Erst wenn alles vorbei war, machte er wieder den Mund auf. »Ich glaube, es ist vorbei!«, sagte er dann und schaute uns an. »Ich glaube, es ist wirklich vorbei!« Und er fluchte einmal kräftig.

Es gab eine Zeit, wo Lau ihn zu seinem Stellvertreter gemacht hatte, aber Botscho hatte aus Prinzip kein Vorgesetzter sein wollen. Aus ihm wäre sowieso kein Kommandeur geworden, weil er sich oft in sich selbst zurückzog. Auch Glukosa war nicht daran interessiert, Kommandeur zu werden, aber wenn es drauf ankäme, würde er trotzdem versuchen zu kandidieren, einfach aus Prinzip. »Einfach aus Prinzip« war sein Lebensmotto.

Siordia hatte nie einen Plan. Er plante nicht gern voraus, aber in Extremsituationen war er unübertroffen. Er hatte ein Gespür dafür, den Gegner anzugreifen, wenn der es am wenigsten erwartete, und zwar dort, wo es in diesem Moment die größte Wirkung erzielte. Mitten im Kampf, wenn die anderen müde wurden und nachließen, genau dann bekam er die zweite Luft. Er schonte sich nicht, machte unglaubliche Dinge, er hatte eine erstaunliche Begabung zur Improvisation und war ein echter Glückspilz in Sachen Versteckefinden und Positionenauswählen. Sein Draufgängertum ahmten andere Jungs nach und gingen dabei drauf. Das bekümmerte Siordia immer sehr, aber er konnte nicht anders.

Schwejk wirkte auf den ersten Blick unbeschwert und sorglos. In Wirklichkeit mangelte es ihm nicht an List und Schläue, verantwortungsbewusst war er auch mehr oder weniger. Er hatte Spaß daran, den Gegner zu zermürben. Er hatte das Zeug zu einem Scharfschützen, versuchte sich aber nie darin. Gegenangriffe waren seine Stärke. Auch in den ausweglosesten Situationen hatte er seine Nerven unter Kontrolle. Und auch er bekam die zweite Luft, aber es lag ihm nicht, so strukturiert vorzugehen wie Siordia. Am liebsten stachelte er den Gegner an – reizte ihn leicht, ging ihm auf die Nerven, brachte ihn dazu loszuballern, weckte in ihm die Angriffslust und zog sich dann seinerseits zurück, ließ die Jungs Dampf ablassen, ihre ganze Energie verpulvern, egal ob Gegner oder Mitkämpfer, ließ sie sich austoben, »presste sie aus wie Zitronen«, wie er es selbst öfter ausdrückte, und dann legte er los, draufgängerisch, waghalsig. Siordia und er ergänzten einander. Aber Siordia war noch mehr Individualist, auch wenn er allein blieb, ging er nicht unter – ganz im Gegenteil, er wurde noch tollwütiger. Schwejk bedurfte der anderen, ohne Orchester konnte er nicht dirigieren. Beide waren experimentierfreudig, aber bei Schwejk ging der Hang, andere die Arbeit verrichten zu lassen, leicht in Zynismus über. Beliebt war er nicht, aber im Kampf war er sehr gefragt.

Kontschi dagegen war wirklich unbeschwert und sorglos. Er taugte genauso wenig zum Kommandeur wie Botscho. Es kam selten vor, dass er verstimmt war und sich wie Botscho in sich zurückzog (auch Reso tat das, ich glaube, es lag in der Familie), ansonsten war ihm aber alles egal – und wie Botscho mal anmerkte: nicht zuletzt er sich selbst.

Auch Zorro taugte nicht zum Kommandeur. Kontschi und Zorro tickten ähnlich, zusammen entledigten sie sich manchmal ihrer Fesseln und stürzten sich in einwöchige Dauerbesäufnisse, inklusive Besuchen der Gräber der Jungs und Besteigen von Tischen in verlassenen Cafés …

Die Wahl eines Anführers war kein Selbstzweck, es bedeutete in gewisser Weise, sich einfach auf einen Plan und eine Vorgehensweise zu einigen.

Als Erster hatte Botscho die Nase voll von der Untätigkeit. Siordia und er saßen im selben Zimmer; von der Seite, die sie überwachten, erwarteten wir keine Gefahr. Botscho überließ Siordia den Wachposten und klapperte ein Zimmer nach dem anderen ab – »wir müssen uns zusammensetzen und besprechen, was zu tun ist«, sagte er mit Nachdruck, aber wir alle erwiderten nur, er solle uns noch kurz in Ruhe lassen.

Etwas quälte Botscho, aber was genau, verriet er uns nicht, und wir fragten auch nicht nach. Schließlich wandte er sich an Giuseppe. Ich saß daneben und mir fielen fast die Augen zu.

»Bebia hatte seine Papiere dabei«, sagte Botscho zu Giuseppe.

»Woher weißt du das?«, fragte Giuseppe.

»Das hat er mir selbst gesagt, er meinte, er habe sie aus Versehen eingesteckt. Wenn die sie finden, werden sie seinen Bruder und den Vater erschießen.«

Bebias Bruder und Vater, beide Zeugen Jehovas, befanden sich in Gefangenschaft. Sobald ans Licht kommen würde, dass eines ihrer Familienmitglieder gekämpft hatte, würde man auf ihre Religionszugehörigkeit und ihren Pazifismus scheißen und sie erschießen.

»Wie konnte er nur vergessen, die Papiere dazulassen?«, ärgerte sich Giuseppe.

»Bebia ist auch zu Lau gegangen und hat ihm gesagt, er habe die Papiere aus Versehen mitgenommen. Lau ist ausgerastet. Von Anfang an hat der Arme nicht richtig getickt, Bebia meine ich«, sagte Botscho.

»Schau mal bitte in Laus Taschen nach, vielleicht hat er die Papiere von Bebia an sich genommen«, bat ihn Giuseppe. »Ich bring das nicht fertig, er war wie ein Vater für mich!«

»Er hat sie nicht an sich genommen, aber ich schau trotzdem nach«, willigte Botscho ein.

Als Botscho zurückkam, war Giuseppe immer noch dabei, die Gegend zu observieren.

»Ich hab die Feldflasche und die Zigaretten aus seiner Tasche geholt«, sagte Botscho. »Die Feldflasche können wir Laus Frau bringen, falls wir am Leben bleiben.«

»Wir bleiben am Leben!« Es klang fast wie ein Befehl. »Nimm du die Zigaretten, bestimmt gehen dir deine bald aus, wie immer ...«

Botscho rauchte damals nicht.

»Bring sie Nukri«, antwortete Giuseppe.

»Nukri steht sowieso schon unter Schock. Wenn ich sage, dass es Laus Zigaretten sind, dreht er völlig durch. Behalt du mal die hier, und deine bringe ich Nukri. Ich werd ihm nicht sagen, dass ich Laus Zigaretten genommen und bei dir umgetauscht habe, ich sag, dass du sie ihm schickst, er wird sich freuen ... Sie werden Bebias Vater und den Bruder erschießen.«

»Die Papiere haben sie bestimmt schon«, sagte Giuseppe.

»Weißt du, was ich am meisten fürchte? Dass unsere Leute gezwungen sein werden die Scharfschützen und MG-Schützen abzuziehen«, sagte Botscho.

»Völlig ausgeschlossen!« In erster Linie beruhigte ich mich selbst. »Die Jungs lassen uns nicht im Stich! Wenn sie uns unserem Schicksal überlassen oder den Kosaken die Möglichkeit geben, das Dorf zu verlassen, dann bleiben wir hier als Einzige und werden ganz bestimmt mit Panzerfäusten unter Beschuss genommen, und es würde nicht mal einer am Leben bleiben, um davon zu erzählen ... Nein, sie werden uns nicht im Stich lassen, das sagt mir mein Gefühl!«

»Wir müssen uns zusammensetzen und besprechen, was wir tun sollen«, drängte Giuseppe.

»Wenn du mich fragst, müssen wir das jetzt sofort machen, wenn wir wollen, dass was draus wird … Wisst ihr, was ich gedacht habe?«, fragte Botscho.

»Dass es schön wäre, eine Ratte zu sein, dann könnte man unbemerkt von hier abhauen«, witzelte Giuseppe. Botscho hatte nämlich eine Heidenangst vor Ratten und Schlangen.

»Die Kosaken denken bestimmt genau wie wir, dass sie wie Ratten in die Ecke gedrängt sind.«

»An ihrer Stelle würde ich mir auch Sorgen machen!« Giuseppe redete gern wie in einem billigen Hollywoodstreifen.

»Und wisst ihr, was ich noch denke …?« Botscho hatte sich wohl vorgenommen, alle seine Gedanken zu lüften.

»Wenn wir Ratten wären, könnten wir den Fluss nicht überqueren!«

»Ratten sind eigentlich gute Schwimmer«, bemerkte Botscho, »hab ich selbst schon gesehen. Nein, wir sollten zumindest eine ordentliche Ballerei veranstalten, damit unsere Leute nicht denken, wir hätten Schiss oder wären eingeschlafen. Wenn wir zu ruhig bleiben, werden sie die Unterstützung womöglich abziehen und woandershin verlegen.«

»Werden sie nicht … Wir sind zu wichtig. Nicht weil die Stabsquartiersratten uns so schätzen, sondern weil wir so manches Detail kennen, und würde man uns gefangen nehmen, könnten wichtige Informationen in falsche Hände geraten.« Giuseppe war wieder in Hollywood.

»Ich glaub, die Jungs vom Friedhof warten nur auf uns. Sie wissen, dass wir müde sind und eine Verschnaufpause brauchen. Wenn wir anfangen, werden sie sofort mitmachen«, mutmaßte ich.

»Sollen wir uns mal zusammensetzen?«, fragte Botscho. Ich schaute Botscho an, nicht dass er mit Giuseppe unter einer Decke steckte; aber Botscho war nicht der Typ für Intrigen.

Nun kam auch Siordia hinzu und legte sich neben mir auf den Boden. Man sah ihm sofort an, dass er unser Gespräch belauscht hatte.

»Sollen wir uns zusammensetzen?«, fragte Botscho wieder.

»Was hast du nur mit diesem Zusammensetzen? Was ist mit dir los?«, fuhr ich ihn an.

»Wir müssen zu Bebia und die Papiere sicherstellen«, sagte Siordia. »Die Kosaken haben sicher noch keine Zeit gehabt, die Leiche zu durchsuchen ... Wir müssen es für Bebia tun – das schulden wir ihm! Er an unserer Stelle hätte keine Sekunde gezögert.«

»Du hast recht!«, stimmte Botscho ihm zu.

»Bevor wir hingehen, müssen wir aber den Jungs auf dem Friedhof ein Zeichen geben, damit sie uns nicht mit den Kosaken verwechseln.«

»Werden sie nicht!«, erwiderte Botscho. »Die Kosaken, die ich gesehen habe, sind alle weiß wie Frauenärsche und blond.«

»Und, was meinst du?«, fragte Siordia Giuseppe, auf Botschos Bemerkung ging er nicht ein.

»Wen sollen wir schicken?« Giuseppe fragte eher sich selbst als uns.

»Man kann niemanden zwingen, das zu tun«, sagte Siordia.

»Wieso haben wir in der Gruppe eigentlich keinen, der gesessen hat? So einer hätte den Jungs auf dem Friedhof das Ganze leicht mit Handzeichen übermitteln können; so, wie sie das im Knast machen«, sagte Botscho. »Was soll's, wenn ihr mich fragt, ist es zumindest ein großer Vorteil, dass wir keine Verwundeten haben. Gott muss doch auf unserer Seite sein. Stellt euch mal vor, wir hätten jetzt einen Verwundeten, dann könnten wir nicht so mutig sein. Falls es nötig ist, können wir schnell unsere Sachen packen und verschwinden.«

Ich ging in ein anderes Zimmer, in das, wo Glukosa saß, und schaute mir die Umgebung des Kiefernwäldchens an, das zwischen uns und dem kleinen Hügel lag. Hinter den Kiefern, in etwa hundert Metern Entfernung, lagen die Kosaken.

»Und, was meinst du, würdest du nervös, wenn ich dir sagen würde, du müsstest Bebias Papiere holen gehen?«, fragte ich Glukosa.

»Giuseppe soll gehen, der ist doch der Klügste!«, gab er zurück. Er würde sich ganz bestimmt nicht freuen, wenn Giuseppe unser Kommandeur würde.

»Also kommst du nicht mit«, schlussfolgerte ich.

»Bebia zuliebe komm ich mit«, sagte Glukosa. »Bebias Seele soll in Frieden ruhen, er war einer, der keinen Rückzieher an unserer Stelle gemacht hätte. Komm, setzen wir uns zusammen und besprechen wir alles.«

»Du und Sosimitsch, was habt ihr nur immer mit diesem Zusammensetzen? Habt ihr euch abgesprochen?«, ärgerte ich mich und ging zurück zu Giuseppe.

»Sollen wir uns zusammensetzen?«, fragte ich Giuseppe, das sollte ein Witz sein. Glukosa mitzunehmen, hatte ich schon abgehakt.

»Zuerst muss einer von uns die Papiere holen, aber so, dass Nukri nichts mitkriegt. Sonst besteht er drauf, es selbst zu machen, dabei ist er völlig am Ende«, meinte Siordia. »Glukosa können wir nicht gebrauchen, der ist auch völlig fertig.«

»Schwejk und ich gehen«, sagte ich. »So eine Aufgabe kann man niemandem allein aufbürden. Und drei wären einer zu viel.«

»Besser, ich geh mit. Zu Bebia kommen wir über die Traktorgaragen. Bei der Schießerei war ich dort, ich kenne die Gegend am besten … also Schwejk eins, ich zwei. Er ist MG-Schütze, falls wir Feindkontakt haben, können wir ihn gut gebrauchen«, sagte Kontschi und schaute zu mir. »Und er ist blond.« Er meinte mich. »Ich bin dunkel und Schwejk auch, unsere Jungs werden uns nicht mit den Kosaken verwechseln.«

»*Zu dritt macht es aber mehr Spaß!*«, scherzte ich.

»Bleib hier«, bat mich Giuseppe. Aus irgendeinem Grund dachte er, dass ich mich auf seine Seite schlagen und seine Vorschläge unterstützen würde.

»Wir gehen jetzt, und in einer halben Stunde sind wir wieder da!«, machte ich der Diskussion ein Ende.

»Er trifft die Entscheidungen, hört auf ihn!« Siordia meinte mich. »Falls es zu schwierig wird, kehrt um. Jetzt ist jeder Mann Gold wert!«

»Nicht dass Bebia es nicht wert gewesen wäre, für seinen Bruder und seinen Vater zu sterben, aber wir sind einfach viel zu wenige«, sprang Giuseppe Siordia zur Seite.

Auf einmal kam Glukosa ins Zimmer.
»Ich gehe!«, rief er, als würde er einen Befehl erteilen.
»Wer will, kann mitkommen!«
Schwejk und ich gingen mit.

Zehn Minuten später gab es Glukosa nicht mehr – als wir auf dem Weg zu den Traktorgaragen waren, erschoss ihn ein Scharfschütze von der Tierfarm auf dem kleinen Hügel. Dass in der Farm ein Scharfschütze saß, kapierten wir erst, als die Jungs vom Friedhof das Feuer eröffneten. Schwejk und ich erreichten die Garagen kriechend. Die Kosaken, die in den Häusern auf dem kleinen Hügel lauerten, kapierten schnell, dass wir uns bei den Garagen befanden. Zuerst ballerten sie mit allem, was sie hatten, aber als sie merkten, dass sie uns damit nichts anhaben konnten, ließ der Beschuss nach und verstummte schließlich ganz – sie waren sicher, dass wir ohnehin nicht entkommen konnten.

Bebias Leiche lag zwischen den Kiefern, unter der lebensgroßen Statue eines Mechanikers, die oberhalb der dekorativen Kaskaden einer plätschernden Quelle platziert war und der ein Geschoss den Arm abgerissen hatte. Bebia trug kein »Halfter« mehr – die Kosaken hatten es bestimmt samt Papieren mitgenommen.

»Ich wusste, dass die Papiere schon weg sein würden, ich hatte so ein Gefühl, aber ich wollte trotzdem mitkommen«, sagte Schwejk. »Mein Gefühl täuscht mich nie, aber ich höre nicht drauf … Glukosa hat mir dasselbe gesagt, der Arme, er wüsste, dass die Papiere weg sein würden, aber er würde trotzdem mitgehen, um seine Schuldigkeit zu tun. Komm, gehen wir zurück, es hat keinen Sinn, hier rumzuhocken!«

Unsere Leute nahmen noch einmal vom Friedhof aus die Kosaken unter Feuer. Sie sparten nicht mit Munition, und das hielt die Kosaken auf, sonst hätten sie womöglich trotz des Risikos eine Operation zu unserer Liquidation in Gang gesetzt.

Schwejk kam plötzlich in Kampflaune und eröffnete mit dem Maschinengewehr das Feuer auf die Häuser auf dem kleinen Hügel. Ich konnte ihn nur aufhalten, indem ich ihm eine Kopfnuss verpasste.

»Wenn du Munition zu verschenken hast, dann gib sie unseren Jungs!«, schrie ich ihn an.

»Okay, krieg dich wieder ein!«, sagte er, und bevor wir das Wäldchen verließen, schaute er noch einmal zurück zu Bebias Leiche.

»Auch wenn du es nicht wüsstest, würdest du trotzdem merken, dass du dich in einem armenischen Dorf befindest«, sagte er. »Ich meine die Statue von diesem Mechaniker. Du brauchst ihn dir nur einmal anzuschauen, und dir wird sofort klar, dass das ein Armenier ist.«

»Los, gehen wir!«, ordnete ich an.

»Übst du für den Kommandeursposten?«, zog er mich auf und feuerte auf die Mechanikerstatue. Er zielte auf den zweiten, unversehrten Arm. »Ich will auch den anderen Arm abkriegen, dann wird es die armenische Venus von Milo sein!«, sagte er und wechselte das Magazin, aber ich ließ ihn nicht weitermachen.

Auf dem Rückweg wollten wir eigentlich Glukosas Waffe und Munition mitnehmen, aber aus Angst vor Scharfschützen trauten weder ich noch Schwejk uns an die Leiche heran.

»Ich komme heute Nacht wieder«, sagte Schwejk.
»Wenn sie in dem Tempo weitermachen, schafft es keiner von uns bis zur Nacht«, sagte ich.
»Wenn die Jungs vom Friedhof uns nicht im Stich lassen, dann schaffen wir es«, sagte Schwejk.
An einem Backsteinhaus sahen wir Nukri und Zorro – sie wollten zu uns. Selbst gebückt war Nukri größer als Zorro, der aufrecht lief. Ich gab ihnen ein Zeichen, dass sie stehen bleiben und auf uns warten sollten.
»Wo ist Glukosa?«, fragte Nukri von Weitem.
»*Ihn gibt's nicht mehr!*«, antwortete Schwejk. »Der Scharfschütze – ein einziger Schuss!«
Nukri schlug die Fäuste gegen die Hauswand.
»Er hat den Tod gesucht und gefunden!«, sagte er, als wir näher kamen.
Ich glaubte nicht, dass Glukosa den Tod gesucht hatte.
»Es ist meine Schuld. Ich habe ihn angestachelt mitzukommen!«, sagte ich, mich quälten Gewissensbisse.
»Ihr hättet mir Bescheid geben müssen, dass ihr zu Bebia wolltet!«, sagte Nukri. »Habt ihr die Papiere gefunden?«
»Sie sind weg«, antwortete ich knapp.
»Verdammter Mist!« Nukri schlug sich an den Kopf. »Sie werden seinen idiotischen Bruder und Vater erschießen, von seiner Familie wird niemand am Leben bleiben!«
Schwejk drehte sich zum Friedhof und begann, wild mit den Armen zu fuchteln.
»Was macht er da?«, fragte mich Nukri. Er dachte, mit den Jungs auf dem Friedhof hätten wir schon zuvor Kontakt aufgenommen, und jetzt wolle Schwejk ihnen etwas Neues mitteilen.

»Ich bedanke mich!«, rief Schwejk. »Haben sie das etwa nicht verdient?«

»Sie werden denken, wir wollen was anderes von ihnen, du verwirrst sie nur«, sagte ich zu Schwejk.

»Stimmt, du hast recht.« Schwejk legte die Hand auf die Brust und verneigte sich vor den Jungs auf dem Friedhof, dann noch einmal, und zum Schluss schickte er auch noch zwei Luftküsse.

»Haben sie etwas mit den Leichen gemacht?«, fragte Nukri.

»Nein, dazu hatten sie keine Zeit«, antwortete ich. »Von den Kosaken hört man nicht unbedingt, dass sie Leichen schänden.«

Schwejk schickte noch einen Luftkuss in Richtung Friedhof und zeigte dann mit den Fingern, wie viele wir noch waren. Er schien mit seiner Aktion ziemlich zufrieden zu sein. Seine Miene reizte Nukri.

»Hör auf mit dem Affenzirkus!«, fuhr er ihn an.

»Soll ich mich etwa bei den Jungs nicht bedanken?« Schwejk ärgerte sich wirklich.

Wie als Antwort auf Schwejks Dank ballerten die Jungs vom Friedhof einmal so richtig auf die Kosaken bei den Kiefern und auf dem kleinen Hügel und verstummten wieder.

Schwejk schaute triumphierend zu Nukri. »Mein Gefühl sagt mir, dass alles gut wird!«, verkündete er.

»Was soll denn gut werden, wir haben schon vier Tote!« Nukri war wieder gereizt.

»Ich meine unsere Leute. Sie werden die Anhöhe erobern. Dann kommen wir hier raus.«

»Habt ihr Trinkwasser?«, fragte Nukri. »Kontschi meinte, wir sollen das hiesige Wasser nicht trinken, könnte vergiftet sein.«

»Gut möglich, dass es vergiftet ist!«, bestätigte ich, reichte Nukri meine Feldflasche und zog eine Zigarette aus der Hosentasche, ich hatte lange nicht mehr geraucht.

»Von wegen vergiftet … ich hab es gestern getrunken, bevor die Kosaken uns angegriffen haben, und bin immer noch am Leben!«, ärgerte sich Schwejk.

»Besser trotzdem nicht trinken!«, riet ich.

»Hast du es wirklich getrunken?«, fragte Nukri Schwejk.

»Hab ich. Quellwasser, am Denkmal des Mechanikers.«

»Du bist vielleicht ein Idiot!« Zorro war entsetzt.

»Quellwasser ist fließendes Wasser. Das hätten sie nicht vergiften können. Brunnenwasser kann man aber vergiften«, erklärte ich Schwejk.

»Was soll die Panik!«, knurrte Schwejk und machte sich auf die Suche nach einem Brunnen. Nukri gab mir die Feldflasche zurück und folgte ihm.

Nukri und Schwejk kehrten bald zurück – der Brunnen sei gut einsehbar für die Scharfschützen.

»Gehen wir ins Haus zurück«, sagte Schwejk.

»Hier fühle ich mich aber sehr gut. Ich hocke nicht gern dadrin«, antwortete Nukri. »Ich bin lieber an der frischen Luft, als Giuseppes Auftritte zu verfolgen. Hier komme ich wenigstens auf andere Gedanken, bleiben wir noch kurz.«

»Ist er schon Kommandeur geworden?«, fragte ich.

»Ja klar!«, antwortete Nukri.

»Ist ihm bestimmt nicht schwergefallen!«, warf Schwejk ein.

»Heißt das, wir haben ihn jetzt an der Backe?«, frotzelte ich.
»Ja, und dort gefällt es ihm scheinbar ganz gut.« Nukri grinste.
»Wäre ich da gewesen, hätte ich das verhindert«, murrte Schwejk. »Hat er mich vielleicht deshalb losgeschickt, Bebias Papiere zu holen, weil er nicht wollte, dass ich bei der Abstimmung dabei bin?«
»Erzähl keinen Scheiß!«, unterbrach ich ihn.
»Das ist Laus Schuld! Guiseppes Klugscheißerei geht auf Laus Konto!«, gab Nukri seinen Senf dazu.
»Er ist eine Karrieresau«, stellte Schwejk fest.
»Er hat sich bei Lau eingeschleimt!« Nukri breitete das Thema weiter aus. »Lau mochte Schleimer.«
»Habt ihr nicht Besseres zu tun?«, ärgerte ich mich.
»Was sollen wir schon Besseres zu tun haben?«, fragte mich Schwejk.

Er hatte recht. In unserer Lage hätte kein Mensch etwas anderes zu tun gehabt oder sich was Besseres einfallen lassen können, um nicht den Verstand zu verlieren.

»Die Jungs drehen durch, wenn sie das mit Glukosa hören«, sagte Nukri und wurde wieder trübsinnig. »Bevor ich rausgegangen bin, waren sie dabei, irgendwas Bescheuertes zu planen. Kontschi hat den meisten Unsinn geredet. Er hat nicht aufgehört, bis Giuseppe ihn angeschrien hat. Er ist mir echt auf den Sack gegangen. Ich glaube, er war in Panik ... Komm, gehen wir, die Jungs warten auf uns. Kann sein, dass sie sonst selbst losgehen, um uns zu suchen, wenn wir uns zu sehr verspäten.«

»Du hast recht!«, stimmte Schwejk zu, rührte sich aber nicht von der Stelle.

»Wenn es nach dir ginge, wen hättest du gern als Kommandeur gehabt?«, fragte Nukri unvermittelt.

»Weiß ich nicht«, antwortete ich ehrlich. »Lau hatte echt was drauf ... sodass ich nicht weiß, wer ihm nachfolgen sollte.«

»Ja, er hat echt was draufgehabt!« Nukri stimmte mir fast im gleichen Tonfall zu und wandte sich dann an Schwejk. »Und wen hättest du gern gehabt?«

Schwejk zuckte mit den Achseln.

»Eigentlich bleibt nur Giuseppe, ansonsten – Siordia ist ein Faulpelz. Genau wie ich sagt er, ich mach dies, ich mach das, und hat dann keinen Bock dazu«, meinte nach kurzer Pause Schwejk. »Ehrlich gesagt, das ist das Gute an Giuseppe – er sagt was und tut es auch.«

»Er ist durch Laus Schule gegangen!« Nukri deutete mit dem Kopf auf mich: »Und, was denkst du über ihn?«

»Er lässt sich nicht in die Karten schauen. Auf jeden Fall ist er ein Säufer!« Schwejk guckte nicht mal in meine Richtung, als er das sagte. »Trinkt was, und dann ist ihm alles schnurz ... Er hat beinahe Siordia mit reingezogen, zum Glück hat der rechtzeitig aufgehört.«

»Ja, er ist ein Säufer!« Nukri musterte mich aufmerksam. »Und dazu noch ein Hitzkopf!«

»Nicht dass er sich beleidigt fühlt.«

»Und wenn schon ... hier, bitte schön, der kalte Fluss ist in der Nähe, kaltes Brunnenwasser auch, soll er sich einfach abkühlen!«

»Giuseppe ist auch ein Hitzkopf, nur steigert er sich nicht so rein. Aber der da, wenn dem eine Laus über die Leber gelaufen ist, dann rennt er einen ganzen Monat lang eingeschnappt herum.«

»Wir sprechen über dich!« Nukri stieß mich an. »Bist du etwa eingeschnappt?«

»Er soll kaltes Wasser trinken ... wird er aber nicht. Er wird auf Kontschi hören ... Was ist eigentlich in Kontschi gefahren? Der war doch noch nie ein Panikmacher!«

»Habt ihr Machares Leiche gesehen?«, fragte Nukri.

»Nein, wir sind nicht weiter gekommen als bis zu den Garagen. Und von dort hat man sie nicht gesehen«, antwortete Schwejk. »Machare hat echt was draufgehabt.«

Machare war fast dreißig gewesen, ein stämmiger, muskulöser Kerl. Alle dachten, er wäre Sportler, war er aber nicht. Von den anderen hob er sich durch sein Äußeres ab, er rasierte sich fast jeden Tag und lief immer gepflegt herum. Dass seine Eltern sich hatten scheiden lassen, war ihm sehr nahgegangen.

»Die Kosaken halten uns bestimmt für Deppen. Ihre Scharfschützen haben zwei von unseren Männern ohne Weiteres erledigt. So was ist uns noch nie passiert«, jammerte Schwejk.

»Bestimmt machen sie sich über uns lustig«, sagte ich. »Vor Kurzem hab ich auch darüber nachgedacht, als ihr euch auf die Suche nach Wasser gemacht habt.«

»Wenn wir wenigstens einen von ihnen getötet hätten. Siordia hat mal behauptet, er hätte einen kaltgemacht, aber der übertreibt gern«, sagte Nukri.

»Machare hat immerhin, kurz bevor er gestorben ist, ›ich schwör's, Mann!‹ gerufen. Er war korrekt, er hätte das nie einfach so gesagt.«

Machare hatte die Angewohnheit, »noch einer, ich schwör's, Mann!« zu rufen, wenn er einen erledigt hatte.

»Ja, Machare war korrekt«, stimmte Schwejk mir zu.

»Wenn wir hier heil rauskommen, werde ich Gott danken und eine Kerze anzünden«, erklärte Zorro, nachdem er die ganze Zeit still dagesessen hatte.

»Denkst du, ich würde nicht auf Knien ne Runde um die Kirche drehen?«, entgegnete Schwejk.

»Der ist ein solches Schlitzohr, dass er bestimmt nachts seine Runde um die Kirche dreht, damit ihn keiner sieht«, witzelte ich über Schwejk.

Schwejk bekreuzigte sich.

»Ich kann mir vorstellen, wie diese Arschlöcher von Kosaken über uns lachen!«, sagte ich.

»Vom Ausgelachtwerden stirbt man nicht«, sagte Schwejk.

»Aber wir sind kurz davor!«, bemerkte Zorro.

»Wenn es wenigstens nicht die Kosaken gewesen wären, die sie getötet haben«, sagte ich.

»Ist es etwa besser, dass dich ein Armenier umbringt?«, fragte Schwejk und schaute in die Richtung, wo jetzt das Hauptgefecht im Gange war. »Gebt Gas, Jungs, macht schon!«

»Ich lass mich jedenfalls nicht lebendig gefangen nehmen«, sagte Nukri.

»Wer will das schon?«, erwiderte ich und dachte darüber nach, ob ich es schaffen würde, mich umzubringen, falls die Gefahr bestünde, in Gefangenschaft zu geraten.

»Gehen wir, die Jungs warten!«, sagte Nukri. »Mir ist es doch lieber, drin zu sein, bei ihnen. Oder was meinst du?«, er deutete mit dem Kopf auf die Hügel.

Da sah ich Ziala rechts von mir, sie stand an einem abgebrannten Haus und schaute mich mit ihrem betrübten und sorgenvollen Blick an, wie in Wirklichkeit. Sie erschien mir für etwa fünf Sekunden, und dann verschwand sie wieder.

Bestimmt muss ich bald sterben, darum ist Ziala mir erschienen, dachte ich. Ich bekam Angst und begann zu schwitzen.

»Nein, lebendig werd ich mich nicht fangen lassen!«, beteuerte ich.

»Ich will Brunnenwasser trinken!«, sagte Zorro plötzlich und stand auf. »Ich geh trinken und bin gleich wieder da.«

»Bleib, wo du bist, Mann!«, ärgerte ich mich, aber er blieb nicht stehen.

Ich folgte ihm. Schwejk und Nukri blieben zurück.

Zorro ließ den Brunnen, den Nukri und Schwejk zuvor gefunden hatten, links liegen und lief weiter. An dem Haus, an dem Ziala mir erschienen war, blieb er stehen und schaute mich an.

»Sag den Jungs, sie sollen zurück in unser Haus gehen, wir kommen nach!«, trug er mir auf.

Ich gab Nukri und Schwejk ein Zeichen und folgte Zorro.

Hinter dem verbrannten Haus gab es einen weiteren Brunnen. Bestimmt war er auch vor dem Krieg nie genutzt worden. Das merkte Zorro auch, er musterte den Brunnen von Weitem und lief weiter zum Nachbarhaus. Dort fanden wir einen gut erhaltenen, versteckten Ziehbrunnen vor.

»Willst du nicht trinken?«, fragte Zorro und lächelte mich an.

»Komm, lassen wir das!«, bat ich.

»Wieso denn?«, fragte Zorro und lächelte noch mal.

»Keine Ahnung, ich hab so ein ungutes Gefühl!«

»Was soll die Panik«, sagte er und griff nach dem vollen Eimer am langen Hebelarm des Brunnens. Im Eimer schwammen Blätter des Kastanienbaums, der direkt danebenstand.

»Wenn der Hebelarm sich bewegt, merken sie, dass wir hier sind, und es kann sein, dass sie eine Panzerfaust auf uns abfeuern«, gab ich zu bedenken und sah, dass Zorro den Eimer vom Seil löste. Aber als er sich bückte, um das abgestandene Wasser wegzuschütten, wurde er plötzlich blass. Ich glaube, ich hatte auch das Geräusch gehört, das der Detonator einer Handgranate macht, wenn der Sicherungsstift gezogen wird.

»Das ist eine Falle, verdammte Scheiße!«, schrie er.

Die Druckwelle warf ihn nach hinten, und er knallte gegen den Pfosten des Hebelarms.

Ich schaffte nicht mehr, etwas zu sagen, ich erstarrte. Der Hebel des Brunnens fiel neben Zorro zu Boden. Den Aufprall hörte ich nicht mehr.

Zorro schaute mich an, bevor er bewusstlos wurde, aber sein Blick war schon benebelt und er sah mich nicht mehr. Mit der heilen rechten Hand strich er einem alten Blinden gleich über den Boden, als würde ein Bauer von der Erde Abschied nehmen. Dann schaute er zum Himmel, seufzte schicksalsergeben und wurde still.

Ich sackte zusammen. An der linken Schulter und am Oberschenkel verspürte ich einen stechenden Schmerz. Das waren die Splitter der Handgranate. Ich hatte überlebt.

Zorro war von Kopf bis Fuß durchlöchert, er lebte noch zwei Stunden, aber er kam nicht mehr zu sich. Er hatte nur Puls und atmete.

Wahrscheinlich war der Eimer schon vor langer Zeit präpariert worden.

Bis heute frage ich mich, ob Zorro den Brunnen in Ruhe gelassen hätte, wenn ich ihm gesagt hätte, dass Ziala mir kurz zuvor erschienen war. Aber ich hab's ihm nicht erzählt, weil ich nicht wollte, dass er mich auslacht. Manchmal stelle ich mir vor, wie er mich nicht ausgelacht, sondern auf das Brunnenwasser verzichtet hätte und jetzt noch am Leben wäre.

Aber Zorro gibt es nicht mehr, Zorro aus dem *Tscheburaschka*.

Bis Reso wach wurde, war ich selbst eingeschlafen und träumte von unserer Zinkwanne, die wir »Zialas Wanne« nannten, wir waren in Sochumi, und Ziala wusch die Wäsche. Lali war klein und half ihr. Reso und ich schälten Kartoffeln fürs Mittagessen. Ziala erinnerte uns von Zeit zu Zeit daran, schön dünn zu schälen. Und ich schaute immer wieder mal auf Resos Narbe an der Lippe und wünschte mir dabei, Ziala solle heute Abend nicht nach meinen Hausaufgaben fragen. Es war Frühsommer, die großen Ferien lagen vor mir, und ich freute mich schon. Ich hatte zuvor nur noch den Kampf mit Ziala wegen der Noten in meinem Zeugnis zu überstehen, und dann würde ich den ganzen Sommer lang frei sein. Den ganzen Sommer, drei Monate. Ich war sehr gespannt, wie groß die Krebse am *Dioskuria* geworden waren und ob sie sich vermehrt hatten. Da gab es richtig große Krebse, sie waren gut genährt dank der Essensreste aus der Küche ...

Ich war glücklich in meinem Traum.

Bestimmt weckte mich Resos durchdringender Blick. Er stand neben mir und schaute mich an.

»Hallo, Reso!«, sagte ich.

»Guten Tag!«, erwiderte er den Gruß, wie er es üblicherweise tat – sehr ernst. Er legte großen Wert auf die Begrüßung. Die Persönlichkeit offenbare sich durch die Begrüßung, meinte er.

»Ich hab euch ganz schon Kopfschmerzen bereitet, oder?«, fragte er.

»Ich wusste, dass du zurückkommst.«

»Ja, ich bin zurück.«

»Vorerst ist es hier besser.«

»Ja, da hast du recht«, stimmte er gedankenverloren zu. »Komm, essen wir zu Mittag. Wir haben auf dich gewartet.«

»Ich komme«, sagte ich. »Was ist drüben so los?«

»Vorerst ist es hier besser«, gab er mit meinen Worten zurück.

9

Mein Vater erschien am dritten Tag, gegen Abend.
Am Tag davor und auch an jenem Tag wartete ich auf ihn wie versprochen an der Brücke.
Reso machte sich Sorgen, dass ich mit meinem Vater nach Sochumi fahren würde.
»Geh bitte nicht nach Sochumi!«, hatte er mich gebeten.
»Hab ich auch nicht vor!«, hatte ich entschlossen erwidert.

Ich bereute es, meinen Vater herbestellt zu haben; ich wusste nicht mal, was ich ihm sagen oder wie ich mich ihm gegenüber verhalten sollte. Eigentlich wünschte ich mir, Anaida käme mit ihm, und ich könnte sie noch einmal sehen.

Bis vier wartete ich auf ihn, er erschien nicht. Ich gab die Hoffnung auf, meinen Vater und Anaida zu sehen, und ging nach Hause. Reso schlug ich vor, schon gegen Abend mit dem Zug nach Tbilissi zu fahren. Er stimmte zu. Als wir uns zum Essen an den Tisch gesetzt hatten, hörten wir den Kutscher am Tor – er war mit dem Pferd gekommen, den Planwagen hatte er an der Brücke zurückgelassen.

Sobald ich den Kutscher sah, sagte mir mein Herz, dass mein Vater doch noch gekommen sein musste.

»Es war nicht leicht, dich zu finden!«, rief der Kutscher. Er nahm an, dass die Nachricht, mein Vater sei da, mich sehr freuen würde, und ich habe ihn auch nicht enttäuscht.

»Die Leute, die von drüben kamen, haben nach dir gefragt, sie meinten, da würde ein Mann auf soundso, also auf dich, warten. Und da bin ich, so schnell ich konnte, hergekommen …«

Der Kutscher blieb noch, er meinte, er sei in vollem Galopp geritten, und das Pferd sei erschöpft.

Botscho bestand darauf mitzukommen – auch er hatte Angst, ich könnte nach Sochumi abhauen. Ich nahm ihn nicht mit, nahm aber seinen Wagen und fuhr zur Brücke.

Der Kutscher hatte meinem Vater gesagt, er solle in der Mitte der Brücke warten, und da stand er auch brav.

»Mein Kind!«, begrüßte er mich durchaus herzergreifend und begutachtete meinen schwindenden Haaransatz. »Ich war nicht in Sochumi, deshalb hab ich mich verspätet.«

»Hallo!«, sagte ich und betrachtete seine Glatze und das Gesicht mit den Altersfalten. Er wirkte gebrechlich, sein Lächeln war das eines alten Mannes, und kleiner geworden war er auch.

»Ist wieder alles in Ordnung, oder?«, fragte er auf die Sache mit Reso anspielend.

»Ja!«, sagte ich und steckte die Hände in die Hosentaschen, als würde ich mit den Kumpels herumhängen und quatschen. Dabei wollte ich nur nicht, dass er meine fehlenden Finger bemerkte.

»Ich hab dir Zigaretten aus Sochumi mitgebracht.«

»Danke!«, antwortete ich und musste lachen.

»Sie sind nur auf der anderen Seite der Brücke, im Auto ... Außerdem ...«

»Was, außerdem?«

»Dein Bruder und deine Schwester sind dort. Sie warten auf dich.«

Das hatte ich wirklich nicht erwartet. Ich hatte nicht mal dran gedacht.

»Willst du sie nicht sehen?«, fragte er.

»Weiß ich nicht!«, sagte ich, zog die Hände aus den Taschen und steckte sie wieder rein. Ich war nervös. Das merkte mein Vater mir an.

»Komm, gehen wir hin!«, schlug er vor.

»Die Frau, die sich in meinem Auftrag bei dir gemeldet hat, die wollte mir nichts ausrichten lassen, schriftlich oder mündlich, oder?«, fragte ich.

»Nein«, sagte er, und mir schnürte es das Herz zusammen. »Ihr seid ein Fleisch und Blut ... Sie wollen dich so gern kennenlernen!«, er meinte meine Halbschwester und meinen Halbbruder.

Mir kam es so vor, als bekäme seine Stimme einen bevormundenden Ton, und ich reagierte gereizt.

»Wie du meinst«, murmelte ich und ging voraus.

»Sie wollen dich so gern kennenlernen!«, wiederholte er und folgte mir. »Ich will dir noch was sagen ...«

»Ich höre zu«, sagte ich und blieb stehen.

»Glaub bloß nicht, dass deine Mutter mir nichts bedeutet hat und ihr Tod mir einerlei gewesen wäre!«

»Warum sagst du mir das?«

»Ich dachte, du willst vielleicht deswegen nichts von mir wissen.«

»Weißt du was?«, ich explodierte fast, riss mich aber noch mal zusammen. »Komm, gehen wir. Ich hab's eilig, heute Nacht muss ich noch nach Tbilissi!«

»Schick mir doch bitte ein Bild von deiner Frau und dem Kind!« Er bat mich so nett, dass ich Gewissensbisse bekam, weil ich ihn so grob behandelte.

»Mach ich. Ich wollte noch was zu der Wohnung in Sochumi sagen. Sie ist mit deinem Geld gekauft, und du musst sie zurücknehmen! Ich werde in dieser Wohnung sowieso nicht wohnen. Nimm sie zurück und verkauf sie.«

»Warum sprichst du so mit mir?«

»Ich bin ehrlich, ich kann doch nicht drumherum reden.«

»Das ist deine Wohnung!«, sagte er.

»Ich hab nichts mehr dazu zu sagen! Nimm sie zurück und verkauf sie. Warum soll sie sich irgendein Abchase unter den Nagel reißen?«

»Ich nehme sie zurück und hebe sie für dich auf«, sagte er. »Warum willst du nicht, dass diese Wohnung dir gehört?

Weil sie mit meinem Geld gekauft ist? Aber deine Mutter hatte doch nichts dagegen!«
»Woher weißt du das?«
Mein Vater wurde still. Ich wollte fragen, ob er sie damals kontaktiert hatte, aber ich fragte nicht. Womöglich hatte er das getan.
»Ich wünschte so, dass du mich ein bisschen mögen würdest! Ich denke die ganze Zeit an dich und mach mir Sorgen.«
»Ich hab ja nicht gesagt, dass ich dich hasse.«
»Vielleicht verdiene ich keinen Respekt, aber ...«
»Gehen wir!«, unterbrach ich ihn.
»Komm, fahren wir nach Sochumi, wir könnten auch deine Wohnung besichtigen. Dein Bruder ist ein hochgeschätzter Mann, alle haben Respekt vor ihm, dir wird keiner ein Haar krümmen.«
»Mein Bruder ist Abchase, oder?«, fragte ich plötzlich.
»Was spielt das für eine Rolle?«
»Ich will nicht, dass ein Abchase mich gnädigerweise in meine Stadt mitnimmt! Wenn es gerecht zuginge, müssten deine Kinder Georgier sein und keine Abchasen! Aber sie wurden ja von der Mutter erzogen, nachdem du dich auch von ihr, von deiner zweiten Frau, getrennt hattest, deshalb ist es so gekommen ... Ich geh lieber. Bei mir ist die Luft raus, ich will niemanden sehen. Wie ich mich kenne, werd ich was Unpassendes sagen und alles verderben!«
»Ich hol die Zigaretten. Ich habe jede Menge mitgebracht.«
»Ich brauch keine Zigaretten!«, sagte ich.
Meine Halbschwester und meinen Halbbruder hab ich dann doch getroffen.

Mein Halbbruder war einen Kopf größer als ich, ein umtriebiger Typ. Bestimmt war er seiner Mutter ähnlich, meinem Vater ähnelte er weniger. Meine Halbschwester aber hatte große Ähnlichkeit mit meinem Vater, und vielleicht auch mit mir. Sie trug ein Béret. Nana trug auch ein Béret, als ich sie zum ersten Mal sah. Bevor ich Nana traf, hatten mir Mädchen mit Bérets nie gefallen.

Meine Halbschwester war eine fröhliche Person. »Ach, wie es scheint, hab ich einen echt tollen Bruder!«, sagte sie. Und ich glaube, sie war wirklich begeistert.

»*Ein wirklich guter Kerl!*«, stimmte mein Vater zu, und seine Augen wurden feucht.

Was für ein glücklicher Vater du doch bist, wollte ich sticheln, aber ich hielt mich zurück.

»Mir kommt er auch nett vor«, bemerkte mein Halbbruder. Er war ein direkter und selbstbewusster Typ, einer von denen, die früh heiraten und mit dreißig aussehen wie vierzig. Sie beide als mein eigenes Fleisch und Blut anzusehen, gelang mir trotz allem nicht. So war es eben, ich konnte nichts dafür.

Ihr seid auch ganz toll, wollte ich sagen, aber damit es nicht als Schmeichelei und Lobhudelei aufgenommen wurde, lächelte ich nur ausgesprochen gutmütig.

»*Und, wollen wir dann mal nach Suchumi?*«, fragte mein Halbbruder auf Russisch.

»*So*-chumi!«, korrigierte ich. Für mich muss der Name meiner Stadt georgisch klingen. Ich merkte, wie mein Vater verkrampfte.

»Wenn du mal nach Sochumi kommst« – »Suchumi« sagte er nicht mehr, mir zuliebe – »ruf mich an, und ich bin sofort da. Ich versichere dir, dass niemand es wagen wird, dir zu nahe zu treten«, sagte mein Halbbruder.

Sie freuten sich sehr, mich kennengelernt zu haben.

Mich quälten Gewissensbisse, weil ich mich nicht gleichermaßen darüber freute. Eigentlich waren sie ja echt ganz toll.

Dann machten wir ein paar Fotos mit der Kamera meiner Halbschwester, und ich ging zurück.

Sie wollten mich bis zur Mitte der Brücke begleiten, aber ich ließ sie nicht.

Ich trug eine große Tüte Zigaretten.

Bevor ich ging, fragte mich meine Halbschwester, ob meine Tochter mir oder eher meiner Frau ähneln würde.

»Uns beiden«, antwortete ich. Irgendwie brachte ich es nicht fertig zu sagen, dass sie mir sehr ähnelte.

Ich erkundigte mich nach meinen Halbnichten und Halbneffen, aber es wirkte, als täte ich es höflichkeitshalber, wegen des Interesses, das sie für meine Ana gezeigt hatten. Eigentlich wirkte alles, was ich tat, als würde ich es nur aus Höflichkeit tun.

Als ich zurück über die Brücke ging, wurde mir bewusst, wie sehr ich meine Ana vermisste, meine kleine Tochter, mit ihren klugen Augen.

Zorros Cousin war ich einmal in Tbilissi begegnet, und von dem Geld, das eigentlich für einen Zoobesuch mit Ana gedacht war, haben er und ich in einem Café Kognak gekippt. Ana schaute mich mit solch erwachsenen vorwurfsvollen Augen an, dass Zorros Cousin zweimal auf die Kinder das Glas erhob.

Ich musste lächeln wegen der Zigaretten – es hatten sich so viele bei mir angesammelt, erst die von Reso und jetzt auch noch die von meinem Vater, dass es fürs ganze Jahr reichen würde, und noch länger.

An der Brücke wartete Botscho auf mich.

»Versteck die Zigaretten, hier wimmelt's von Spitzeln, nicht dass man uns Schmuggelei anhängt!«, sagte er.

»Die können mich mal …«, erwiderte ich.

»Na gut, aber wir müssen mein Auto nehmen«, sagte Botscho. »Festnehmen werden sie uns nicht, aber stattdessen Geld verlangen. Die Cops werden sich wundern, wieso ich jetzt auf kleine Lieferungen umgestiegen bin, und mich auslachen.«

»Ich will dem Kutscher welche geben … Er hat's mit dem Herzen und raucht sehr selten, aber ich geb ihm trotzdem welche.«

»Der Kutscher hat gestern mit dem Rauchen aufgehört, das hat er selber gesagt … Bleibt doch noch heute Nacht, du und Reso, und fahrt morgen nach Tbilissi!«

»Warum denn das?«

»Ich möchte, dass wir an Kontschis Grab gehen … Alle zusammen, auch Reso und Maria. Sie hat selbst gesagt, zusammen wäre am besten!«

»Gut«, willigte ich ein. »War Reso nicht an Kontschis Grab, bevor er nach Sochumi gegangen ist?«

»Weiß ich nicht, hab ihn nicht gefragt. Ist deine Freundin auch gekommen?«, wechselte er plötzlich das Thema.

»Welche Freundin?«

»Mit der du in Sugdidi im Hotel warst! Ist sie aus Sochumi?«

»Woher weißt du das?«

»Sosimitsch weiß alles! Sie ist deine Ex-Freundin, oder?«
»Sosimitsch weiß alles!«, äffte ich ihn nach.
»Hat sie auf dich gepfiffen?«
»Glaube ich nicht«, antwortete ich wacker. »Wir werden schon in Kontakt bleiben ... Warum bist du hergekommen? Dachtest du, ich würde nach Sochumi gehen?«
»Auch wenn du's versucht hättest, die Russen hätten dich nicht durchgelassen.«
»Wieso denn das?«
»Weil ich sie dafür bezahlt hab, deshalb. Sie haben sogar dein Foto vorliegen – hab ich ihnen gegeben ... Wie sind deine Schwester und dein Bruder so?«
»Halbschwester und Halbbruder«, korrigierte ich ihn.
»Na ja, sie sind sehr nett! Auf jeden Fall gibt's von meiner Seite nichts zu beanstanden.«
»Sehr gut!«, sagte Botscho. »Wirst du sie wiedersehen?«
»Glaube ich nicht ... Wenn wir nach Sochumi zurückkehren sollten, dann ja, ansonsten – nein ... Hast du mein Foto wirklich den Russen gegeben?«
»Ja«, sagte Botscho. »Maria hatte eins.«
»Wie ich dich kenne, hast du bestimmt auch Leute nach Sochumi geschickt, um Reso zurückzuholen.«
»So ist es!«
»Hast du die auch bezahlt?«
»Ja, die Hälfte von der abgemachten Summe.«
»Reso ist von selbst zurückgekommen, aber sie werden das Geld bestimmt nicht mehr rausrücken.«
»Weiß ich nicht, kann sein, dass sie doch einen Teil zurückgeben ... oder auch nicht, das kann man denen nicht verübeln.«

»Und den Kutscher hast du auch beauftragt, ein Auge auf mich zu haben, mich beim Versuch, nach Sochumi zu fahren, aufzuhalten und dich über alles zu informieren, oder?«

»Genau!«

»Hast du vielleicht auch meine Freundin kontaktiert und ihr nahegelegt, nicht zu kommen?«

»Was erlaubst du dir?« Botscho war entsetzt. »Wann habe ich jemals den Weibern von anderen Ratschläge gegeben? *Das hab ich nicht verdient, Chef!*«

»Ich nehm's zurück, vergiss es! Reso und ich haben dich ganz schön auf Trab gehalten, und teuer zu stehen kam es dich auch. Wir beide haben uns sozusagen ein bisschen amüsiert, und du hast dafür bezahlt!«

»Aufs Geld kommt es nicht an!«, sagte Botscho.

»Sondern?«

»Sondern? Darauf, dass wir am Leben sind!«, sagte er. »Ist doch so, oder?«

»Vielleicht«, antwortete ich.

Ja, vielleicht war es so ... Vielleicht kam es nur darauf an, dass wir am Leben waren, Botscho, Reso, Prostomaria, Nana, Ana, Lali, ihre Kinder, mein Vater, mein Halbbruder und meine Halbschwester, Anaida, die einst mein war, jetzt aber nicht mehr, ich und überhaupt alle ... Wirklich, das Leben ist schön.

Dass ich das erst damals verstanden habe, möchte ich nicht behaupten, aber Botscho konnte die Dinge so erklären, dass er dich einer einfachen, abgedroschenen Wahrheit aufs Neue gewahr werden ließ. Seine Worte drangen einem bis ins Herz, so ähnlich, wie wenn Kontschi dir den Arm um die Schulter legte ...

Glossar

Abchasien: Region Georgiens, aus der die Georgier nach dem Bürgerkrieg (1992–1993) flüchten mussten, und auf die die georgische Regierung heutzutage keinen Einfluss hat.

Altes Neujahr: Die Georgier feiern traditionell am 13. Januar zum zweiten Mal Silvester, dieser Tag entspricht dem 31. Dezember nach dem julianischen Kalender.

Anaklia: Ort am Ostufer des Schwarzen Meeres im Westen Georgiens. Er liegt an der Mündung des Flusses Enguri an der Grenze zu Abchasien.

Ataman: Oberhaupt, höchster Rang bei den russischen Kosaken.

BAM, Baikal-Amur-Magistrale: fast 4000 km lange Eisenbahnverbindung, die in etwa parallel zur Transsibirischen Eisenbahn verläuft. Mit dem Bau, unter unerträglichen Arbeits- und Lebensbedingungen, wurde in den 1930er-, 1940er-Jahren begonnen, offizielle Inbetriebnahme war 1984. Die Arbeiter waren zunächst vorwiegend Lagerhäftlinge und Kriegsgefangene, später auch Angeheuerte aus allen Ecken der Sowjetunion; Tausende ließen dort ihr Leben.

Bender, Ostap: Figur aus dem Roman »Zwölf Stühle« von Ilja Ilf und Jewgeni Petrow, listenreicher Ganove.

Beria, Lawrenti Pawlowitsch: geb. 1899 als Sohn einer megrelischen Bauernfamilie, von 1938 bis zu seiner Hinrichtung 1953 Chef des sowjetischen Geheimdiensts und eine der Hauptfiguren der Stalinschen Säuberungen.

Boewik: inoffizieller Kombattant, der in seinem Ansehen den Status eines Rebellen genoss.

Breschnew, Leonid Iljitsch: ehemaliger Staatschef der Sowjetunion.

Brücke über den Enguri: Grenzübergang zwischen Georgien und Abchasien.

Gali: Stadt in Abchasien, an der Grenze zu Kerngeorgien.

Glücksbotenlohn: »Trinkgeld«, das die Hebamme/Krankenschwester üblicherweise erhielt, wenn sie die freudige Nachricht der geglückten Geburt den Angehörigen überbrachte.

Kriminelle Autorität: auch »Dieb im Gesetz«; Machtstellung innerhalb einer aus der Gefangenenhierarchie sowjetischer Lager und Gefängnisse hervorgegangenen Subkultur, welche über eigene Strukturen und Verhaltenskodizes verfügte. Sie genossen innerhalb der Gesellschaft ein gewisses Ansehen, was einerseits auf ihren Status als Ausgestoßene während der Stalin-Zeit zurückzuführen ist, anderseits daher rührt, dass die Leute nach dem Zerfall der Sowjetunion noch weniger darauf vertrauten, dass der marode Polizeiapparat für Recht und Ordnung sorgen könnte.

Klingelton Ferngespräch: bei Anrufen von außerhalb Georgiens klingelte das Telefon anders, lang gezogener als bei Inlandsgesprächen.

Lesginka: Volkstanz verschiedener Ethnien des Kaukasus, mit schnellen, kurzen Schritten und Kreiseln auf den Knien.

Megrelien: Region in Westgeorgien, die an Abchasien grenzt, die Hauptstadt ist Sugdidi.

Pseudokrimineller (Georgisch: dsweli bitschi): bezeichnet jemanden, der sich nichts und niemandem unterwirft außerhalb der Gesetze der Straße, als männliches Verhaltensmodell für die Heranwachsenden im Georgien der 1990er-Jahre vorherrschend, sodass jeder, der cool sein wollte, es sowohl als Image als auch mit dem dazugehörigen Verhaltenskodex übernahm, ohne zwangsläufig tatsächlich eine kriminelle Karriere anzustreben.

Salataya Rutschka: mit bürgerlichem Namen Sofia Iwanowna Solomonjak-Bluwstein, »Sonka Goldhand« (geb. 1846, gestorben 1902), berühmt-berüchtigte Trickdiebin und Verbrecherkönigin in Russland, bekannt für ihre außergewöhnliche Schönheit.

Tschub: traditionelle Haartracht der ukrainischen Kosaken; eine Haarsträhne, Locke oder ein Haarschopf oberhalb der Stirn oder auch seitlich auf einem ansonsten kahl rasierten Kopf.

Tutaschchia, **Data**: Gesetzloser, Romanheld aus dem gleichnamigen Hauptwerk des bedeutenden georgischen Schriftstellers Tschabua Amiredschibi.

Utschchosi: ehemalige Forschungsanstalt für den Plantagenanbau von Zitrusfrüchten.